우리가 정말 알아야 할 동양고전

삼국지 9

펴낸곳 / (주)현암사
펴낸이 / 조근태
지은이 / 나관중
옮긴이 / 정원기
그린이 / 왕굉희 외 60명

주간 · 기획 / 형난옥
교정 · 교열 / 김성재
편집 진행 / 김영화 · 최일규
표지 디자인 / ph413
본문 디자인 / 정해욱
제작 / 조은미

초판 발행 / 2008년 10월 25일
등록일 / 1951년 12월 24일 · 10-126

주소 / 서울시 마포구 아현 2동 627-5 · 우편번호 121-862
전화 / 365-5051 · 팩스 / 313-2729
홈페이지 / www.hyeonamsa.com
E-mail / editor@hyeonamsa.com

글 ⓒ 정원기 · 2008
그림 ⓒ 현암사 · 2008

ISBN 978-89-323-1512-6 03820
ISBN 978-89-323-1515-7 (전10권)

三國志

정역삼국지 9

나관중 지음

정원기 옮김

왕굉희 외 60명 그림

ㅎ 현암사

천년 고전 『삼국지』를 옮기며

국내 번역 상황

천년이 넘는 조성 과정을 거쳐 14세기 후반에 완성된 『삼국지』는 6백 년이란 장구한 세월을 넘겼는데도 갈수록 독자들의 사랑을 더욱 끌어들이는 마력을 발휘하고 있다. 우리나라에는 조선 중기에 처음 소개된 이래로 필사본에서 구활자본에 이르기까지 현대어 번역 이전 판본이 이미 1백 종을 넘었다. 번역도 조선시대부터 완역과 부분 번역, 번안飜案(개작), 재창작 등 다양한 방식으로 진행되었으며 번역의 저본이 된 대상은 가정본·이탁오본·모종강본 등이었다. 그런데 현대어 번역이 시작되고부터는 모종강본 일색으로 통일되었다.

최근 인하대학교 한국학연구소에서 발표한 연구 결과에 의하면, 1920~2004년에 한국어로 출간된 완역본 『삼국지』가 모종강본毛宗崗本 계열의 중국본(즉 정역류正譯類)이 58종, 요시카와 에이지吉川英治 계열을 위주로 한 일본본(즉 번안된 일본판 중역류重譯類)이 59종, 국내 작가에 의한 독자적 재창작 및 평역(즉 번안류)이 27종으로 모두 144종이고, 거기다 축약본 86종까지 합치면 230종이나 된다고 한다. 뿐만 아니라 만화 극 장르(애니메이션·영화·드라마·대본·연극), 참고서 등으로 발전한 응용서까지 포함하면 무려 342종이 넘고, 그 가운데는 발행 부수가 수십 쇄를 넘기는 종류도 상당수 된다고 하니, 근·현대기 한국에서 간행된 그 어떤 소설도 경쟁을 불허한다고 하지 않을 수 없다.

그런데 여기서 한 가지 놀라운 사실은 이렇게 144종이 넘는 정역류, 번안류, 번안된 일본판 중역류 가운데 단 한 종도 중국문학 전공자가 체계적인 『삼국지』 학습을 통하여 성실하고 책임 있는 완역을 시도한 경우를 찾아볼 수 없다는 것이다.

지금까지 국내에 번역 출간된 기존 『삼국지』에 나타난 문제점을 살펴보면, 무엇보다 중대한 것은 '『삼국지』 자체에 대한 무지'이다. 요약하면 『삼국지』 판본에 대한 무지, 저본 선택에 대한 무지, 원작자에 대한 무지로 나눌 수 있다. 이러한 무지는 어느 누구의『삼국지』를 막론하고 종합적인 것으로, 그야말로 국내 기존 번역은 '『삼국지』의 근본에 대한 무지'에서 출발했다고 해도 과언이 아니다.

그 다음으로 중요한 문제는 '번역상의 오류'이다. 대별하면 저질 저본의 선택에서 비롯한 2차 오류, 원문을 한글로 옮기는 과정에서 발생한 3차 오류로 나눌 수가 있다. 이러한 오류도 거의 전반적인 현상으로 번역서의 대부분을 차지한다.

셋째 문제는 역자 자신이 원본을 마주하고 진지한 번역 작업을 수행한 것이 아니라 초창기의 부실한 번역을 토대로 기술적 변형 및 교묘한 가필과 윤색을 가한 경우나 아예 번안된 일어판을 재번역한 역본이 많다는 사실이다. 그러면서도 저마다 이구동성으로 '시중에 나도는 판본에 오류가 많아 자신이 원전을 방증할 만한 여러 책을 참고해서 완역했다'는 식이다. 이 때문에 수십 년 동안 동일 오류가 개선될 줄 모르고 답습되어 온 상황이다.

이러한 현상은 저명 문학가의 번역일수록 두드러지는 경향이 있는데, 그 자체가 내포한 엄청난 양의 오역으로 말미암아 재중 동포 작가가 단행본을 출간하여 신랄하게 비판하는 국제적 망신까지 당하는 일도 벌어졌다.

그러면 이와 같은 현상은 왜 일어나는 것일까? 이런 현상이 우리 풍토에서 고질적으로 반복되는 이유를 중문학자인 홍상훈 선생은 "기존『삼국지』번역이 중국 고전 소설에 대해 문외한에 가까운 이들에 의해 주도되었을 뿐만 아니라 상업성 높은 필자를 내세운 사이비 번역본이 국내 출판 시장을 주도하고 있기 때문"이라고 지적했다. 그렇다면 이렇게 사이비 번역이 판치는 우리 풍토에서『삼국지연의』의 실체를 올바로 소개해 줄 정역은 진정 나오기 어려운 것일까?

진정한 정역

이 책은 나관중羅貫中이 엮고 모종강毛宗崗이 개편한 작품을 선뻐쥔沈伯俊의 교리 과정을 거쳐 중국 고전문학을 전공한 역자가 책임 의식을 가지고 번역한『삼국지』다. 국내『삼국지』전래 사상 최초로 가장 확실한 저본을 통한 정역이라고 할 수 있다. 앞에서 살펴본 바와 같이 지금까지는 문명文名이나 광고에 현혹된『삼국지』시대로, 과장·변형·왜곡되거나 어딘가 결함을 가진『삼국지』가 독자를 오도해 왔다. 우리는 이제 중국의 실체를 있는 그대로 파악하기 위해서라도 '과장되거나 왜곡된『삼국지』' 읽기에서 과감히 벗어나야 한다. 다행히 지금은『삼국지연의』를 다시 연의한 작품에 대한 비평과 반성으로부터 시작된 정역 붐이 한창이다. 그러나『삼국지』정역이란 한문을 좀 안다고 되는 것이 아니며, 글재주만으로 되는 것도 아니다. 더욱이 명성이나 의욕만 앞세운다면 더욱 곤란하다. 널린 게『삼국지』, 손에 잡히는 게『삼국지』지만『삼국지』의 실체를 있는 그대로 보여 준『삼국지』는 없었다. 그야말로『삼국지』를 전공한 전문가가 없었기 때문이다. 그러면『삼국지』의 정체는 무엇인가?

나관중 원본의 변화 발전

전형적 세대 누적형 역사소설인『삼국지』는 크게 보아 세 차례의 집대성을 거친 작품이다. 첫 번째는 나관중 원본이다. 14세기 후반인 원말 명초元末明初에 나관중은 천년이 넘는 세월을 거치며 다양한 형태의 민간 예술로 변화 발전해 오던『삼국지』이야기를 중국 최초의 완성된 장편 연의소설演義小說로 집대성하기에 이른다. 그런데 육필 원고로 된 이 나관중 원본은 종적이 사라지고 수많은 필사본으로 전해지며 변화 발전해 오다가 150년 정도의 세월이 흐른 명대明代 가정嘉靖 임오년壬午年(1522년)에 최초의 목각 인쇄본으로 출간되기에 이른다. 이것이 이른바 가정본嘉靖本(일명 홍치본弘治本)으로, 두 번째의 집대성이다. 그 후 다시 1백 수십 년의 세월 동안 유례없는 출판 호황기를 거치며 '가정본' 및 '지전본志傳本' 계열로 분화되어 발전을 거듭해 오다가 17세기 후반 청대淸代 초기에 모종강에 의해 다시 한 번 집대성되기에 이른다. 이것이 바로 모종강본으로, 세 번째의 집대성이다.

가정본과 모종강본 사이인 명대 만력萬曆·천계天啓 연간에는 출판 경쟁이 치열하게 벌어져 여러 출판사에서 각기 총력을 다 해 다양한 종류의『삼국지』를 시장에 내놓았다. 당시 유행한 판본이 지금도 30여 종이나 남아 있다. 그러나 모종강본이 한 번 세상에 나오자 가정본은 물론 그 이후에 나타난 수많은 종류의 판본은 모두 경쟁력을 상실하고 말았다. 모종강본이 독서 시장을 장악하게 된 것이다. 모종강본은 그 이후로『삼국지』의 대명사가 되어 3백 년이 흐른 오늘날까지도 베스트셀러의 자리를 유지하고 있다. 따라서 지금 우리가 읽고 있는 144종이 넘는 국내『삼국지』는 예외 없이 모두 모종강본을 모태로 한 것이다. 그런데 대부분의 번역자는 나관중 이름만 내세우고 모종강 이름은 언급조차 하지 않고 있다. 게다가 일부 번역가는 가정본을 나관중의 원작으로 오인하고 있을 뿐만 아니라 가정본을 모종강본보다 우수한 작품이라 억단하는 경우도 있다. 그러나 사실상 나관중의 손으로 편집된 원본은 찾을 길이 없고, 찾는다고 해보아야 형편없이 얇고 볼품없는 육필 원고에 불과할 따름

이다. 왜냐하면 나관중『삼국지』는 원본 형태를 유지하며 정체하고 있었던 게 아니라 모종강본 출현 이전 3백 년이란 세월 동안 부단히 진화되어 왔기 때문이다.

모종강본의 특징과 가치

모종강은 자字가 서시序始이고 호號는 혈암孑庵으로, 명나라 숭정崇禎 5년(1632년)에 출생하여 80세 가까이 살았다. 그는 눈 먼 부친(모륜毛綸)의『삼국지』평점評點 작업을 도우며『삼국지』공부를 시작하여 마침내『삼국지』를 개작하기에 이르렀다. 첫 작업은 부친이 생존한 청나라 강희康熙 5년(1666년) 이전에 이루어졌다. 그러나 경제적인 이유로 출판하지 못하자 부친이 세상을 떠난 후에도 쉼 없는 원고 수정 작업을 계속하다 마침내 강희 18년(1679년)에 정식 출판을 하게 되었다. 이것이 바로 '취경당본醉耕堂本'인데, 모종강의 육필 원고를 출간한 최초의 목판본으로 간주된다. 취경당본이 나온 이후로 모종강본은 다시 필사본·목각본·석인본石印本·연鉛 활자본 형태로 널리 전파되면서 각기 조금씩 다른 판본이 수십 종 이상으로 늘어났다. 학계에서 표현하는 청대 판본 70여 종 대다수는 바로 모종강본인 셈이다.

　모종강본은 장기간에 걸쳐 여러 차례 출판되면서 책 이름도 몇 차례나 바뀌었다. 명칭의 변화를 시간 순서로 나열하면 사대기서제일종四大奇書第一種 → 제일재자서第一才子書 → 관화당제일재자서貫華堂第一才子書 → 수상김비제일재자서繡像金批第一才子書 → 삼국지연의三國志演義 → 삼국연의三國演義가 된다. 여기서 사대기서제일종(일명 고본삼국지사대기서제일종古本三國志四大奇書第一種)이 바로 모종강본『삼국지』의 본래 명칭이다. 이것은 강희 18년에 간행된 취경당본의 명칭인데, 여기에는 김성탄의 서문序文이 아닌 이어李漁(이립옹李笠翁)의 서문이 실려 있다. 조선 숙종肅宗 연간에 유입되어 1700년을 전후로 국내에 널리 간행된 판본은 바로 모종강의 제3세대 판본에 속하는 관화당제일재자서 종류이다.

　모종강본의 특징은 '어떻게『삼국지』를 읽어야 하는가'(별책 부록에 수록)에서 잘 나타난다. 모종강은 '어떻게『삼국지』를 읽어야 하는가'를 통해 작가로서의 역사관과 가치관을 드러냄은 물론『삼국지』의 문체와 서사 기법까지 상세히 분석했다. 즉

『삼국지』가 사대 기서 중에서도 첫 자리에 위치해야 할 당위성이나, 가정본에서는 피상적 서술에 불과하던 '정통론'과 '존유폄조尊劉貶曹'도 확실한 작가적 의도로 논리 정연한 사상적 체계를 이루었다. 그의 개편 작업은 앞서 나온 '이탁오본李卓吾本'에 대한 불만에서 출발했다. 협비夾批와 총평을 가하는 데서부터 시작하여 문체를 다 듬고, 줄거리마다 적절한 첨삭을 가하며, 각 회목을 정돈하고, 논찬論贊이나 비문碑文 등을 삭제하며, 저질 시가를 유명 시인의 시가로 대체함으로써 문장의 합리성, 인물 성격의 통일성, 등장인물의 생동감, 스토리의 흥미도를 대폭 증가시켰다. 이에 과거 3백 년간 내려오던 『삼국지』의 면모를 일신하고 종합적인 예술적 가치를 한 차원 제고시킴으로써 마침내 최종 집대성을 이루기에 이른다. 따라서 모종강본은 실질 적인 면에서 과거 유통된 모든 『삼국지연의』의 최종 결정판이며, 개편자인 모종강 역시 『삼국지연의』 창작에 직접 참여한 작가임을 부정할 수 없다.

왜 교리본인가?

그런데 『삼국지연의』 원문 중에는 역사소설로서 갖추어야 할 기본적 사실에 위배되는 결함이 적지 않았다. 이 결함은 기술적인 면에 서 발생한 문제이므로 '기술적 착오'라고 할 수 있다. '기술적 착 오'는 작가의 창작 의도는 물론 작품상의 허구나 서사 기법과는 전혀 상관없이 발생한 것으로, 그 원인은 작가의 능력 한계 나 집필상의 오류, 필사나 간행 과정에서 생긴 오류 등으 로 나눌 수 있다. 이러한 오류들은 최종 결정판인 모종강 본에 이르러 일정 부분 삭제되거나 수정되었다. 하지만 그 중 대부분은 그대로 답습되며 사안에 따라 모종강본 자체에서 새로 발생시킨 오류도 적지 않다.

선뻐쥔의 '교리본'은 바로 이러한 '기술적 착오'를 교 정 정리한 판본이다. 여기서 '교리校理'란 '교감 및 교정 정 리'를 줄인 말인데, 이 교리본은 26년 간 『삼국지연의』 연 구에만 몰두해 온 선뻐쥔 선생의 노작勞作이다. 선 선생은 『교리본 삼국연의』 작업을 진행하면서 취경당본 『사대기 서제일종』을 저본으로, 선성당본善成堂本과 대도당본大道 堂本 『제일재자서』를 보조본으로 삼고, 가정본과 지전본 류는 물론 관련 사서史書나 전적을 광범위하게 참 고했다. 장기간에 걸친 교리 작업이 완성되자 중 국 저명 학자인 츠언랴오陳遼, 주이쉬앤朱一玄, 치우전성丘振聲 선생들로부터 '심본沈本 삼국지연의', '삼국지연의 판본사상 새로운 이정표', '모종강 이후 최고의 판본'이란 격찬을 받았다. 따라서 본 번역의 범위는 기술적 착오 부분까지 포함하였다. 이는 타쓰마시 요우스케立間祥介 교수의 일어판 및 모스 로버츠Moss Roberts 교수의 영문판에서도 손대지 못한 작업이다.

모종강본을 교정 정리한 것으로 선뻬쿤의 '교리본' 이전에도 인민문학출판사人民文學出版社의 '정리본整理本'과 사천문예출판사四川文藝出版社의 '신교주본新校注本'이 있다. 하지만 이들의 작업은 전면적이고 지속적이지 못했고, 여러 이유로 일정 한계를 넘어서지 못한 채 중단되고 말았다. 따라서 이들의 '기술적인 착오' 정리는 선뻬쿤의 교리본에서 완성한 숫자에 비하면 그 10분의 1 정도에 불과하다.

준비 작업까지 치면 8년이란 세월이 지났고, 본격적으로 투자한 시간만 해도 5년이나 된다. 더욱이 최종 3년은 거의 모두 이 작업에 몰두한 시간이라 해도 과언이 아니다. 뿐만 아니라 지금까지 출간된 『최근 삼국지연의 연구 동향』→『삼국지평화』→『설창사화 화관색전』→『여인 삼국지』→『삼국지 사전』→『다르게 읽는 삼국지 이야기』→『삼국지 상식 백가지』→『삼국지 시가 감상』 등의 작업이 이번 정역을 귀결점으로 모두 하나의 고리로 연결되어 있다. 한마디로 말해 지난 10여 년 동안의 『삼국지』 관련 연구와 번역 작업은 모두 이번 정역을 탄생시키기 위한 기초 작업이었던 셈이다. 동시에 그동안 나름대로 계획하고 실행해 온 일련의 『삼국지』 관련 프로젝트 역시 일단락을 보게 되었다.

완벽한 번역이란 하나의 이상일지 모른다. 그러나 역자는 자신이 수행한 작업에 나름대로 자부심을 가진다. 왜냐하면 단순한 의욕이나 열정만으로 손을 댄 것이 아니라 충분한 사전 학습과 면밀한 기초 작업을 거치면서 이루어 낸 번역이기 때문이다. 따라서 근 1세기 동안이나 답습되어 온 왜곡과 과장과 오류로 점철된 사이비 번역의 공해를 걸어 내고 일반 독자에게는 원전 본래의 진미를, 연구나 재창작을 계획하는 전문가에게는 신뢰할 수 있는 한국어 텍스트를 제공할 수 있게 되기를 기대한다. 특히 원전의 1차적 오류까지 해소한 선뻬쿤의 '교리 일람표'를 별책 부록으로 발행하니, 기간된 『삼국지 시가 감상』과 곧 개정증보판이 나올 『삼국지 사전』 등과 연계한다면 『삼국지』에 관한 이해를 한 차원 높이리라 생각한다.

2008년 10월
옮긴이 정원기

차례

주요 등장인물

유비 현덕

관우 운장

장비 익덕

강유 백약

제갈량 공명

조운 자룡

황충 한승

유선 공사

조조 맹덕

사마염 안세

손견 문대

여포 봉선

등애 사재

손책 백부

조비 자환

원소 본초

주유 공근

허저 중강

손권 중모

97

다시 올리는 출사표

위나라를 토벌하려 무후는 다시 표문을 올리고
조병을 깨뜨리려 강유는 거짓으로 글을 바치다
討魏國武侯再上表 破曹兵姜維詐獻書

촉한 건흥 6년(228년) 가을 9월, 위나라 도독 조휴는 석정에서 동오의
육손에게 크게 패하여 수레와 말이며 군수물자와 전투 기구들을 깡
그리 잃고 말았다. 조휴는 너무도 놀랍고
황송한 나머지 울화가 치밀고 근심
이 쌓여 병이 들었는데 낙양에 이르
러 등창이 터져 죽고 말았다. 위
주 조예는 칙명으로 그를
후히 장사지내 주었다.
사마의가 군사를 이끌고
돌아오자 장수들이 맞아들여
서 물었다.

"조도독이 패한 건 원수와도 관
계되는 일인데 어째서 이토록 서
둘러 돌아오셨습니까?"

대돈방 그림

사마의가 대답했다.

"우리가 패한 걸 제갈량이 알면 이 허점을 노려서 틀림없이 장안을 공격할 것이오. 농서隴西가 위급해지면 누가 그것을 구할 수 있겠소? 그래서 돌아온 것이오."

사람들은 사마의가 너무 겁이 많다고 생각하고 비웃으며 물러갔다.

한편 동오는 사자를 보내 촉중에 글을 전달하여 위를 정벌하라고 권하면서, 육손이 주휴를 크게 격파한 일을 알려 주었다. 그건 한편으론 자기네의 위풍을 자랑하면서 한편으로 양국이 계속 사이좋게 지내자는 의미였다. 후주는 크게 기뻐하며 사람을 시켜 한중의 공명에게 글을 보내 알렸다. 이때 공명은 군사는 강하고 말들은 건장하며 군량과 마초가 풍족하고 소용되는 물자가 완벽하게 갖추어져 바야흐로 출병하려던 참이었다. 그런 상황에서 이 소식을 들은 공명은 즉시 잔치를 베풀고 장수들을 크게 모아 출병할 일을 의논했다. 이때 별안간 동북쪽 귀퉁이로부터 한바탕 큰 바람이 몰아치며 뜰 앞의 소나무가 쓰러졌다. 사람들은 모두 깜짝 놀랐다. 공명이 점을 한 판 쳐 보더니 소리쳤다.

"이 바람은 대장 한 명을 잃을 것을 예시하는 것이오!"

그러나 장수들은 그 말을 믿지 않았다. 한창 술을 마시고 있는데 별안간 진남장군鎭南將軍 조운의 맏아들 조통趙統과 둘째아들 조광趙廣이 승상을 알현하러 왔다는 보고가 들어왔다. 공명은 너무나 놀란 나머지 술잔을 땅에 내던지며 소리쳤다.

"자룡이 죽었구나!"

조운의 두 아들은 들어오더니 큰소리로 울며 공명에게 절을 올렸다.

"저희 아버님께서 지난밤 3경에 병세가 위중하여 세상을 뜨셨습니다."

공명은 발을 구르며 통곡했다.

"자룡이 세상을 떠났으니 나라에는 대들보 하나를 잃은 것이요 내게는 팔 하나가 부러진 셈이로다!"

장수들도 모두가 눈물을 뿌렸다. 공명은 조운의 두 아들을 성도로 보내 임금을 뵙고 부고를 알리게 했다. 조운이 죽었다는 말을 들은 후주는 목 놓아 통곡했다.

"짐은 어렸을 적에 자룡이 아니었으면 혼란한 싸움터에서 죽었을 것이다!"

후주는 즉시 조서를 내려 조운을 대장군으로 추증하고 시호를 순평후順平侯라 했다. 칙명으로 성도의 금병산錦屛山 동쪽에 장사지낸 다음 사당을 세워 사계절 제사를 올리게 했다. 후세 사람이 지은 시가 있다.

상산 땅에 범 같은 장수가 있으니 /
슬기와 용맹 관우 장비와 맞먹었네. //
한수에서는 뛰어난 공훈을 남겼고 /
당양 땅에선 그 이름을 드날렸네.

두 차례나 나이 어린 주인 구하며 /
일념으로 선제 은혜에 보답하였네. //
절개와 충성심을 청사에 기록하니 /

당연히 백세토록 그 향기 전하리.

常山有虎將, 智勇匹關張. 漢水功勳在, 當陽姓字彰.

兩番扶幼主, 一念答先皇. 靑史書忠烈, 應流百世芳.

후주는 조운의 옛날 공로를 생각하며 장례와 제사를 아주 후하게
치렀다. 이어서 조통을 호분중랑虎賁中郞으로 봉하고 조광을 아문장
牙門將으로 삼은 다음 부친의 무덤을 지키게 했다. 두 사람은 임금의
은혜에 감사하고 물러갔다. 이때 근신이 아뢰었다.

"제갈승상께서 이미 군마의 배치를 마치고 날짜를 정하여 위를 정
벌하기 위해 출병하려 하옵니다."

후주가 조정에 있는 신하들에게 물어보니 아직 경솔하게
움직여서는 안 된다고 말하는 사람이 많았다.
후주는 의혹과 근심으로 결단을 내리지 못했
다. 이때 승상이 양의를 시켜 출사표出師表를 바
쳤다고 아뢰었다. 후주가 불러들이니 양의가 공
명의 표문을 바쳐 올렸다. 후주는 바로 봉한 것
을 뜯어 상 위에 놓고 살펴보았다. 표문은 다음
과 같았다.

선제께서는 한漢나라와 역적(위를 지칭)은 양립할 수 없
으며 왕업王業을 한쪽 구석에서 편안히 할 수 없다고 여
기시어 신에게 역적을 토벌하는 일을 맡기셨습니다.
선제의 밝으심으로 신의 재주를 헤아리셨으니, 역적
을 토벌함에 있어 신의 재주는 약하고 적은 강하다

는 사실을 알고 계셨나이다. 그러나 역적을 토벌하지 않으면 왕업이 또한 망할 것이니, 앉아서 망하기를 기다리기보다는 그들을 치는 것이 낫지 않겠습니까? 그 때문에 신에게 부탁하고 의심하지 않으신 것입니다.

신은 명을 받은 그날부터 잠을 자도 편안하지 않고 음식을 먹어도 맛을 몰랐습니다. 생각건대 북쪽을 정벌하려면 먼저 남쪽을 평정해야겠기에 5월에 노수瀘水를 건너 깊이 불모의 땅으로 들어가 하루걸러 밥을 먹으며 분주히 고생했으니, 이는 신이 스스로를 아끼지 않아서가 아니었습니다. 다만 왕업이 구석진 촉도蜀都에서 안주해서는 안 될 것이므로 위험과 어려움을 무릅쓰고 선제께서 남기신 뜻을 받든 것인데, 비평하기 좋아하는 자들은 올바른 계책이 아니라고 하였습니다. 이제 역적은 서쪽에서 지치고 또 동쪽에서 힘을 쏟았습니다. 병법에 '적이 피로한 틈을 노리라'고 했으니, 지금이 바로 전진할 때입니다. 그 일을 삼가 다음과 같이 아룁니다.

고제高帝(한고조 유방)께서는 해와 달 같이 밝으시고 모신謀臣들은 지혜가 연못처럼 깊었으나 험한 고초를 겪고 상처를 입으며 위태로운 고비를 넘긴 뒤에야 천하를 안정시켰습니다. 지금 폐하께서는 고제에 미치지 못하시고 모신은 장량張良이나 진평陳平(두 사람 모두 유방의 모신) 만 못합니다. 그런데도 장구한 계책으로 승리하며 편안히 앉아 천하를 평정하고자 하시니, 이는 신이 이해할 수 없는 첫 번째 일입니다.

유요劉繇와 왕랑王朗은 각각 주군을 차지하고 안위와 계책을 논하면서 걸핏하면 성인의 말씀이나 끌어댔지만 온갖 의심이 뱃속에 가득 차고 여러 가지 어려움으로 가슴이 막혔습니다. 그리하여 금년에도 싸우지 않고 명년에도 정벌하지 않고 있다가 손권이 편안히 앉아서 세력을 키우게 만들어서 마침내 강동을 아우르게 하고 말았으니, 이는 신이 이해할 수 없는 두 번째 일입니다.

조조는 지혜와 계책이 누구보다 뛰어나고 군사를 부리는 수법이 손무와 오기에 방불했습니다. 그러나 남양南陽에서 곤경에 처하고 오소烏巢에서 위험에 빠졌으며 기련祁連에서 위태로웠고 여양黎陽에서 핍박을 받았으며 북산北山에서는 거의 패할 뻔했고 동관潼關에서는 하마터면 목숨을 잃을 뻔했습니다. 그런 다음에야 임시로 한때나마 천하를 안정시킬 수 있었는데, 하물며 신은 재주가 미약한데도 위험을 겪지 않고 천하를 평정하기를 바라시니, 이는 신이 이해할 수 없는 세 번째 일입니다.

조조는 다섯 번이나 창패昌霸(창희昌狶)를 공격했으나 항복받지 못했고 네 차례나 소호巢湖를 건너 동오를 정벌하고도 성공하지 못하여, 이복李服을 임용하자 이복은 도리어 조조를 해치려 했고 하후연에게 맡기자 하후연은 싸움에 패하고 죽었습니다. 선제께서 매양 조조를 능하다고 칭찬하셨건만 오히려 이런 실수가 있었습니다. 하물며 신의 노둔한 재주로야 어찌 반드시 이길 수 있다 하겠습니까? 이는 신이 이해할 수 없는 네 번째 일입니다.

신이 한중에 이른 뒤로 겨우 한 해가 지났을 뿐인데, 그 사이에 조운趙雲·양군陽群·마옥馬玉·염지閻芝·정립丁立·백수白壽·유합劉郃·등동鄧銅 등을 잃었습니다. 또한 곡장曲長·둔장屯將 70여 명과 돌장突將과 무전無前, 종수賨叟·청강靑羌과 산기散騎·무기武騎 1천여 명이 죽었습

---

*곡장……무기 | 곡장은 중급 부대장, 둔장은 주둔군의 장수, 돌장은 돌격 부대의 장수, 무전은 앞을 가로막는 자가 없다는 뜻으로 선두 돌격 부대의 장수, 종수는 남만 출신 소수 민족 부대의 장수, 청강은 서강족西羌族 부대의 장수, 산기와 무기는 기병 부대의 명칭으로 여기서는 그 지휘관을 말한다.

니다. 이들은 수십 년 동안 사방에서 모아들인 정예군들로 한 고을에서 얻은 사람들이 아닌데, 다시 몇 년이 지나면 3분의 2가 줄 것이니 무엇으로 적을 공격할 수 있겠습니까? 이는 신이 이해할 수 없는 다섯 번째 일입니다.

지금 백성들은 곤궁하고 군사들은 피로하지만 북벌하는 일은 중지할 수 없으니, 그 일을 중지할 수 없다면 머물러 지키는 것과 싸우러 나가는 것이 그 노고와 비용이 동일합니다. 그런데도 빨리 적을 도모하려 하지 않고 겨우 한 주의 땅으로 역적과 오래 대치하려 하시니, 이는 신이 이해할 수 없는 여섯 번째 일입니다.

대저 확정하기 어려운 것이 일의 성패입니다. 예전 선제께서 초楚 땅에서 패하셨을 때' 조조는 손뼉을 치면서 천하는 이미 평정되었다고 여겼습니다. 그러나 후에 선제께서 동으로는 오吳·월越과 연합하고 서로는 파촉巴蜀을 손에 넣어 군사를 일으켜 북방 정벌을 나서시니 하후연이 머리를 내놓았습니다. 이는 조조의 실책인 반면 우리 한나라의 사업이 장차 이루어질 조짐이었습니다. 그러나 뒤에 오가 다시 맹약을 위반하여 관우가 목숨을 잃고 선제께서 자귀秭歸에서 참패를 당했으며 조비가 황제라 일컫게 되었습니다. 모든 일은 이와 같아서 실로 미리 헤아리기 어려운 것이옵니다. 신은 몸을 바치고 정성을 다하여 나라를 위해 죽을 때까지 일할 따름이니 성공과 실패, 유리함과 불리함은 신의 지혜로 미리 내다볼 수 있는 것이 아니옵니다.

표문을 읽은 후주는 몹시 기뻐하며 즉시 공명에게 출전하라는 칙

•초 땅에서 패하셨을 때│유비가 당양當陽 장판長板에서 조조에게 패한 것을 말한다. 당양은 형주에 속하며 춘추전국 시대 초楚나라 지역이었으므로 이렇게 말했다.

안매화 그림

명을 내렸다. 공명은 명령을 받자 30만의 정예병을 일으키고, 위연을 선두 부대를 총지휘하는 선봉으로 삼아 곧장 진창陳倉 길목으로 달려가게 했다.

어느 틈에 첩자가 낙양으로 들어가 이 사실을 보고했다. 사마의가 이 일을 위주에게 아뢰자 위주는 문무백관을 모아 대책을 상의했다. 대장군 조진이 반열에서 나와 아뢰었다.

"신이 지난번 농서를 지킬 때 공은 작고 죄는 커서 황공함을 이기지 못하겠나이다. 바라건대 대군을 이끌고 가서 제갈량을 사로잡게 해주소서. 신은 최근에 대장 한 명을 얻었는데 이 사람은 60근이나 되는 대도를 쓰고 천리마를 타며 두 섬의 힘이 드는 철태궁鐵胎弓을 마음대로 다룹니다. 또한 세 개의 유성추流星錘를 몸에 감추고 다니는데 던지기만 하면 백발백중이라 1만 명도 당하지 못할 용맹을 지녔습니다. 그는 농서 적도狄道 사람으로 이름은 왕쌍王雙이고 자를 자전子全이라 합니다. 신은 이 사람을 선봉으로 천거하나이다."

조예는 크게 기뻐하며 왕쌍을 전각 위로 불러올렸다. 살펴보니 신장은 9척이요 얼굴은 검고 눈동자는 노란데 곰의 허리에 호랑이 등을 가졌다. 조예가 웃으며 말했다.

"짐이 이런 대장을 얻었으니 무엇을 걱정하랴!"

조예는 왕쌍에게 비단 전포와 황금 갑옷을 내리고 호위장군虎威將軍에 봉하여 전부 대선봉前部大先鋒으로 삼고, 조진을 대도독으로 삼았다. 조진은 임금께 사은하고 물러나 즉시 15만 명의 정예병을 이끌고 곽회, 장합 등과 병력을 합하여 길을 나누어 요충지를 지키기로 했다.

한편 촉군의 선두 부대가 진창까지 정찰을 나갔다가 돌아와 공명에게 보고했다.

"진창 어귀에 이미 성을 쌓고 대장 학소郝昭가 지키고 있습니다. 해자를 깊이 파고 보루를 높이 쌓았으며 녹각을 두루 박아 방비가 매우 삼엄합니다. 차라리 이 성을 버리고 태백령太白嶺의 험로를 통하여 기산으로 나가는 편이 편할 것 같습니다."

공명은 단호하게 말했다.

"진창 북쪽은 바로 가정이다. 반드시 이 성을 얻어야 진군할 수 있다."

공명은 위연에게 군사를 이끌고 성 아래로 가서 사방으로 공격하라고 명했다. 위연이 며칠 동안 연거푸 공격을 퍼부었으나 성을 깨뜨리지 못했다. 위연은 공명에게 돌아가 성을 깨뜨리기 어렵다고 보고했다. 공명은 크게 노하여 위연의 목을 치려고 했다. 이때 군막에서 한 사람이 나섰다.

"제가 다년간 승상 수하에 있으면서 아직 아무 일도 한 것이 없습니다. 비록 재주는 없사오나 바라건대 진창성으로 들어가서 학소를 달래 화살 한 대 쓰지 않고 항복을 드리게 하겠습니다."

모두가 보니 그는 부곡部曲(개인 소유의 군사 및 장령) 근상靳詳이었다. 공명이 한마디 물었다.

"자네는 무슨 말로 그를 설득하려는가?"

근상이 대답했다.

"학소와 저는 같은 농서 사람으로 어릴 적부터 사이가 좋았습니다. 제가 그에게 가서 이해득실을 따져 설득하면 틀림없이 항복을 드릴 것입니다."

공명은 즉시 그를 보냈다. 근상은 말을 다그쳐 진창성 아래로 달려가서 큰소리로 외쳤다.

"학백도伯道(학소의 자)의 옛 친구 근상이 만나러 왔소!"

성 위에 있던 사람이 학소에게 보고했다. 학소가 성문을 열고 들여보내라고 했다. 근상은 성 위로 올라가 학소를 만났다. 학소가 물었다.

"친구는 무슨 일로 이곳에 왔는가?"

근상이 대답했다.

"나는 지금 서촉 제갈공명의 군막에서 군사 기밀에 참여하며 상빈으로 대접받고 있네. 승상께서 특별히 나를 이곳에 보내셨네. 공에게 일러 줄 말이 있네."

학소는 벌컥 성을 내며 안색이 확 변했다.

"제갈량은 우리나라의 원수일세! 나는 위나라를 섬기고 자네는 촉나라를 섬겨 각기 그 주인을 위해 일하니 옛날에는 형제처럼 지냈지만 지금은 원수가 아닌가? 자네는 여러 말 하지 말고 즉시 성에서 나가 주게!"

근상이 다시 입을 떼려 했지만 학소는 이미 적루 위로 올라가 버렸다. 위군이 빨리 말에 오르라고 재촉하여 근상을 성밖으로 쫓아냈다. 근상이 머리를 돌려보니 학소가 호심목 난간에 기대어 서 있었다. 근상은 말을 멈추어 세우고 채찍을 들어 가리키며 소리쳤다.

"백도 아우님은 어찌 이리도 박정하신가?"

학소가 대꾸했다.

"위나라의 법도는 형도 아시는 바요. 나는 나라의 은혜를 입은 몸이니 오직 죽음이 있을 따름이오. 형은 여러 말 할 것 없이 어서 돌아가 제갈량더러 속히 와서 성을 공격하라고 이르시오. 나는 조금도 두렵지 않소!"

근상은 영채로 돌아와 공명에게 보고했다.

"학소는 제가 말을 꺼내기도 전에 입을 막아 버렸습니다."

공명이 분부했다.

"다시 한번 가서 이해득실을 따져서 달래 보게."

근상은 다시 성 아래로 가서 학소에게 만나자고 했다. 학소가 적루 위에 나타나자 근상은 말을 세우고 목청을 높여 소리쳤다.

"백도 아우님은 나의 충언을 들어주시게. 자네는 이 외로운 성 하나를 지키면서 무슨 수로 수십만 대군을 막겠다는 말인가? 일찌감치 항복하지 않으면 후회해도 늦을 걸세! 게다가 대한을 따르지 않고 간사한 위나라를 섬기다니 어찌하여 천명을 모르고 청탁을 분별하지 못한단 말인가? 백도는 생각을 좀 해보시게!"

크게 노한 학소는 활을 들어 시위에 살을 메기더니 근상을 가리키며 호통 쳤다.

"나는 전에 이미 할 말을 다했으니 더 이상 입을 열지 말라! 속히 물러가라! 내 너를 쏘지는 않겠다!"

근상은 돌아와 공명에게 학소의 행동을 자세히 말했다. 공명은 크게 노했다.

"필부가 너무도 무례하구나! 나에게 성을 공격할 기구가 없을 거라고 깔보는 게 아니냐?"

그는 즉시 그곳 토착민을 불러 물었다.

"진창성 안에는 인마가 얼마나 있느냐?"

토착민이 대답했다.

"정확한 숫자는 모르오나 약 3천 명쯤 됩니다."

공명은 실소를 금치 못했다.

"이깟 작은 성 따위로 어찌 감히 나를 막겠다는 것이냐? 저들의 구원병이 이르기 전에 급히 공격하라!"

이리하여 군중에는 구름사다리 수백 대가 세워졌다. 사다리 한 대에는 수십 명이 올라설 수 있고 주위를 널빤지로 가려 놓아 적군의 공격으로부터 몸을 보호할 수 있었다. 군사들은 각기 짧은 사다리와 부드러운 밧줄을 지니고 군중에서 울리는 북소리를 신호로 일제히 성벽을 오르기 시작했다. 학소가 적루 위에서 바라보니 촉군이 구름사다리를 설치하여 사면으로 밀려오는 것이었다. 그는 즉시 3천 명의 군사에게 각기 불화살을 들고 사방으로 벌려 서게 하고는 구름사다리가 성에 접근하기를 기다려 일제히 쏘아붙이라고 했다. 공명은 성중에 아무런 방비가 없을 것으로만 생각하고 구름사다리를 많이 만들어 삼군을 북치고 고함지르며 나아가게 했다. 그러나 뜻밖에도 성 위에서 불화살이 일제히 발사되면서 구름사다리마다 모조리 불이 붙어 그 위에 타고 있던 군사들이 수없이 불에 타 죽었다. 성 위에서 화살과 돌덩이가 빗발처럼 퍼붓는 바람에 촉군은 모두 뒤로 물러났다. 공명은 크게 화가 났다.

"네가 나의 구름사다리를 불살라 버렸으니 이번에는 '충거衝車(담을 들이쳐 구멍을 내는 수레)'법을 쓰리라!"

공명은 밤을 도와 충거를 배치했다. 이튿날 촉군은 다시 북치고 함성을 지르며 사면으로 전진했다. 학소는 급히 바위를 날라 와서 거기에 구멍을 뚫고 칡덩굴과 밧줄을 꿰게 했다. 그것으로 수레가 오는 족족 성 위에서 내리치니 충거는 모두 부서지고 말았다. 공명은 다

九十七回　討魏國武侯再上表　襲曹丕姜維詐獻書

양광부 그림

시 군사들에게 흙을 날라다 성 앞의 해자를 메우게 했다. 그리고 요화를 시켜 군사 3천 명을 동원하여 삽과 괭이로 밤사이 땅굴을 파게 하여 몰래 성안으로 진입시켰다. 그러자 학소는 성안에 이중의 해자를 파서 출구를 가로로 막아 버렸다. 이처럼 밤낮으로 공격을 퍼부었으나 20일이 넘도록 성을 깨뜨릴 계책이 없었다. 공명이 영채에서 한창 번민에 싸여 있는데 별안간 보고가 들어왔다.

"동쪽에서 구원병이 도착했습니다. 깃발에 '위 선봉대장 왕쌍'이라 적혀 있습니다."

공명이 물었다.

"누가 저들을 맞겠소?"

위연이 나섰다.

"제가 나가겠습니다."

"그대는 선봉대장이니 가벼이 나가서는 아니 되오."

공명은 다시 물었다.

"누가 감히 저들을 맞겠소?"

비장 사웅謝雄이 그 소리에 맞추어 나왔다. 공명은 그에게 3천 명의 군사를 주어 떠나보냈다. 그리고 또 물었다.

"누가 또 가겠소?"

비장 공기龔起가 그 소리에 맞추어 가겠다고 했다. 공명은 그에게도 3천 명의 군사를 주어 떠나보냈다. 그리고 성안의 학소가 군사를 이끌고 돌격해 나올 걸 염려하여 공명은 인마를 20리나 물려 영채를 세웠다.

한편 군사를 이끌고 전진하던 사웅은 정면으로 왕쌍과 마주쳤다. 그러나 싸움이 붙은 지 3합이 못 되어 왕쌍이 휘두른 칼에 찍혀 죽고 말았다. 촉군이 패하여 달아나자 왕쌍이 추격했다. 공기가 왕쌍을 맞이했으나 그 역시 말이 어울린 지 3합 만에 왕쌍의 칼에 목이 날아 갔다. 패잔병이 돌아가서 이 사실을 보고했다. 크게 놀란 공명은 부 라부랴 요화, 왕평, 장억 세 사람을 보내 왕쌍을 맞게 했다. 양편이 마 주 대하고 둥그렇게 진을 치자 장억이 말을 타고 나갔다. 왕평과 요 화는 진의 양 날개를 지키고 있었다. 말을 달려 나온 왕쌍이 장억과 맞붙어 몇 합을 싸웠으나 승부가 나뉘지 않았다. 왕쌍이 일부러 패 한 척 달아나자 장억이 뒤를 따라 쫓아갔다. 장억이 적의 계책에 빠 진 것을 보고 왕평이 급히 소리를 질렀다.

"뒤를 쫓지 마시오!"

장억이 급히 말머리를 돌렸을 때였다. 어느새 왕쌍의 유성추가 날 아들어 정통으로 등을 가격했다. 장억이 안장에 엎드린 채 달아나자 왕쌍이 말머리를 돌려 추격했다. 왕평과 요화가 왕쌍의 앞을 막고 장 억을 구해 진으로 돌아왔다. 왕쌍이 군사를 휘몰아 크게 한바탕 무찌 르자 촉군에는 죽고 상하는 자가 무수했다. 몇 차례나 피를 토한 장 억은 진으로 돌아가는 대로 공명을 뵙고 말했다.

"왕쌍은 영용하기 짝이 없습니다. 지금 2만 명의 군사를 거느리고 진창성 밖에 영채를 세웠는데 사면으로 울타리를 둘러치고 겹성을 쌓고 해자를 깊이 파서 아주 엄중하게 지키고 있습니다."

두 장수를 잃고 장억마저 상처를 입게 되자 공명은 즉시 강유를 불렀다.

"진창 길목으로는 갈 수가 없는데 달리 무슨 계책을 쓸 수 없겠 느냐?"

강유가 대답했다.

"진창은 성지가 견고하고 학소가 물샐틈없이 방비하고 있는 데다 왕쌍까지 돕게 되었으니 실로 손에 넣을 수가 없습니다. 차라리 대장 한 명에게 산을 의지하고 물가에 영채를 세워 단단히 지키게 한 다음 다시 쓸 만한 장수를 시켜 중요한 길목을 지키면서 가정에 있는 적군의 공격을 막게 하는 게 낫겠습니다. 승상께서는 대군을 통솔하여 기산을 습격하십시오. 제가 이러저러하게 계책을 쓰면 조진을 사로잡을 수 있을 것입니다."

공명은 그의 말에 따라서 즉시 왕평과 이회에게 두 갈래의 군사를 이끌고 가정으로 통하는 샛길을 지키게 했다. 또 위연에게는 한 부대의 군사를 거느리고 진창 어귀를 지키게 했다. 그런 다음 마대를 선봉으로 세우고 관흥과 장포를 전후 구응사前後救應使로 삼아 좁은 길을 통하여 야곡을 나가 기산을 바라고 진군했다.

한편 조진은 지난번에는 사마의에게 공을 빼앗겼다고 생각했다. 그래서 낙양에 도착하자마자 곽회와 손례를 동서 양쪽으로 나누어 지키게 하고, 진창성이 위급하다는 말을 듣고 왕쌍을 보내서 구원하게 했던 것이다. 그러다가 왕쌍이 촉장을 베고 공을 세웠다는 말을 듣자 크게 기뻐했다. 조진은 즉시 중호군中護軍을 맡은 대장 비요費耀에게 임시로 선두 부대를 총지휘하게 하고 모든 장수들에게는 각자 자신이 맡은 요충지를 지키도록 했다. 이때 문득 산골짜기에서 첩자 하나를 잡아서 보이러 왔다는 보고가 있었다. 조진이 압송해 들이라고 명하여 군막 앞에 꿇어앉혔다. 그자가 실토했다.

"소인은 첩자가 아니올시다. 기밀이 있어 도독을 뵈러 오다가 잘못되어 매복한 군사들에게 붙잡힌 것입니다. 좌우의 사람들을 물리처 주시기 바랍니다."

조진은 그의 결박을 풀어 주게 하고 좌우에 있던 사람들을 잠시 물러가도록 했다. 그 사람이 입을 열었다.

"소인은 바로 강백약의 심복인데 상관의 명을 받고 밀서를 전하러 왔습니다."

조진이 물었다.

"편지는 어디에 있느냐?"

그 사람은 살갗에 붙은 속옷에서 편지를 꺼내 바쳐 올렸다. 조진이 봉한 것을 뜯어 내용을 살펴보았다.

죄 지은 장수 강유는 백 번 절하며 이 글을 대도독 조장군 휘하에 바치나이다. 이 유維는 생각건대 대대로 위나라의 녹을 먹고 분에 넘치게 변방을 지키는 소임을 맡으며 외람되이 두터운 은혜를 입었으나 보답할 길이 없었습니다. 전날 제갈량의 계책에 잘못 떨어지는 바람에 높은 절벽에 매달린 신세가 되었습니다. 그러나 고국에 대한 그리움은 어느 날인들 잊을 수 있겠나이까? 이제 다행히 촉군은 서쪽으로 나오고 제갈량은 저를 크게 의심하지 않습니다. 마침 도독께서 친히 대군을 거느리고 오신다 하니 적군을 만나시거든 거짓으로 패한 척해 주십시오. 그러면 이 유가 불을 질러 신호를 보내고 먼저 촉군의 식량과 말먹이 풀을 태워 버릴 것이니 그때 도독께서는 대군을 돌이켜 엄습하십시오. 그러면 제갈량을 사로잡을 수 있을 것입니다. 이는 감히 공을 세워 나라에 보답하려는 것이 아니라 실로 전날에 지은 죄를 스스로 씻으려 함입니다. 깊이 살피시고 속히 명을 내리소서.

조진은 글을 읽고 대단히 기뻐했다.

"하늘이 나에게 공을 이루게 하는 것이로다!"

그는 밀서를 가지고 온 사람에게 후한 상을 내리고는 곧바로 돌려보내며 약속한 날짜에 만나자고 전하게 했다. 조진이 비요를 불러 상의했다.

"지금 강유가 밀서를 보내 나더러 이리저리 하라고 했소."

비요가 걱정했다.

"제갈량은 꾀가 많고 강유도 지모가 굉장합니다. 혹시 제갈량이 시킨 일이나 아닐지, 그 가운데 거짓이 있지나 않을지 걱정이 됩니다."

조진은 대수롭지 않게 여겼다.

"그는 원래 위나라 사람인데 사세가 부득이하여 촉에 항복했을 따름이오. 더 이상 무엇을 의심한단 말이오?"

비요는 그래도 마음이 놓이지 않았다.

"도독께서 경솔히 가서는 아니 되니 그대로 본채를 지키고 계십시오. 제가 한 부대의 군사를 거느리고 가서 강유와 접응하겠습니다. 일이 성공하면 그 공은 모조리 도독께 돌려 드리고 간계가 있다면 제가 스스로 감당하겠습니다."

크게 기뻐한 조진은 마침내 비요에게 5만 명의 군사를 이끌고 야곡을 향해 나아가게 했다. 비요는 서너 마장 나아가다가 군사를 주둔시키고 사람을 내보내 적정을 살피게 했다. 이날 신시(오후 4시 전후)쯤에 정찰병들이 돌아와서 보고했다.

"야곡 길로 촉군이 오고 있습니다."

비요는 급히 군사를 재촉하여 전진했다. 그러나 촉군은 미처 싸우기도 전에 먼저 물러갔다. 비요는 군사를 이끌고 뒤를 추격했다. 촉군이 또 왔다. 비요가 바야흐로 맞아서 싸우려 하자 촉군은 다시 물러가 버렸다. 이런 식으로 세 차례나 거듭하는 동안 어느덧 이튿날 신시가 되었다. 위군은 하루 낮 하룻밤을 잠시도 쉬지 못한 채 언제 재개될지 모를 촉군의 공격에 떨고만 있었던 것이다. 겨우 군사를 주둔시키고 밥을 지으려 할 때였다. 별안간 사방에서 함성이 크게 진동했다. 북소리 나팔 소리가 일제히 울리며 촉군들이 산과 들을 새까맣게 뒤덮고 몰려왔다. 진문 앞의 깃발들이 갈라지는 곳에 사륜거한 대가 나타났다. 수레 위에 단정히 앉은 공명이 사람을 시켜 위군 주장主將은 나와서 묻는 말에 대답하라고 전했다. 비요가 말을 달려 나가니 멀찌감치 공명의 모습이 보였다. 속으로 은근히 기뻐한 그는 좌우의 부하들을 돌아보고 분부했다.

"촉병이 몰려오면 바로 뒤로 물러나 달아나라. 그러다 산 뒤에서 불길이 일어나는 것이 보이거든 되돌아서서 무찔러라. 자연히 우리 군사가 와서 후원할 것이다."

분부를 마친 비요는 말을 달려 나가며 소리쳤다.

"지난번에 패한 장수가 어찌 감히 또 왔느냐?"

공명이 응대했다.

"조진을 불러 대답하게 하라!"

비요가 꾸짖었다.

"조도독께서는 금지옥엽 같은 분이시다. 어찌 너희 반적을 만나시겠느냐?"

크게 노한 공명이 깃털 부채를 들어 한번 흔들자 왼편에선 마대, 오른편에선 장억이 두 길로 군사들을 이끌고 돌격했다. 위군은 즉시 퇴각했다. 그런데 30리를 못 가서 바라보니 멀리 촉군의 배후에서 불길이 일어나며 함성이 끊이질 않았다. 비요는 신호로 놓은 불이라고만 여기고 얼른 몸을 돌려 쳐들어갔다. 촉군이 일제히 물러났다. 비요는 칼을 들고 앞장서서 고함 소리가 나는 곳만 바라보고 쫓아갔다.

바야흐로 불길이 일어나는 곳에 가까워지려는 판인데 산길 가운데서 북소리 나팔 소리가 하늘에 울려 퍼지고 고함 소리가 땅을 뒤흔들었다. 양편에서 군사들이 쏟아져 나오는데 왼편은 관흥이요 오른편은 장포였다. 산 위에서는 화살과 돌덩이가 빗발 퍼붓듯 쏟아져 내렸다. 위군은 크게 패했다. 계책에 떨어진 것을 안 비요는 급히 군사를 물려 산골짜기로 달아나는데 사람과 말이 다함께 지쳤다.

이때 등 뒤에서 관흥이 힘이 펄펄 나는 군사들을 이끌고 추격했다. 위군들은 자기네끼리 짓밟거나 시냇물에 떨어져 죽는 자가 이루 셀 수 없을 지경이었다. 목숨을 건지려고 허둥지둥 달아나던 비요는 산비탈 입구에서 한 떼의 군사와 마주쳤다. 바로 강유였다. 비요가 크게 욕설을 퍼부었다.

"반적이 신의가 없구나! 내 불행히도 잘못하여 네놈의 간계에 빠지고 말았다!"

강유는 웃으며 대꾸했다.

"조진을 사로잡으려 했는데 네가 잘못 걸려들었구나! 속히 말에서 내려 항복하라!"

비요는 급히 말을 몰아 길을 뚫고 산골짜기 안으로 달아났다. 이때 별안간 골짜기 안에서 불빛이 하늘을 찌르고 등 뒤에서는 추격하는 군사가 다시 이르렀다. 비요는 스스로 목을 베어 죽고 남은 무리는 모조리 항복했다. 공명은 밤을 무릅쓰고 군사를 몰아 그대로 기산 앞으로 나아가 영채를 세웠다. 비로소 군사를 거두고 강유에게 후한 상을 내렸다. 강유가 말했다.

"조진을 죽이지 못한 것이 한스럽습니다."

공명 역시 고개를 끄덕였다.

"큰 계책을 하찮게 써 버린 것이 애석하구나."

한편 조진은 비요가 죽었다는 소식을 듣자 뉘우쳐 마지않았다. 그는 즉시 곽회와 함께 촉군을 물리칠 계책을 상의했다. 이에 손례와 신비는 표문을 지어 밤낮을 가리지 않고 위주에게 아뢰었다. 촉군이 다시 기산으로 나오고 조진이 싸움에 패해 군사와 장수를 잃는 바람에 형세가 매우 위급하게 되었다는 내용이었다. 깜짝 놀란 조예는 즉시 사마의를 궁중으로 불러 물었다.

"조진이 군사와 장수를 잃었고 촉병은 다시 기산으로 나왔다 하오. 경에게 그들을 물리칠 어떤 계책이라도 있소?"

사마의가 아뢰었다.

"신에게는 이미 제갈량을 물리칠 계책이 있습니다. 위군이 무예를 드날리고 위엄을 뽐낼 필요도 없이 촉병은 스스로 물러갈 것입니다."

이야말로 다음 대구와 같다.

자단에게 이미 이길 술책이 없음을 보자 /
전적으로 중달의 훌륭한 계책에 의지하네.
已見子丹無勝術 全憑仲達有良謀

그 계책이란 어떠한 것인가, 다음 회를 보라.

98

거듭되는 북벌

한군을 쫓다가 왕쌍은 죽임을 당하고
진창을 습격하여 무후는 승리를 거두다
追漢軍王雙受誅 襲陳倉武侯取勝

사마의가 아뢰었다.

"신이 폐하께 공명은 틀림없이 진창으로 나올 것이라고 아뢴 적이
있사옵니다. 그래서 학소를 보내 그곳을 지키게 한 것인데 지금 과연
그렇게 되었습니다. 저들이 진창을 통해 쳐들어온 것은
군량을 나르기가 매우 편하기 때문입니다. 그런데 지
금 다행히 학소와 왕쌍이 그곳을 지키고 있으므
로 감히 그 길로는 군량을 나르지 못할 것입니
다. 나머지 좁은 길로는 식량 나르기가 매우
어렵습니다. 신이 헤아리건대 촉군은 한 달
치 정도의 군량만을 가지고 왔을 것이니 급
히 싸우는 편이 저들에게 이롭습니다. 그
러니 우리 군사들은 굳게 지키면서 지구전
을 펴야 합니다. 폐하께서는 조진에게 조
서를 내려 각 처의 관문과 요충지를 굳게 지

키면서 나가 싸우지 말라고 하소서. 그러면 한 달이 못 가서 촉군은 저절로 달아날 것입니다. 그때 빈틈을 타고 그들을 공격하면 제갈량을 사로잡을 수 있을 것이옵니다."

조예는 기분이 좋아서 물었다.

"경에게 이미 선견지명이 있거늘 어찌하여 직접 군사를 이끌고 가서 적군을 치지 않소?"

사마의가 대답했다.

"신은 몸을 아끼고 목숨을 중히 여기는 것이 아니오라 실은 이들 군사를 남겨 동오의 육손을 방비하려는 것입니다. 손권은 오래지 않아 반드시 외람된 존호尊號(황제)를 칭할 것입니다. 만일 존호를 칭하는 날에는 폐하께서 자기네를 정벌하지나 않을까 두려워 반드시 먼저 침범해 들어올 것입니다. 이 때문에 신이 군사를 머물러 두고 기다리는 것입니다."

한창 이야기하고 있는데 문득 근신이 아뢰었다.

"조도독이 군사 정황을 아뢰어 왔사옵니다."

사마의가 말했다.

"폐하께서는 즉시 사람을 보내시어 조진에게 경고하옵소서. 무릇 촉병의 뒤를 쫓을 때는 반드시 그 허실을 살펴야 하며 적진으로 깊이 들어가지 말라고 이르소서. 깊이 들어가면 제갈량의 계책에 빠지게 되옵니다."

조예는 즉시 조서를 내리고 태상경太常卿 한기韓曁에게 절을 지니고 가서 조진을 경계하게 했다.

'절대로 싸우지 말고 반드시 조심하여 제 자리를 지키도록 하라. 오직 촉군이 물러가기를 기다려 비로소 그들을 공격하라.'

사마의는 한기를 성밖까지 배웅하면서 부탁했다.

"나는 이번에는 공을 자단에게 양보하려 하오. 공은 자단을 만나거든 이 계책을 내가 말씀드렸다는 건 알리지 말고 그저 천자께서 조서를 내리시며 지키는 편이 상책이라고 이르셨다는 말씀만 전하시오. 촉군의 뒤를 추격할 때는 아주 찬찬한 사람을 보내야지 성급하고 덤비는 사람을 써서는 안 된다고 이르시오."

한기는 작별을 고하고 떠났다.

한편 조진이 군막 윗자리에 올라 일을 의논하고 있는데 갑자기 천자가 태상경 한기를 파견하여 절을 지니고 왔다는 보고가 들어왔다. 조진은 영채에서 나가 한기를 맞아들이고 천자의 조서를 받았다. 그리고 물러나 곽회·손례와 상의했다. 곽회가 웃으며 말했다.

"이는 사마중달의 견해입니다."

조진이 물었다.

"이 견해가 어떠하오?"

곽회가 대답했다.

"이는 제갈량이 용병하는 법을 깊이 알고 하는 말입니다. 오래 뒤에 촉군을 막아 낼 수 있는 자는 반드시 중달일 것입니다."

조진이 다시 물었다.

"만약 촉군이 물러가지 않는다면 그때는 또 어떻게 해야 하오?"

곽회가 대답했다.

"왕쌍에게 은밀히 사람을 보내 군사를 이끌고 샛길을 순찰하라고 하십시오. 그러

면 촉군은 감히 군량을 나르지 못할 것입니다. 적군이 식량이 떨어져 퇴각할 때를 기다렸다가 승세를 타고 뒤를 친다면 완승을 거둘 수 있습니다."

손례도 거들었다.

"저는 기산으로 가서 식량 나르는 군사로 변장하겠습니다. 수레 위에는 온통 마른나무와 띠를 싣고 그 위에다 유황과 염초를 뿌린 다음 사람을 시켜 농서에서 군량을 날라 온다고 헛소문을 퍼뜨리는 것입니다. 촉군은 양식이 떨어지면 틀림없이 뺏으러 올 것입니다. 그들이 수레 있는 곳으로 들어오면 곧바로 불을 질러 수레를 태우고 그와 동시에 밖에서 매복했던 군사들이 호응하면서 들이치면 이길 수 있을 것입니다."

조진이 매우 기뻐했다.

"그 계책이 대단히 묘하구려!"

즉시 손례에게 명령을 내려 군사를 이끌고 계책대로 움직이게 했다. 또 왕쌍에게는 사람을 파견하여 군사를 이끌고 샛길들을 순찰하게 하고 곽회는 군사를 거느리고 기곡과 가정 지역의 군마를 지휘하면서 여러 길의 요충지를 지키게 했다. 조진은 또 장료의 아들 장호張虎를 선봉으로 삼고 악진의 아들 악침樂綝을 부선봉으로 삼아 함께 첫 번째 영채를 지키되 나가 싸우지는 못하도록 했다.

한편 공명은 기산의 영채에서 날마다 사람을 시켜 싸움을 걸었다. 그러나 위군은 굳게 지키면서 나오지 않았다. 공명은 강유를 비롯한 장수들을 불러 대책을 상의했다.

"위군이 굳게 지키면서 나오지 않는 것은 우리 군중에 식량이 없음을 눈치 챘기 때문이오. 지금 진창 쪽의 수송로는 막혔고 그 밖의 샛길들은 산을 넘고 물을 건너 우회해야 하는 어려움이 있소. 내 계산에는 여기 가져온 군량과 말먹이 풀은 한 달을 쓰기에도 부족하니 이를 어찌하면 좋겠소?"

이러지도 못하고 저러지도 못하고 주저하고 있는데 문득 보고가 들어왔다.

"농서의 위군이 군량 수천 수레를 운반하여 기산 서쪽으로 오고 있습니다. 군량 운반을 책임진 관원은 손례라고 합니다."

공명이 물었다.

"그는 어떤 사람이냐?"

그 자리에 있던 위나라 사람이 알려주었다.

"그 사람이 전에 위주를 따라 대석산大石山으로 사냥을 나간 적이 있습니다. 그때 갑자기 사나운 호랑이 한 마리가 놀라서 어전으로 달려드는 걸 손례가 말에서 뛰어내려 검을 뽑아서 베어 버렸습니다. 이로부터 상장군의 벼슬을 받았는데 지금은 조진의 심복입니다."

공명이 웃으며 말했다.

"위군의 주장이 우리에게 식량이 모자란다는 사실을 짐작하고 이런 계책을 쓰는 것이다. 수레에 실린 것은 필시 띠풀이나 인화성 물질일 것이다. 내 평생 화공을 전문적으로 써 온 사람인데 저들이 이따위 계책으로 나를 유인하려 든단 말인가? 우리 군사가 식량 수레를 겁탈하러 가는 줄 알면 저들은 반드시 우리 영채를 습격하러 올 것이다. 그러면 적의 계책을 역이용하는 장계취계將計就計를 쓰리라."

공명은 즉시 마대를 불러 분부했다.

"그대는 3천 명의 군사를 이끌고 곧바로 위병이 군량을 쌓아 둔

곳으로 가서 영채에는 들어가지 말고 바람 부는 쪽으로 불을 지르라. 수레에 불이 붙으면 위병들은 반드시 우리 영채로 달려와 에워쌀 것이다."

또 마충과 장억에게 각기 군사 5천 명씩을 이끌고 가서 밖에서 에워싸 안에 있는 마대와 안팎으로 협공을 가하게 했다. 세 사람이 계책을 받고 떠났다. 이번에는 관흥과 장포를 불러 분부했다.

"위군의 첫 번째 영채는 사방으로 통하는 길로 연결되어 있다. 오늘 밤 서산에 불길이 일어나면 위군은 반드시 우리 영채를 습격하러 올 것이다. 너희 두 사람은 위군의 영채 좌우에 매복해 있다가 저들 군사가 영채에서 나가기를 기다려 즉시 습격하라."

이번에는 오반과 오의를 불러 분부했다.

"그대 두 사람은 각기 한 부대의 군사들을 거느리고 영채 밖에 매복하라. 위군이 이르거든 돌아갈 길을 끊어라."

장병들의 배치를 마친 공명은 몸소 기산 위로 올라가 높은 곳에 자리를 잡고 앉았다. 촉군이 식량과 말먹이 풀을 겁탈하러 온다는 사실을 탐지한 위군은 황급히 손례에게 보고했다. 손례는 사람을 시켜 나는 듯이 조진에게 보고했다. 조진은 사람을 첫 번째 영채로 보내 장호와 악침에게 분부했다.

"오늘 밤 산 서편에서 불길이 일어나면 틀림없이 촉군이 구원하러 올 것이다. 그러면 군사를 출동시켜도 좋으니 이리저리 하라."

두 장수는 계책을 받자 사람을 높은 누각으로 올려 보내 오로지 불이 오르는 것만 살피게 했다.

이때 손례는 군사를 산 서편에 매복시켜 놓고 촉군이 오기만 기다리고 있었다. 이날 밤 2경이 되자 마대가 군사 3천 명을 이끌고 나섰다. 사람들은 모두 하무를 물고 말은 모조리 주둥이를 졸라맨 채 곧장 산 서쪽으로 갔다. 거기에는 수많은 수레가 겹겹이 둘러싸 영채를 이루었는데 수레에는 눈가림으로 정기들을 꽂아 놓고 있었다. 때마침 서남풍이 일었다. 마대가 군사를 시켜 곧장 영채 남쪽으로 가서 불을 지르게 했다. 순식간에 수레란 수레에는 모조리 불이 붙어 불빛이 하늘을 찔렀다.

손례는 촉군이 위군의 영채 안으로 들어왔으므로 신홋불을 지른 줄로만 여기고 급히 군사를 이끌고 일제히 덮쳐들었다. 그런데 등 뒤에서 북소리 나팔 소리가 하늘까지 울려 퍼지며 두 길로 군사들이 쏟아져 나왔다. 마충과 장억이 위군을 가운데 놓고 에워싸 버린 것이었다. 손례는 소스라치게 놀랐다. 뒤이어 또 위군 군중에서 함성이 일어나더니 한 떼의 군사들이 불빛 쪽에서 치고 나왔다. 바로 마대였다. 안팎으로 협공을 받은 위군은 크게 패했다. 바람은 급하고 불길은 맹렬했다. 사람과 말이 저마다 살길을 찾아 이리저리 달아나니 죽는 자가 얼마인지 알 수 없을 지경이었다. 손례는 부상당한 군사들을 이끌고 불길과 연기를 뚫고 달아났다.

이때 장호는 영채 안에 있다가 멀리 불빛이 오르는 것을 보았다. 영채 문을 활짝 열어젖힌 그는 악침과 함께 군사를 모조리 이끌고 촉군의 영채로 달려갔다. 그러나 영채 안에는 사람이라곤 한 명도 보이지 않았다. 급히 군사를 거두어 돌아가려 할 때였다. 오반과 오의의 군사들이 두 길로 쏟아져 나오더니 돌아갈 길을 끊어 버렸다. 장호와 악침은 겹겹이 둘러싼 포위망을 뚫고 말을 달려 본채로 돌아왔다. 그러나 얼핏 토성 위를 보니 화살이 메뚜기 떼처럼 날아왔다. 어느새 관흥과 장포가 영채를 습격한 것이었다. 여지없이 패한 위군은 모두들 조진의 영채로 달려갔다. 그들이 바야흐로 영채 안으로 들어가려 할 때였다. 문득 한 떼의 패잔병이 나는 듯이 달려왔다. 바로 손례였다. 그들은 함께 영채 안으로 들어가 조진을 뵙고 각기 계책에 떨어진 사실을 이야기했다. 이 말을 들은 조진은 조심해서 본영을 지키며 다시는 싸우러 나오지 않았다.

승리를 거둔 촉군은 돌아가서 공명을 뵈었다. 공명은 사람을 시켜 가만히 위연에게 계책을 내리는 한편 영채를 뽑아 일제히 떠나라는 명령을 전했다. 양의가 물었다.

"지금 이미 크게 승리를 거두어 위군의 날카로운 기세를 다 꺾어놓았는데 무슨 까닭으로 군사를 거두십니까?"

공명이 설명했다.

"우리 군사는 양식이 없으니 급히 싸우는 게 이롭네. 그런데 지금 저편에서는 굳게 지키고 나오지 않으니 그리되면 우리가 피해를 입게 되네. 저들은 지금 비록 잠시 패했다지만 중원에서 반드시 군사를 증원시켜 줄 것이야. 만약 가볍게 차린 기병으로 우리의 식량 나르는 길을 끊는다면 그때는 돌아가고 싶어도 갈 수가 없게 되네. 지금 위군은 갓 패해서 감히 우리 군사를 똑바로 쳐다보지도 못하고 있으니 이 기회를 타고 퇴각하면 바로 출기불의出其不意가 되는 것일세. 다만 걱정스러운 건 위연의 군사가 진창길 어귀에서 왕쌍과 대치하고 있어 급히 몸을 빼낼 수 없다는 일일세. 그러나 내 이미 위연에게 밀계를 주어 왕쌍을 베고 위군이 감히 우리의 뒤를 쫓지 못하도록 조치하게 했네. 지금은 후대가 먼저 떠날 것이네."

이날 밤 공명은 북과 징을 치는 금고수金鼓手만 영채에 남겨 시각을 알리게 했다. 하룻밤 사이에 군사들은 깡그리 물러나고 텅 빈 영채만 덩그러니 남게 되었다.

한편 조진이 영채에서 한창 번민하고 있는데 갑자기 좌장군 장합이 군사를 거느리고 당도했다는 보고가 들어왔다. 말에서 내려 군막 안으로 들어온 장합은 조진에게 말했다.

"저는 성지를 받들고 특별히 장군의 명령을 따르려 왔소이다."

조진이 물었다.

"중달과는 작별 인사를 했소?"

장합이 대답했다.

"중달이 '우리 군사가 이기면 촉군은 바로 물러가지 않겠지만 우리 군사가 패한다면 촉군은 틀림없이 즉각 물러갈 것'이라 하더군요. 우리 군사가 싸움에 패한 뒤 도독께서는 촉군의 소식을 정탐해 보셨는지요?"

"아직 그러지 못했소."

조진은 그제야 사람을 보내 알아보게 했다. 과연 영채는 텅 비었고 수십 폭의 깃발만 꽂혀 있을 뿐 적군이 물러간 지 이틀이나 지났다는 것이었다. 조진은 후회막급이었다.

이때 비밀 계책을 받은 위연은 그날 밤 2경에 영채를 뽑아 급히 한중으로 돌아가는 길에 올랐다. 어느새 첩자가 이 사실을 왕쌍에게 보고했다. 왕쌍은 크게 군사를 몰아 힘을 합쳐 촉군의 뒤를 쫓았다. 20여 리나 줄기차게 쫓아가서 차츰 따라잡게 되었다. 앞쪽에 위연의 깃발이 보이자 왕쌍은 큰소리로 외쳤다.

"위연은 달아나지 말라!"

촉군은 머리도 돌리지 않았다. 왕쌍은 말을 다그치며 추격했다. 그때 등 뒤에서 수하의 군사들이 외쳤다.

"성밖의 영채에서 불길이 일어납니다! 적의 간계에 빠진 것 같습니다!"

왕쌍이 급히 말머리를 돌리니 불빛이 하늘로 치솟는 게 보였다. 왕쌍은 황급히 퇴군령을 내렸다. 왕쌍 일행이 산비탈 왼편에 이르렀을 때였다. 별안간 한 사람이 숲속으로부터 질풍 같이 말을 달려 나오며 벽력같이 호통을 쳤다.

"위연이 여기 있다!"

왕쌍은 소스라치게 놀랐다. 미처 손을 놀려 볼 사이도 없이 왕쌍은 위연이 휘두른 칼에 찍혀 말 아래로 떨어지고 말았다. 위군은 매복이 있는 것으로 의심하여 사방으로 흩어져 달아났다. 그러나 위연의 수하에는 겨우 30명의 기병이 있을 따름이었다. 위연은 천천히 말을 몰아 한중으로 돌아갔다. 후세 사람이 시를 지어 찬탄했다.

공명의 묘계 손빈과 방연을 능가하니 /
삼태의 주성처럼 밝게 촉한을 비추네. //
전진과 후퇴 전술 귀신조차 모를러니 /
진창길 어귀에서 왕쌍의 목을 베었네.

孔明妙算勝孫龐, 耿若長星照一方. 進退行兵神莫測, 陳倉道口斬王雙.

본래 공명의 밀계를 받은 위연은 먼저 30명의 기병을 왕쌍의 영채 곁에 매복시켰다가 왕쌍이 군사를 일으켜 촉군의 뒤를 쫓기만을 기다려 그의 영채로 들어가 불을 지르게 했던 것이다. 그러고는 왕쌍이 자신의 영채로 되돌아올 때를 기다려 상대가 전혀 예상치도 못한 사이에 뛰쳐나가 단칼에 왕쌍을 베어 버렸던 것이다. 왕쌍의 목을 자른 위연은 군사를 이끌고 한중으로 돌아가 공명을 뵙고 인마를 인계했다. 공명은 크게 장졸들을 모아 성대한 잔치를 벌였으니 이 이야기는 더 하지 않기로 한다.

이보다 앞서 장합은 촉군의 뒤를 추격했으나 따라잡을 수 없어 영채로 돌아왔다. 그런데 진창성의 학소가 사람을 보내 왕쌍이 촉군을 쫓다가 위연의 칼을 맞고 죽었다고 보고했다. 이 소식을 들은 조진은 슬퍼하기를 마지않았다. 이로 인해 근심하다가 병이 된 조진

주위평 그림

은 마침내 낙양으로 돌아가고 곽회·손례·장합에게 장안의 여러 길을 지키게 했다.

한편 오왕 손권이 조회를 열고 있는데 첩자 하나가 돌아와 보고했다.

"촉의 제갈승상이 두 차례 출병했는데 위나라 도독 조진은 군사를 많이 잃고 장수도 죽었습니다."

이에 신하들은 오왕에게 군사를 일으켜 위를 치고 중원을 도모하라고 권했다. 손권은 머뭇거리며 결단을 내리지 못했다. 장소가 나서서 아뢰었다.

"요즈음 듣자오니 무창武昌의 동산東山에는 봉황이 날아들고 대강大江(장강)에 황룡이 여러 차례 나타났다고 합니다. 주공의 성덕은 당우唐虞(요임금과 순임금)와 짝할 만하고 영명함은 주나라 문왕文王 무왕武王과 어깨를 나란히 할 정도이시니 황제의 자리에 오르신 다음에 군사를 일으키는 게 좋겠습니다."

관원들도 모두 이구동성으로 호응했다.

"자포子布(장소의 자)의 말이 옳습니다."

이리하여 마침내 여름 4월 병인일丙寅日로 날을 뽑아 무창 남쪽 교외에 단을 쌓았다. 그날 신하들이 손권에게 단에 올라 황제로 즉위하기를 청했다. 황제가 된 손권은 황무黃武 8년(229년)을 황룡黃龍(229~231년) 원년으로 고치고 부친 손견에게 시호를 올려 무열황제武烈皇帝라 하고, 모친 오씨는 무열황후, 형 손책은 장사환왕長沙桓王이라 했다. 그리고 아들 손등孫登을 황태자로 세우고 제갈근의 맏아들 제갈각諸葛恪을 태자 좌보太子佐補로, 장소의 둘째 아들 장휴張休를 태자 우필太子右弼로 임명했다.

제갈각은 자가 원손元遜으로 신장이 7척에다 지극히 총명하며 상대의 질문에 거침없이 대답하는 재주를 가졌다. 그래서 손권이 매우 그를 아꼈다. 제갈각이 여섯 살 때였다. 동오에 큰 잔치가 벌어졌는데 제갈각도 부친을 따라 잔치에 참석했다. 손권은 제갈근의 얼굴이 긴 것을 보고 나귀 한 마리를 끌어오게 하더니 분필로 나귀의 얼굴에 '제갈자유子瑜(제갈근의 자)'라고 썼다. 사람들이 모두들 큰소리로 웃었다. 이때 제갈각이 쪼르르 달려 나가 분필을 집어 들고 원래의 글자 아래에 '지려之驢' 두 자를 덧붙여 '제갈자유지려諸葛子瑜之驢(제갈자유의 노새)'라 썼다. 자리에 가득한 사람들은 모두가 놀라 마지않았다. 손권은 대단히 기뻐하며 즉시 그 나귀를 제갈각에게 하사했다.

또 하루는 관료들을 모아 크게 잔치를 열었는데 손권이 제갈각에게 잔을 잡고 술을 권하게 했다. 잔을 차례로 돌려 장소 앞에 이르렀는데 장소가 술을 거절했다.

"이는 늙은이를 대접하는 예절이 아니니라."

이를 보고 손권이 제갈각에게 물었다.

"자포가 술을 마시게 할 수 있겠느냐?"

명령을 받든 제갈각은 장소에게 말했다.

"예전에 강상보姜尙父(강태공)는 나이 아흔이 되어서도 백모와 황월을 잡고 삼군을 거느리면서 일찍이 한번도 늙었다는 말을 한 적이 없었다고 합니다. 오늘날 싸움터에 나갈 때는 선생을 뒷자리에 모시고 술을 마실 때는 선생을 앞자리에 모시는데 어찌하여 노인을 대접하지 않는다고 하십니까?"

대답할 말이 없어진 장소는 억지로 술을 마실 수밖에 없었다. 이로 인하여 손권은 더욱 그를 사랑하여 태자를 보좌하라는 명을 내렸다. 또 장소는 오왕을 보좌하여 삼공三公의 지위에 있는 까닭에 그 아들 장휴를 태자 우필로 삼은 것이다. 손권은 또 고옹顧雍을 승상으로 삼고 육손을 상장군으로 삼아 태자를 보좌하며 무창을 지키도록 했다. 다시 건업으로 돌아간 손권은 여러 신하들을 모아 함께 위를 칠 대책을 의논했다. 장소가 아뢰었다.

"폐하께서는 방금 보위에 오르셨으니 아직 군사를 움직여서는 아니 되옵니다. 마땅히 문文을 닦으며 무武를 중지하고 학교를 증설하여 민심을 안정시켜야 하나이다. 사신을 서천으로 파견하여 촉과 동맹을 맺고 함께 천하를 나누자고 하면서 서서히 도모하셔야 하옵니다."

손권은 그 말에 따라서 즉시 사신에게 명을 내려 밤낮을 가리지 말고 서천으로 들어가 후주를 만나 보게 했다. 동오의 사신이 후주에게 인사를 마치고 자신이 띠고 온 임무를 자세히 아뢰었다. 이 말을 들은 후주는 여러 신하들과 상의했다. 여러 사람이 손권이 외람되이 황제의 자리에 올랐으니 의당 동맹 관계를 끊어야 한다고 했다. 장완이 말했다.

"사람을 보내 승상께 물어보는 게 좋겠나이다."

후주는 곧 사자를 한중으로 보내 공명에게 대책을 물었다. 공명이 사신에게 대답했다.

"사신을 시켜 예물을 지니고 오로 들어가 축하하면서 손권에게 청하여 육손을 시켜 군사를 일으켜 위를 정벌하게 하시오. 그러면 위에서는 틀림없이 사마의를 시켜 동오를 막을 것이오. 사마의가 남으로 내려가 동오를 막게 되면 나는 다시 기산으로 나가 장안을 도모할 수 있을 것이오."

후주는 공명의 말에 따라 태위 진진陳震에게 명하여 명마名馬와 옥대玉帶, 금과 구슬, 보물을 지니고 오로 들어가 하례를 올리게 했다. 동오에 당도한 진진은 손권을 알현하고 국서를 바쳤다. 손권은 크게 기뻐하며 연회를 열어 대접하고 진진을 돌려보냈다. 손권은 육손을 불러들여 서촉의 요청으로 군사를 일으켜 위를 치기로 약속한 일을 알렸다. 육손이 말했다.

"이는 공명이 사마의를 두려워해서 낸 꾀입니다. 그러나 이미 저들과 동맹을 맺었으니 부득불 그들의 뜻에 따라야 하겠습니다. 군사를 일으키는 기세를 보여 멀리 서촉과 호응하도록 하십시오. 그러다가 공명이 위를 공격하고 위의 형세가 위급해지기를 기다려 우리는 그 틈을 타고 중원을 치면 되겠습니다."

손권은 즉시 명령을 내려 형주와 양양 각처의 관원들에게 모두들 인마를 훈련시키도록 하는 한편 날을 골라 군사를 일으키기로 했다.

한편 진진은 한중으로 돌아가 자신이 수행한 일을 공명에게 알렸다. 그러나 공명은 진창으로 섣불리 나아가는 건 아직은 걱정스럽다고 생각하고 먼저 사람을 보내 정탐하게 했다. 정찰병이 돌아와 보고했다.

"진창성의 학소가 병이 위중하답니다."

"대사가 이루어지는구나!"

공명은 즉시 위연과 강유를 불러 분부했다.

"그대들 두 사람은 5천 명의 군사를 거느리고 밤낮을 가리지 말고 곧바로 진창성 아래로 달려가라. 불길이 일어나면 힘을 합쳐 성을 공격하라."

두 사람은 깊이 믿을 수가 없어 다시 물었다.

"어느 날 떠나야 합니까?"

공명이 대답했다.

"사흘 안에 모든 준비를 끝내야 한다. 나에게 다시 인사할 필요는 없으니 준비가 되는 대로 즉시 떠나도록 하라."

두 사람은 계책을 받고 떠났다. 공명은 또 관흥과 장포를 불러 귀에다 입을 대고 낮은 소리로 이리저리 하라고 일렀다. 두 사람도 각각 밀계를 받고 떠났다.

이때 곽회는 학소의 병이 위중하다는 말을 듣고 장합과 의논했다.

"학소의 병이 위중하다니 장군이 속히 가서 그를 대신해야겠소. 내가 직접 표문을 써서 조정에 아뢰고 달리 안배하리다."

장합은 3천 명의 군사를 이끌고 급히 학소를 대신하러 떠났다. 이때 학소는 병세가 매우 위독했다. 이날 밤 그가 한창 신음하고 있는데 별안간 촉군이 성 아래 이르렀다는 보고가 들어왔다. 학소는 급히 사람을 시켜 성벽 위로 올라가 지키라고 했다. 마침 이때 여러 문위에서 불길이 일어나며 성안이 크게 어지러워졌다. 이 소식을 들은 학소는 그만 놀란 나머지 죽고 말았다. 촉군이 일제히 성안으로 몰려들었다.

위연과 강유가 군사를 거느리고 진창성 아래 당도해 보니 깃발 한 폭 보이지 않을 뿐만 아니라 시각을 알리는 군사조차 없었다. 두 사람은 놀라고 의아스러워 감히 성을 공격하지 못하고 있었다. 그때 별안간 성 위에서 '쾅!' 하고 포 소리가 울리더니 사면에서 깃발들이 일제히 일어섰다. 문득 한 사람이 나타나는데 푸른 비단 띠로 만든 관건을 쓰고 깃털 부채를 들고 학창의에다 도포까지 입은 채 큰 소리로 외쳤다.

"그대들 두 사람이 늦었도다!"

위연과 강유가 살펴보니 바로 공명이었다. 두 사람은 황망히 말에서 내려 땅에 엎드리며 절을 올렸다.

"승상의 계책은 참으로 귀신같습니다!"

공명은 두 사람을 성안으로 들이고선 말했다.

"내가 학소의 병이 위중하다는 소식을 탐지하고 그대들에게 사흘 안으로 군사를 거느리고 성을 치라고 했는데, 이는 사람들의 마음을 안정시키자는 것이었네. 그 뒤 관흥과 장포를 시켜 군사를 점검한다는 핑계를 대고 몰래 한중을 빠져나가게 했지. 나도 즉시 군사들 틈에 숨어 밤낮을 가리지 않고 평소보다 갑절이나 빠른 속도로 걸어 곧바로 성 아래에 이르렀으니, 이는 적들에게 미처 군사를 움직일 겨를을 주지 않기 위함이었다. 이보다 앞서 나는 첩자들에게 성안에서 불을 놓고 고함을 질러 우리를 돕되 위군을 놀라고 의심하여 불안스럽도록 하라고 했네. 군사란 주장이 없으면 스스로 어지러워지는 법이지. 그래서 이 성을 공략하기가 손바닥 뒤집듯 쉬웠던 것이네. 병법에 '생각지도 못한 틈을 타서 움직이고 방비가 없는 틈을 타고 공격하라'고 했으니 바로 이를 두고 한 말일세."

위연과 강유는 땅에 엎드려 절을 올렸다. 공명은 학소의 죽음을 가엾게 여겨 그 아내와 자식들을 영구와 함께 위나라로 돌려보내 그의 충성을 기리게 해주었다. 공명은 다시 위연과 강유에게 말했다.

"그대들 두 사람은 잠시 갑옷을 벗지 말고 이 길로 군사를 이끌고 산관散關을 습격하라. 관을 지키는 자들은 우리 군사가 이른 것을 알면 틀림없이 놀라 달아날 것이다. 만약 조금이라도 늦어지면 위군이 관에 이를 것이니 그리되면 치기 어렵게 될 것이다."

명령을 받은 위연과 강유는 즉시 군사를 이끌고 곧바로 산관까지 갔다. 과연 관을 지키고 있던 자들은 모조리 달아났다. 두 사람이 관 위로 올라가서 막 갑옷을 벗으려 할 때였다. 멀리 관 밖에 흙먼지가 자욱하게 일어나며 위군이 달려오는 광경이 보였다. 두 사람은 서로 쳐다보며 감탄했다.

"승상의 귀신같은 헤아림은 측량할 길이 없구려."

급히 성루 위로 올라가 살펴보니 바로 위장 장합이었다. 두 사람은 즉시 군사를 나누어서 각기 험한 길을 지키기로 했다. 촉군이 중요 도로를 장악하여 지키고 있는 것을 본 장합은 마침내 철군 명령을 내렸다. 위연이 뒤를 쫓아가며 한바탕 무찌르니 죽어 넘어지는 위군들은 수를 헤아릴 수 없을 지경이었다. 장합은 대패해서 달아났다. 관으로 돌아온 위연은 사람을 시켜 공명에게 첩보를 올렸다. 공명은 직접 군사를 거느리고 진창과 야곡으로 나가 먼저 건위建威를 빼앗았다. 뒤쪽에선 촉군이 속속 나아갔다. 후주가 또 대장 진식陳式을 보내 공명을 돕게 했다. 공명은 대군을 몰아 다시 기산으로 나가 영채를 세웠다. 그러고는 장수들을 모아 놓고 말했다.

"내가 두 차례나 기산으로 나왔으나 이익을 얻지

못했소. 지금 다시 이곳에 이르렀는데 위군은 틀림없이 이전에 싸우던 곳을 근거로 우리와 맞서려 할 것으로 예상되오. 저들은 내가 옹雍·미郿 두 현을 칠 것으로 의심하고 반드시 군사를 내어 그 두 곳을 지킬 것이오. 내가 보기에는 음평陰平과 무도武都 두 군이 우리 지경과 이어져 있으니 만약 이 성들만 얻는다면 또한 위군의 세력을 갈라 놓을 수 있을 것이오. 누가 감히 그곳을 치겠소?"

강유가 나섰다.

"제가 가고 싶습니다!"

왕평도 호응했다.

"저도 가고 싶습니다!"

대단히 기뻐한 공명은 강유에게 1만 명의 군사를 이끌고 무도를 치게 하고 왕평에게 군사 1만 명을 거느리고 음평을 공격하게 했다. 두 사람은 군사를 거느리고 떠났다.

한편 장안으로 돌아간 장합은 곽회와 손례를 만나 말했다.

"진창을 잃고 학소도 죽었는데 산관마저 촉군에게 빼앗기고 말았소. 지금 공명은 다시 기산으로 나와 길을 나누어 진군하고 있소."

곽회가 깜짝 놀라서 말했다.

"그렇다면 틀림없이 옹현과 미현을 뺏으려 할 것이오."

이에 장합을 남겨 장안을 지키게 하고 손례에게는 옹성을 지키도록 했다. 곽회 자신은 군사를 이끌고 밤낮을 가리지 않고 달려가 미성을 지키는 한편 낙양에 표문을 올려 급변을 보고했다.

이때 위주 조예는 조회를 열고 있었는데 근신이 아뢰었다.

"진창성이 함락되고 학소가 죽었으며 제갈량이 다시 기산으로 나오고 산관 역시 촉군의 수중에 들어갔다 하옵니다.”

조예는 깜짝 놀랐다. 그런데 또 만총을 비롯한 중신들이 표문을 올려서 아뢰었다.

“동오의 손권이 외람되이 황제라 칭하며 촉과 동맹을 맺었나이다. 지금 육손이 무창에서 인마를 조련하면서 출전 명령만 기다리고 있다 하옵니다. 조만간 반드시 침노해 들어올 것입니다.”

두 곳이 모두 위급하다는 소식을 들은 조예는 너무나 놀란 나머지 어찌할 바를 몰랐다. 이때 조진은 병이 아직 완쾌되지 않았으므로 사마의를 불러서 대책을 상의했다. 사마의가 아뢰었다.

“신의 어리석은 생각으로 헤아려 보면 동오가 꼭 군사를 일으키지는 않을 것입니다.”

조예가 물었다.

“경이 그것을 어떻게 아오?”

사마의가 설명했다.

“공명은 일찍이 효정猇亭 전투의 원수를 갚아야겠다고 생각했으니 오를 삼키려는 마음이 없는 것이 아니옵니다. 다만 중원에서 빈틈을 타고 자신들을 치지나 않을까 두려워 잠시 동오와 동맹을 맺은 것뿐입니다. 육손 또한 공명의 뜻을 아는 까닭에 짐짓 군사를 일으키는 기세를 갖추어 호응만 할 뿐 실은 가만히 앉아서 제갈량의 성패를 관망하고 있을 따름입니다. 그러므로 폐하께서는 동오를 방비하실 필요가 없고 반드시 촉을 방비하셔야 하나이다.”

조예는 감탄했다.

“경의 견해가 참으로 고견이구려!”

조예는 마침내 사마의를 대도독으로 봉해서 농서 여러 길의 군마를 총지휘하게 했다. 그리고 근신을 조진에게 보내 전군 총지휘권을 상징하는 장인將印(장군 도장)을 받아오게 했다. 그러자 사마의가 말했다.

"신이 직접 가서 받아오겠나이다."

사마의는 황제에게 인사하고 조정에서 물러 나와서는 그길로 조진의 장군부로 갔다. 우선 사람을 들여보내 자신의 방문을 알리고 나서야 비로소 안으로 들어가 알현했다. 병문안을 마친 사마의가 입을 열었다.

"동오와 서촉이 회합을 가지고 군사를 일으켜 국경을 침노하기로 했으며 지금 공명은 다시 기산으로 나와 영채를 세웠다 합니다. 명공께서는 이 사실을 아십니까?"

조진이 놀라며 물었다.

"집안사람들이 내 병이 위중하다는 사실을 알고 나에게 알리지 않은 것 같소. 이처럼 나라에 위급한 일이 일어났다면 어찌하여 중달을 도독으로 임명하여 촉군을 물리치지 않는단 말이오?"

사마의가 대답했다.

"저는 재주도 없고 지모도 깊지 않아 그런 직책을 맡을 수 없습니다."

조진이 아랫사람에게 분부했다.

"인수를 가져다 중달에게 드려라."

사마의는 짐짓 사양했다.

"도독께서는 근심하지 마십시오. 저는 한 팔의 힘이 되어 도와드리고자 할 뿐 이 인수만큼은 받지 못하겠습니다."

조진이 침상에서 벌떡 일어나며 소리쳤다.

"만약 중달이 이 소임을 맡지 않는다면 중원이 위태로워지게 될 것이오! 내 마땅히 억지로라도 병든 몸을 일으켜 천자를 알현하고 당신을 보증하리다!"

사마의가 실토했다.

"천자께서는 이미 명을 내리셨으나 제가 감히 받지 못할 따름입니다."

조진은 대단히 기뻐했다.

"중달이 이제 이 소임을 맡았으니 가히 촉병을 물리칠 수 있을 것이오."

사마의는 조진이 두 번 세 번 건네주는 것을 보고는 마침내 그 인수를 받았다. 그길로 궁궐로 들어간 사마의는 위주에게 작별 인사를 한 다음 군사를 이끌고 공명과 결전을 벌이기 위해 장안으로 갔다. 이야말로 다음 대구와 같다.

옛 도독의 도장은 새 도독 것이 되었지만 /
두 나라의 군사들은 한 나라만 오게 되네.
舊帥印爲新帥取　兩路兵惟一路來

승부가 어떻게 될 것인가, 다음 회를 보라.

99

공명과 중달

제갈량은 위군을 크게 깨뜨리고
사마의는 서촉을 침범해 들어가다
諸葛亮大破魏兵　司馬懿入寇西蜀

촉한 건흥 7년(229년) 여름 4월, 공명의 군사는 기산에서 영채를 셋으로 나누어 세우고 위군이 오기만을 기다렸다.

한편 사마의가 군사를 이끌고 장안에 이르자 장합이 맞이하며 앞에서 일어난 일을 자세히 이야기했다. 사마의는 장합을 선봉으로 삼고 대릉戴陵을 부장으로 삼아 10만 명의 군사를 거느리고 기산에 이른 다음 위수渭水의 남쪽에다 영채를 세웠다.
곽회와 손례가 영채로 들어와 알현했다.
사마의가 물었다.

"그대들은 촉군과 대진對陣해 본 적이
있소?"

두 사람이 대답했다.

"아직 없습니다."

사마의가 말했다.

"촉군은 천리 먼 길을 왔으

니 빨리 싸우는 게 이롭소. 그런데 지금 이곳까지 와 놓고선 싸우지 않으니 반드시 무슨 꾀를 부리는 것이오. 농서의 각 길에서는 무슨 소식이 없었소?"

곽회가 대답했다.

"첩자들이 탐지한 바에 의하면 각 군에서 충분히 주의하여 밤낮으로 방비를 하고 있기 때문에 전혀 아무런 일도 없다고 합니다. 다만 무도와 음평 두 곳에서만 아직 들어온 보고가 없습니다."

사마의가 명령을 내렸다.

"내가 직접 사람을 보내 공명과 싸우자고 하겠소. 그대 두 사람은 급히 샛길을 통해 무도와 음평을 구하러 가시오. 촉군의 뒤를 엄습하면 저들은 필시 자중지란이 일어날 것이오."

계책을 받은 두 사람은 군사 5천 명을 이끌고 농서의 샛길을 통하여 무도와 음평을 구하러 가면서 촉군의 배후를 습격하기로 했다. 길을 가던 곽회가 손례를 보고 물었다.

"중달을 공명과 비교하면 어떠하오?"

손례가 대답했다.

"공명이 중달보다 훨씬 낫지요."

곽회가 말했다.

"공명이 낫다고는 하지만 이번 계책은 중달에게도 남달리 뛰어난 지모가 있음을 보여주는 것이오. 촉군이 한창 두 군을 치고 있을 때 우리가 뒷길로 질러가 들이닥친다면 저놈들이 어찌 자중지란에 빠지지 않겠소?"

이렇듯 이야기를 나누고 있는데 별안간 척후병이 달려와 보고했다.

"음평은 이미 왕평의 손에 격파되었고 무도 또한 강유의 손에 무너졌습니다. 촉군은 앞쪽 멀지 않은 곳에 있습니다."

손례가 말했다.

"촉군이 이미 성지를 깨뜨렸다면 어째서 군사를 밖에 늘어놓았단 말이오? 이는 필시 무슨 속임수가 있을 것이오. 속히 퇴각하는 편이 낫겠소."

곽회는 그 말을 따르기로 했다. 바야흐로 명령을 전해 군사들을 물리려고 할 때였다. 별안간 '쾅!' 하는 포성과 함께 산 뒤로부터 한 떼의 군사가 불쑥 나타났다. 깃발 위에는 '한 승상 제갈량'이라는 글자가 큼직하게 적혀 있고 중앙에 위치한 사륜거 위에는 공명이 단정히 앉아 있었다. 그 왼쪽에는 관흥, 오른쪽에는 장포가 모시고 있었다. 이 광경을 본 손례와 곽회는 깜짝 놀랐다. 공명이 큰소리로 껄껄 웃었다.

"곽회와 손례는 달아나지 말라! 사마의의 계책으로 어찌 나를 속일 수 있겠느냐? 그가 날마다 사람을 시켜 앞에서 싸우게 하고선 너희들을 보내 우리 군의 뒤를 습격하다니. 그러나 내 이미 무도와 음평을 빼앗았느니라. 그런데도 너희 두 사람은 일찌감치 항복하지 않고 군사를 몰아 나와 승부를 결해 보겠다는 것이냐?"

이 말을 들은 곽회와 손례는 크게 당황했다. 이때 느닷없이 등 뒤에서 함성이 하늘에 울려 퍼지더니 왕평과 강유가 군사를 이끌고 쇄도했다. 관흥과 장포 또한 군사를 이끌고 앞쪽에서 쳐들어왔다. 양쪽으로 협공을 받은 위군은 크게 패했다. 곽회와 손례는 말을 버리고 산으로 기어올라 달아났다. 이 광경을 바라보던 장포는 급히 말을 몰아 그 뒤를 쫓았다. 그러나 뜻밖에도 말과 사람이 함께 물이 흐르는 계곡으로 떨어지고 말았다. 후군이 서둘러 구하고 보니 장포는 이미 머리가 깨져 있었다. 공명은 사람을 시켜 장포를 성도로 데리고 가 다친 곳을 치료하게 했다.

간신히 달아난 곽회와 손례가 사마의에게 돌아가서 말했다.

"무도와 음평 두 군은 이미 잃었습니다. 공명이 중요한 도로에 군사를 매복하고 앞뒤로 공격하는 바람에 크게 패했습니다. 하는 수 없이 말을 버리고 걸어서 간신히 돌아올 수 있었습니다."

주위평 그림

사마의가 말했다.

"이는 그대들의 죄가 아니라 공명의 지모가 나보다 앞섰기 때문이오. 다시 군사를 이끌고 가서 옹성과 미성을 지키되 절대로 나가 싸우지는 마시오. 나에게 적을 깨뜨릴 계책이 있소."

두 사람은 절을 올리고 떠났다. 사마의는 또 장합과 대릉을 불러 분부했다.

"이제 공명이 무도와 음평을 얻었으니 틀림없이 백성들을 어루만져 민심을 안정시키려고 할 테니 영채에 머물러 있지는 않을 것이오. 그대 두 사람은 각기 정예병 1만 명을 이끌고 오늘밤 출발하시오. 그래서 촉군의 영채 배후로 질러가 용맹을 떨치면서 일제히 쳐 나오도록 하시오. 나는 군사를 거느리고 앞쪽에 포진하고 있다가 촉군의 형세가 어지러워지면 크게 군사를 몰아 쳐들어갈 것이오. 우리 양군이 힘을 합치면 촉군의 영채를 뺏을 수 있을 것이오. 산세가 험한 이곳을 얻고 나면 적을 깨뜨리는 것쯤이야 무어 그리 어렵겠소?"

계책을 받은 두 사람은 군사를 이끌고 떠났다. 대릉은 왼편, 장합은 오른편에서 각기 샛길로 전진하여 촉군의 진지 뒤로 깊숙이 들어갔다. 밤 3경쯤 큰길로 나와 양군이 서로 마주치자 두 사람은 군사를 합쳐서 촉군의 배후로 돌격했다. 그런데 30리를 채 못 갔는데 선두 부대가 나가지를 못했다. 장합과 대릉이 직접 달려가 살펴보니 풀을 실은 수레 수백 대가 앞길을 가로막고 있었다. 장합이 말했다.

"이는 필시 적이 준비한 것이오. 속히 길을 찾아 돌아가는 것이 좋겠소."

막 퇴각 명령을 내리려 할 때였다. 문득 온 산 가득 불빛이 훤히 밝혀지더니 북소리 나팔 소리가 천지를 뒤흔들며 사방에서 매복한 군사들이 나타나 두 사람을 에워싸 버렸다. 공명이 기산 위에서 큰소리로 외쳤다.

"대릉과 장합은 나의 말을 듣도록 하라. 사마의는 내가 백성들을 위로하기 위하여 무도와 음평으로 가느라 영채를 비울 것으로 짐작하고 너희 둘을 보내 우리 영채를 습격하게 했을 것이다. 하지만 너희들은 나의 계책에 떨어졌다. 너희 두 사람은 이름 없는 하급 장수이니 내 죽이지 않겠노라. 속히 말에서 내려 항복하라!"

크게 노한 장합은 공명을 가리키며 욕을 퍼부었다.

"너는 한낱 산야에 살던 촌놈 주제에 우리 대국의 경계를 침범하면서 어찌 감히 그따위 말을 지껄이느냐? 내 너를 붙잡기만 하면 시체를 만 조각으로 짓부수고 말 테다!"

말을 마친 장합은 창을 꼬나들고 말을 몰아 산 위로 치달아 돌격했다. 산 위에서는 화살과 돌덩이가 빗발처럼 쏟아졌다. 장합은 산으로 올라가지 못하게 되자 더욱 빠르게 말을 몰고 창을 휘두르며 겹겹의 포위망을 뚫고 나갔다. 그 기세에 누구도 감히 앞을 막지 못했다. 촉군은 대릉을 한가운데 놓고 에워싸고 있었다. 장합이 먼저 온 길로 치고 나와 보니 대릉이 보이지 않았다. 그는 즉시 용맹을 떨치며 몸을 돌리더니 다시 겹겹의 포위망 속으로 치고 들어가서는 대릉을 구해서 돌아갔다. 공명이 산 위에서 내려다보니 장합이 천군만마 속을 오가며 이리 치고 저리 받는데 싸울수록 용맹이 늘어나는 것이었다. 공명이 좌우의 사람들을 돌아보며 말했다.

"일찍이 장익덕이 장합과 대판으로 싸우자 사람들이 모두 놀라고 두려워했다고 하더니, 내 오늘 그를 보고서야 비로소 그 용맹을 알겠노라. 이 사람을 살려 두었다가는 반드시 촉에게 해로움을 끼칠 것이다. 내 마땅히 이자를 제거하고 말리라.”

공명은 즉시 군사를 거두어 영채로 돌아갔다.

한편 사마의는 군사를 이끌고 진세를 벌인 채 촉군이 혼란스러워지기를 기다려 일제히 공격을 가하려 했다. 이때 느닷없이 장합과 대릉이 낭패한 얼굴로 돌아와 보고했다.

“공명이 미리 이러저러하게 방비하고 있는 바람에 크게 패하고 돌아오는 길입니다.”

사마의는 깜짝 놀랐다.

“공명은 참으로 귀신같은 사람이로구나! 잠시 물러나는 게 좋겠다.”

그는 즉시 명령을 전해 대군을 모조리 본부 영채로 불러들인 다음 굳게 지키면서 나오지 않았다.

이때 큰 승리를 거둔 공명은 빼앗은 전투 기구와 말들이 수효를 셀 수 없을 정도로 많았다. 그는 곧바로 대군을 이끌고 영채로 돌아갔다. 그러고는 날마다 위연을 내보내 싸움을 걸었지만 위군은 나오지 않았다. 보름이 지나도록 한번도 양측이 어울려 싸운 적이 없었다. 공명이 군막 안에서 한창 생각에 잠겨 있는데 갑자기 시중 비의가 천자의 조서를 받들고 왔다는 보고가 들어왔다. 공명이 영채 안으로 맞아들여 향을 사르고 절을 올리며 예를 마치자 비의가 조서를 열어 낭독했다.

가정의 싸움은 그 허물이 마속에게 있었건만 경은 책임을 자신에게 돌려 스스로 벼슬을 몹시 낮추었다. 짐은 경의 뜻을 거스르기 어려워서 하자는 대로 따라 주었노라. 지난해에는 군사의 위엄을 빛내 왕쌍의 목을 잘랐고 올해에는 정벌을 나가 곽회마저 달아나게 하였다. 저氐 (섬서·감숙·사천성 등지에 살던 소수 민족)와 강羌을 항복받았고 두 군을 다시 흥하게 했으며 그 위엄이 흉포한 무리에게 떨쳤으니 공훈이 뚜렷하도다. 바야흐로 지금 천하가 소란스럽고 원흉의 목도 아직 매달지 못한 터에 막중한 임무를 맡아 국가의 중대사를 처리하는 경이 오랫동안 스스로 자신의 지위를 깎고 억누른다면 위대한 공업을 빛내는 도리가 아니로다. 이제 경을 다시 승상으로 삼노니 경은 사양하지 말지어다!

조서를 듣고 난 공명이 비의에게 말했다.

"내 아직 국가의 중대사를 이루지 못했는데 어찌 다시 승상의 직책을 맡는단 말이오?"

공명은 굳이 사양하며 받지 않았다. 비의가 권했다.

"승상께서 이 직책을 받지 않으시는 건 천자의 뜻을 거역하는 것이요 또한 장졸들의 마음을 섭섭하게 하는 것입니다. 우선은 받아들이시는 것이 옳습니다."

공명은 그제야 절을 올리며 승상의 벼슬을 받았다. 비의는 작별을 고하고 떠났다.

사마의가 계속 싸우러 나오지 않자 공명은 한 가지 계책을 생각해내고 여러 곳에 명령을 돌려 모두들 영채를 뽑아 물러나게 했다. 이 사실도 첩자가 알고 사마의에게 보고했다. 사마의가 말했다.

"공명이 필시 큰 꾀를 부리는 것 같으니 가벼이 움직이지 말라."

장합이 물었다.

"이는 틀림없이 군량이 떨어져서 돌아가는 것일 텐데 어찌하여 쫓지 않습니까?"

사마의가 대답했다.

"지난해에 풍년이 들었고 지금은 또 밀이 무르익고 있으니 내 짐작에 공명은 군량과 말먹이 풀이 풍족할 것이오. 식량을 운반하기가 약간 힘들겠지만 그래도 앞으로 반년 동안은 꾸려 갈 수 있을 텐데 그리 쉽게 달아나려 하겠소? 그 사람은 우리가 여러 날 싸우러 나가지 않으니까 이런 계책을 써서 유인하는 것이오. 사람을 멀찌감치 내보내 적정을 살펴보는 것이 좋겠소."

정탐하러 나간 군사가 돌아와서 보고했다.

"공명이 이곳에서 30리 떨어진 곳에 영채를 세웠습니다."

사마의가 말했다.

"내 짐작대로 과연 공명은 달아난 것이 아니다. 잠시 영채를 굳게 지키며 가벼이 나가지 말라."

그렇게 꼼짝도 않고 열흘이 지났는데 아무런 소식이 없고 촉장들 역시 전혀 싸우러 오는 기색이 보이지 않았다. 사마의가 다시 사람을 시켜 탐지하게 했더니 돌아와서 보고했다.

"촉군은 이미 영채를 뽑아 떠났습니다."

사마의는 그 말이 믿기지 않아 옷을 갈아입고 군사들 틈에 섞여 직접 가 보았다. 과연 촉군은 또 30리를 물러나서 영채를 세우고 있었다. 자신의 영채로 돌아온 사마의가 장합을 보고 말했다.

"이는 공명의 계책이오. 뒤를 쫓아서는 아니 되오."

굳게 지키며 열흘이 지나서 다시 사람을 보내 정탐하게 했다. 정찰병들이 돌아와서 보고했다.

"촉군이 다시 30리를 물러가서 영채를 세웠습니다."

장합이 말했다.

"공명이 우리의 공격을 늦추려는 완병지계緩兵之計를 써서 서서히 한중으로 물러가고 있는데 도독께서는 무슨 까닭으로 의혹을 품고 속히 쫓으려 하지 않으십니까? 원컨대 이 합이 가서 일전을 결하고 싶소이다!"

사마의가 만류했다.

"공명은 속임수에 지극히 뛰어나니 만에 하나 실수라도 있을 경우 우리 군사의 예기를 손상하게 될 것이오. 섣불리 나가서는 아니 되오."

장합은 출전을 고집했다.

"제가 패한다면 군령을 달게 받겠소."

사마의는 마침내 허락했다.

"장군이 기어이 가겠다면 군사를 둘로 나누겠소. 장군이 한 부대의 군사를 이끌고 가되 반드시 힘을 다해 죽기로써 싸워야 하오. 나는 뒤를 따라 후원하면서 복병을 막겠소. 장군은 내일 먼저 나아가되 중도에 이르면 군사를 주둔시켜 그 다음날 싸움에 군사들의 힘이 모자라지 않도록 하시오."

그러고는 드디어 군사를 둘로 나누었다. 이튿날이었다. 먼저 나선 장합과 대릉은 부장 수십 명과 정예병 3만을 이끌고 용맹을 떨치며 전진하다가 중도에 이르러 영채를 세웠다. 사마의는 대부분의 군사를 남겨 영채를 지키게 하고 자신은 정예병 5천 명만을 거느리고 뒤따라 나아갔다.

이보다 앞서 공명은 비밀리에 사람을 시켜 적정을 살피게 했다. 위군들이 중도까지 와서 쉬고 있는 모습이 정찰병들의 눈에 띄었다. 이날 밤 공명은 여러 장수들을 불러 대책을 상의했다.

"지금 위군이 쫓아오고 있으니 틀림없이 죽기로써 싸울 것이오. 그대들은 모름지기 한 사람이 열 명을 당하도록 해야 하오. 내 이제 복병을 써서 적의 뒤를 끊으려 하는데 지모와 용맹을 겸비한 장수가 아니고는 이 임무를 감당하지 못할 것이오."

말을 마친 공명은 위연에게 눈길을 보냈다. 위연은 머리를 숙인 채 말이 없었다. 왕평이 나서며 말했다.

"제가 그 소임을 맡고자 합니다."

공명이 물었다.

"만약 실수가 있으면 어찌하겠느냐?"

왕평은 씩씩하게 대답했다.

"군령대로 처분을 받겠습니다."

공명이 탄식했다.

"왕평이 몸을 돌보지 않고 시석矢石을 무릅쓰려 하니 참으로 충신이로다! 비록 그러하나 위군이 두 부대로 나뉘어 앞뒤로 오면 내가 매복시킨 복병은 중간에서 차단되고 말 것이다. 설사 왕평이 지모와 용맹을 겸비한 장수라 할지라도 한쪽밖에 감당할 수 없을 뿐 어찌 두 곳으로 몸을 나눌 수 있겠는가? 반드시 한 장수를 더 얻어 함께 가야만 되겠는데, 어찌하랴! 군중에는 목숨을 내놓고 앞장설 사람이 없으니!"

그 말이 채 끝나지도 않아서 한 장수가 나서며 소리쳤다.

"제가 가겠습니다!"

공명이 보니 바로 장익이었다.

"장합은 곧 위나라의 명장으로 만 명이 한꺼번에 덤벼도 당하지 못할 용맹을 지녔다. 그대는 그의 적수가 아니다."

장익은 비장한 목소리로 다짐했다.

"만약 일을 그르친다면 제 머리를 군막 아래 바치겠습니다!"

공명은 하는 수 없다는 듯 계책을 일러 주었다.

"이미 가기로 작정했다면 왕평과 함께 각기 1만 명의 정예병을 이끌고 산골짜기에 매복하라. 위군이 쫓아오거든 그들이 다 지나가도록 내버려 두었다가 매복한 군사를 이끌고 뒤를 들이치도록 하라. 만약 사마의가 뒤따라 쫓아오면 군사를 두 부대로 나누도록 하라. 장익은 한 부대를 이끌고 적군의 후대를 맡고 왕평도 한 부대를 이끌고 적군의 선두 부대가 돌아갈 길을 차단하라. 양군은 반드시 죽기로써 싸워야 한다. 내 별도의 계책을 내어 돕겠다."

두 사람은 계책을 받아 군사를 이끌고 떠났다. 공명은 강유와 요화를 불러서 분부했다.

"그대들 두 사람에게는 비단 주머니 하나를 줄 것이니 3천 명의 정예병을 이끌고 깃발을 눕히고 북소리를 죽인 채 앞산 위에 매복하라. 만약 위군이 왕평과 장익을 포위하여 위급한 상황이 벌어져도 구원할 필요는 없다. 비단 주머니를 열어 보면 위기를 벗어날 계책이 있을 것이다."

두 사람은 계책을 받아 군사를 이끌고 떠났다. 이번에는 또 오반·오의·마충·장억 네 장수를 불러 귀에다 입을 대고 분부했다.

"내일 위군이 이르면 날카로운 기세가 한창 왕성할 것이다. 바로 맞서지 말고 잠깐 싸우다간 물러나라. 관흥이 군사를 이끌고 와서 적진을 들이칠 때까지 기다렸다가 자네들도 즉시 군사를 돌려 쫓아가며 사살하라. 내가 후원할 군사를 보낼 것이다."

계책을 받은 네 장수는 군사를 이끌고 떠났다. 공명은 또 관흥을 불러 분부했다.

"너는 정예병 5천 명을 이끌고 산골짜기에 매복하라. 산 위에서 붉은 깃발이 움직이면 즉시 군사를 이끌고 돌격해 나오너라."

관흥도 계책을 받아 군사를 이끌고 떠났다.

한편 장합과 대릉이 군사를 거느리고 질풍같이 달려왔다. 마충·장억·오의·오반 네 장수가 위군을 맞이하여 말을 달려 나가 창검을 부딪쳤다. 크게 노한 장합이 군사를 몰아 쫓아오며 무찔렀다. 촉군은 잠시 싸우다가 달아났다. 위군은 그 뒤를 약 20여 리나 추격했다. 때는 마침 유월 염천이었다. 날씨가 찌는 듯이 무더워 사람과 말은 땀을 비 오듯 흘렸다. 그대로 줄곧 달려 50리 넘게 쫓아가자 위군은 모두가 턱밑까지 숨이 차올랐다. 이때 공명이 산 위에서 붉은 깃발을 잡고 휘둘렀다. 그걸 보고 관흥이 군사를 이끌고 돌격해 나갔다. 마충을 비롯한 네 장수도 일제히 군사를 되돌려 엄습했다. 그러나 장합과 대릉은 죽기로써 싸우며 한걸음도 물러나지 않았다. 이때 별안간 함성이 크게 진동하며 두 길로 군사가 쇄도하는데 바로 왕평과 장익이었다. 그들은 각기 용맹을 떨치며 적군을 무찌르며 퇴로를 차단했다. 장합은 수하의 장수들에게 큰소리로 외쳤다.

"너희들은 이 상황에 이르렀으니 목숨을 내걸고 싸우지 않고 다시 어느 때를 기다린단 말이냐?"

위군은 죽을힘을 다해 들이쳤으나 몸을 뺄 수가 없었다. 이때 갑자기 등 뒤에서 북소리 나팔 소리가 하늘에 울려 퍼지면서 사마의가 몸소 정예병을 거느리고 들이닥쳤다. 사마의는 장수들을 지휘해서 왕평과 장익을 한가운데 넣고 에워싸 버렸다. 장익이 큰소리로 외쳤다.

"승상은 참으로 신인神人이시구나! 이 모두를 이미 다 헤아리셨으니 틀림없이 좋은 계책이 있을 것이다. 우리는 마땅히 죽기로써 싸워야 한다!"

그러고는 즉시 군사를 두 길로 나누었다. 왕평은 한 부대의 군사를 거느리고 장합과 대릉의 퇴로를 차단하고 장익은 한 부대의 군사를 거느리고 힘껏 사마의를 막았다. 양편 군사가 다들 죽기로써 싸우니 '죽여라!'며 외치는 소리가 하늘에까지 울려 퍼졌다. 산 위에 있던 강유와 요화가 멀리 살펴보니 위군의 형세는 막강한 반면 촉군의 힘은 차츰 떨어지며 당해 내지 못할 형편이었다. 강유가 요화에게 말했다.

"저렇듯 위급하니 비단 주머니를 열어 계책을 봅시다."

두 사람이 주머니를 열어 살펴보니 이렇게 적혀 있었다.

사마의의 군사가 와서 왕평과 장익을 에워싸 그 형세가 지극히 위급해지면 두 사람은 군사를 두 길로 나누어 사마의의 영채를 습격하라. 사마의는 반드시 급히 퇴각할 것이니 그때 너희들은 그 혼란한 틈을 노려 그들을 공격하라. 영채는 얻지 못하겠지만 완승을 거둘 수 있으리라.

두 사람은 대단히 기뻐하며 즉시 군사를 두 길로 나누어 곧장 사마의의 영채를 습격하러 갔다.

사마의도 본래 공명의 계책에 떨어지지나 않을까 두려워 오는 길에 부단히 사람을 시켜 상황 변화를 알리게 했다. 사마의가 한창 싸움을 독려하고 있을 때였다. 느닷없이 유성마가 나는 듯이 달려오더니 두 갈래의 촉군이 본부 영채를 치러 갔다고 보고했다. 사마의는 깜짝 놀라 얼굴색이 변했다. 그는 장수들을 보고 탄식했다.

"나는 이것이 공명의 계책임을 짐작했다. 하지만 그대들이 믿지 않는 바람에 억지로 쫓아오다가 결국 대사를 그르치고 말았구나!"

그는 즉시 군사를 지휘하여 돌아섰다. 장졸들은 당황하여 어지러이 달아났다. 장익이 그 뒤를 따라가며 몰아치니 위군은 크게 무너졌다. 장합과 대릉 역시 형세가 외로워지자 궁벽한 산속 좁은 길을 향하여 달아났다. 촉군은 대승을 거두었다. 배후에 있던 관흥도 군사를 거느리고 여러 길의 아군을 지원했다. 한바탕 크게 패한 사마의가 급히 달아나 자신의 영채로 들어갔을 때 영채를 치러 온 촉군은 이미 돌아간 뒤였다. 사마의는 패잔병을 모으고 상황을 수습한 다음 장수들을 꾸짖었다.

"너희들이 병법은 모르고 그저 혈기 넘치는 용맹만 믿고 억지로 나가 싸우더니 이런 참패를 당하고 말았다. 이 뒤로는 절대로 경거망동을 허락하지 않는다. 더 이상 명령을 어기는 자가 있으면 군법에 따라 처분하겠다!"

장수들은 모두들 부끄러워하며 물러갔다. 이 싸움에서 위군은 죽은 자가 지극히 많았고 잃어버린 말과 기구들도 수를 헤아릴 수 없었다.

이때 싸움에 이긴 군사들을 거두어 영채로 돌아간 공명은 다시 군사를 일으켜 진군하려 했다. 그런데 갑자기 성도로부터 사람이 왔다는 보고가 들어왔다. 장포가 세상을 떠났다는 것이었다. 이 말을 들은 공명은 목을 놓아 통곡하다가 입으로 피를 토하며 땅바닥에 쓰러져 정신을 잃었다. 여러 사람이 구하여 정신은 차렸으나 이로부터 공명은 병을 얻어 침상에 누운 채 일어나지 못했다. 장수들은 누구 하나 감격하지 않는 사람이 없었다. 후세 사람이 시를 지어 탄식했다.

날래고 용맹한 장포 공을 세우려 했지만 /
가련하게도 하늘이 영웅을 돕지 않았구나. //
제갈무후 서쪽 성도 향해 눈물 뿌리는 건 /
몸 바쳐 도와줄 인재 없음을 근심함일세.
悍勇張苞欲建功, 可憐天不助英雄. 武侯淚向西風灑, 爲念無人佐鞠躬.

열흘 뒤 공명은 동궐董厥과 번건樊建 등을 군막으로 불러들여 분부했다.

"내 스스로 의식이 몽롱해지는 것을 느낄 정도라 일을 처리할 수가 없소. 잠시 한중으로 돌아가 병을 다스린 다음 다시 좋은 방도를 세우는 게 좋겠소. 그대들은 이 상황을 절대 누설하지 마시오. 사마의가 알면 반드시 공격할 거요."

즉시 명령을 전해 그날 밤으로 몰래 영채를 뽑아 전군이 한중으로 돌아가 버렸다. 공명이 가고 닷새가 지나서야 사마의는 비로소 그 사실을 알았다. 그는 길게 탄식했다.

"공명은 참으로 신출귀몰神出鬼沒하는 계책을 지녔구나. 나로서는 도저히 따라잡을 수가 없다."

이에 사마의도 여러 장수들을 영채에 남겨 군사를 나누어 여러 곳의 요충지를 지키도록 하고 군사를 철수하여 돌아갔다.

한편 공명은 대군을 한중에 주둔시켜 두고 자신은 병을 치료하기 위해 성도로 돌아갔다. 문무 관료들이 성밖으로 나와 그를 영접해서 승상부로 모셔 갔다. 후주가 어가를 움직여 친히 와서 문병하고 어의를 보내 치료하게 했다. 공명의 병은 나날이 조금씩 나아졌다.

건흥 8년(230년) 가을 7월, 위나라 도독 조진은 병이 완쾌되어 표문을 올려 아뢰었다.

촉군이 여러 차례 경계를 넘어 번번이 중원을 침범하니 그들을 무찔러 없애지 아니하면 반드시 뒷날의 걱정거리가 될 것입니다. 지금 때는 마침 가을이라 날씨가 시원하고 인마도 편안하고 한가하게 보내니 바로 정벌할 시기입니다. 원컨대 신은 사마의와 함께 대군을 인솔하고 곧장 한중으로 들어가 간사한 무리를 섬멸하여 변경을 깨끗이 하려 하나이다.

위주는 크게 기뻐하며 시중 유엽劉曄에게 물었다.

"자단이 짐에게 촉을 치라고 권하는데 어떠하오?"

유엽이 아뢰었다.

"대장군의 말이 옳습니다. 지금 섬멸하지 않으면 훗날 반드시 큰 두통거리가 될 것입니다. 폐하께서는 그 말대로 하소서."

조예는 고개를 끄덕였다. 유엽이 궐에서 나와 집으로 돌아가자 대신들이 찾아와 내용을 알아보려 했다.

"듣자니 천자께서 공에게 군사를 일으켜 촉을 칠 일을 논의하셨다는데 그 일은 어떻게 된 거요?"

유엽은 시침을 뗐다.

"그런 일 없소. 촉은 산천이 험해서 쉽게 도모할 수가 없소. 부질없이 군사들만 수고스럽게 할 뿐 나라에 무슨 이득이 있겠소."

관원들은 말없이 돌아갔다. 양기楊暨가 궐내로 들어가서 아뢰었다.

"어제 유엽이 폐하께 촉을 치라고 권했다고 들었사옵니다. 그런데 오늘 신하들과 의논하면서 쳐서는 안 된다고 말했다니 이는 폐하를 기만한 것입니다. 폐하께서는 어찌하여 그를 불러 물어보지 아니하시는지요?"

조예가 즉시 유엽을 궐내로 불러들여 물었다.

"경이 짐에게 촉을 치라고 권했다가 지금 와선 다시 그래서는 안 된다고 했다니 어찌된 일이오?"

유엽이 대답했다.

"신이 자세히 생각하니 촉을 치는 것은 역시 불가하옵니다."

조예는 어이가 없는지 큰소리로 웃었다. 조금 지나 양기가 궐내에서 나가자 유엽이 아뢰었다.

"신이 어제 폐하께 촉을 치시라고 권한 것은 국가의 대사입니다. 어찌 함부로 남에게 누설할 수가 있겠습니까? 무릇 군사 일이란 속임수를 쓰는 것입니다. 그러니 일이 시작되기 전에는 반드시 비밀에 붙여야 하는 것입니다."

조예는 크게 깨달았다.

"경의 말이 옳구려!"

이로부터 조예는 더욱 유엽을 존경하며 중히 여겼다. 열흘이 못 되어 사마의가 입조했다. 위주는 조진이 표문에서 아뢴 일을 자세히 이야기했다. 사마의가 아뢰었다.

"신이 헤아리기에 동오는 아직 감히 군사를 움직이지 못할 듯합니다. 지금이야말로 촉을 칠 좋은 기회입니다."

조예는 즉시 조진을 대사마大司馬 정서대도독征西大都督, 사마의를 대장군 정서부도독으로 임명하고 유엽을 군사로 삼았다. 세 사람은 위주에게 절을 올려 하직하고 대군을 거느리고 장안에 이르렀다. 그러고는 한중을 손에 넣으려고 곧장 검각으로 달려갔다. 그 나머지 곽회와 손례 등의 장수들도 각기 길을 잡아 움직였다.

한중 사람이 성도로 들어와 이 일을 보고했다. 이때 공명의 병은 벌써 완쾌되어 있었다. 날마다 군사를 조련하며 팔진법八陣法을 가르치니 어느 누구 할 것 없이 모두들 이 진법에 정통하고 숙달했다. 그래서 막 중원을 취하려던 참에 마침 이 소식을 들은 것이다. 공명은 즉시 장억과 왕평을 불러 분부했다.

"그대들 두 사람은 먼저 1천 명의 군사를 이끌고 가서 진창의 고도古道를 지키며 위군을 막도록 하라. 내 곧 대군을 일으켜 후원하겠다."

두 사람이 물었다.

"사람들이 위군은 40만 명인데 80만 명이라며 헛소문을 퍼뜨리고 있다고들 합니다. 그토록 성세가 대단하다는데 겨우 1천 명의 군사만 주시고 무슨 수로 요충지를 지키라는 것입니까? 만약 위군이 대거 밀어닥친다면 무슨 수로 그들을 막는단 말입니까?"

공명이 대답했다.

"내가 많이 주고 싶지만 군사들이 고생할 게 걱정되어 그런 것이네."

장억과 왕평은 서로 얼굴만 쳐다보면서 감히 나서려 하지 않았다.

공명이 다시 분부했다.

"혹시 실수가 있을지라도 자네들의 죄가 아니다. 여러 말 말고 속히 가도록 하라."

두 사람은 다시 애걸했다.

"승상께서 저희 두 사람을 죽이시려면 이 자리에서 죽이십시오. 저희들은 도저히 가지 못하겠습니다."

공명은 껄껄 웃으며 말했다.

"어찌 그리도 어리석은가? 내가 자네들더러 가라는 것은 내게 따로 생각이 있기 때문일세. 간밤에 천문을 보니 필성畢星이 태음太陰 분야로 들어갔으니˙ 이달 안으로 반드시 큰비가 줄기차게 내릴 것이네. 위군이 비록 40만 명이라고 하지만 어찌 감히 험한 산중으로 깊이 들어오겠는가? 그러니 많은 군사를 쓸 필요도 없고 절대로 피해도 입지 않을 것이야. 나는 대군을 모두 한중에 두고 한 달 동안은 편안히 있게 하겠네. 그래서 위군이 물러가기를 기다렸다가 그때 대군을 몰아 엄습하겠네. 이일대로以逸待勞, 편안히 쉬면서 적이 지치기를 기다리면 우리의 10만 군사로도 위군 40만을 이길 수 있을 걸세."

이 말을 들은 두 사람은 비로소 크게 기뻐했다. 그들은 절을 올려 인사하고 길을 떠났다. 공명은 뒤이어 대군을 통솔하고 한중으로 나가는 한편 여러 곳의 요충지에 명령을 전해 땔나무와 말먹이 풀 그리고 밀가루와 쌀 따위의 식량을 사람과 마소가 한 달 동안 쓰고 남을 만큼 준비하여 가을비에 대비하게 했다. 군사들은 한 달 동안 푹 쉬게 하면서 의복과 식량을 미리 지급하고 출정할 날을 기다

˙필성이……들어갔으니 | 필성은 이십팔수二十八宿의 하나이고 태음은 달. 필성이 달 주변으로 들어가면 비가 올 징조라고 생각했다.

리게 했다.

한편 조진과 사마의는 함께 대군을 통솔하여 곧장 진창성에 이르 렀다. 성에 들어가 보니 집이라고는 단 한 채도 보이지 않았다. 그곳 에 사는 토착민을 찾아 물어보니 모두들 이구동성으로 공명이 돌아 갈 때 불을 놓아 다 태웠다고 했다. 조진은 즉시 진창길을 통하여 전 진하려 했다. 사마의가 말렸다.

"섣불리 나아가서는 아니 되오. 밤에 천문을 살피니 필성이 태음 분야로 들어갔으므로 이달 안에 반드시 큰비가 내릴 것이오. 위험 한 지역으로 깊이 들어갔다가 이기면 괜찮겠지만 만약 실수라도 생 긴다면 사람과 말이 고생할 뿐만 아니라 물러서기도 어렵게 될 것이 오. 잠시 성안에 초막들을 짓고 주둔하면서 가을장마에 대비하는 것 이 좋겠소."

조진은 사마의의 말을 따르기로 했다. 과연 보름이 못 가서 큰비 가 내리기 시작하더니 주룩주룩 그칠 줄을 몰랐다. 진창성 밖에는 평지에 물이 석자나 고여 전투 기구가 모조리 젖고 사람들은 잠을 잘 수조차 없어 밤낮으로 불안스러워 했다. 엄청난 비가 30일 동안 이나 쉬지 않고 내리자 말들은 건초가 떨어져 숱하게 굶어 죽고 군 사들의 입에서는 원망 소리가 끊이지 않았다. 이 소식이 낙양에 전 해지자 위주가 단을 모으고 비가 그치기를 기원하는 제사를 지냈다. 그러나 아무 소용이 없었다. 황문시랑黃門侍郞 왕숙王肅이 상소문을 올려 아뢰었다.

옛사람들의 기록에 '천리 길을 가며 양식을 날라다 먹으면 군사들 얼 굴에 주린 빛이 완연하고, 임시방편으로 땔나무를 하고 풀을 베다 밥을 지으면 군사들이 배불리 먹지 못하고 잠도 편히 자지 못한다'고 했는데 이는 평지에서 행군하는 경우를 말합니다. 하물며 험한 곳으로 깊숙이 들어가 막힌 길을 뚫으며 전진하는 경우라면 그 고생스러움은 백배나 늘어날 것입니다. 게다가 지금은 장마가 들어 산언덕은 험하고 미끄러우며 군사들은 좁은 길에 한데 몰려 허리조차 펴지 못하는데 식량 나르는 길은 멀어 끼니를 잇기 어려운 형편이니 이는 실로 행군에서 크게 꺼리는 바입니다. 듣자오니 조진은 떠난 지 이미 한 달이 넘었으나 이제 겨우 야곡 골짜기 중간에 이르렀으며 길을 닦는 수고가 많아 장병들이 모두들 노동에만 내몰리고 있다 합니다. 이는 적에게 편안히 앉아서 우리 군사가 지치기를 기다리게 해주는 짓이라 전술가들이 크게 꺼리는 바입니다. 예전의 일을 말씀드리면 주무왕周武王께서 주紂를 칠 때도 관關을 나갔다가 다시 돌아오신 적*이 있으며 가까운 일로 논하더라도 우리 무제武帝와 문제文帝께서 손권을 치러 나갔다가 장강에 이르러 건너지 않으셨으니 이 어찌 하늘의 뜻에 따르고 때를 알아 임기응변에 통한 것이 아니오리까? 원컨대 폐하께서는 장마 속에서 극심하게 고생하는 군사들을 쉬게 하소서. 그래서 훗날 적에게 허한 틈이 생기면 그 시기를 타고 군사들을 다시 쓰도록 하소서. 이는 이른바 '즐겁게 해주기 위해 위험을 무릅쓰면 백성은 자신이 죽을 걱정을 잊어버린다悅以犯難 民忘其死'는 것이옵니다.'

표문을 읽은 위주가 결단을 내리지 못하고 머뭇거리고 있는데 양

---

*주무왕께서……돌아오신 적ㅣ주周나라 무왕이 상商나라 걸왕을 정벌할 때 미리 약속하지 않았는데도 맹진盟津에 모인 제후가 800명이나 되었다. 제후들은 이구동성으로 주왕을 정벌해야 한다고 했지만 무왕은 시기상조라고 판단하여 군사를 돌렸다. 그리고 2년 후 다시 출병하여 마침내 상나라를 멸망시켰다.

부楊阜와 화흠이 또 상소문을 올려 군사를 물리라고 간했다. 위주는 즉시 사자를 파견하여 조진과 사마의에게 조정으로 돌아오라는 조서를 내렸다.

한편 조진은 사마의와 상의했다.

"지금 장마가 한 달이나 계속되니 군사들은 싸울 마음이 없어지고 다들 돌아갈 생각만 하고 있는데 이를 어떻게 막을 수 있겠소?"

사마의가 대답했다.

"잠시 돌아가는 것이 좋겠소이다."

조진이 걱정했다.

"공명이 추격하면 어떻게 물리치겠소?"

사마의가 대답했다.

"먼저 두 갈래의 군사를 매복시켜 뒤를 차단하면 무사히 퇴군할 수 있소이다."

이렇게 한창 의논하고 있는데 그들을 소환하는 사자가 왔다. 두 사람은 마침내 대군을 움직여 전대를 후대로 삼고 후대를 전대로 삼아 서서히 물러갔다.

이때 공명은 한 달 동안 계속되던 가을비가 곧 그칠 것이라 예상하고 아직 날씨가 개기 전에 몸소 한 부대의 군사를 거느리고 성고城固에 가서 주둔하고 있었다. 그리고 대군을 적파赤坡에 모이라고 명을 전했다. 공명은 군무를 처리하는 지휘관의 자리에 올라 모든 장수들을 불러 놓고 입을 열었다.

"내 짐작컨대 위군은 반드시 달아날 것이오. 위주가 틀림없이 조진과 사마의에게 군사를 돌리라는 소환 조서를 내렸을 것이오. 우리가 뒤를 쫓으면 그들은 반드시 대비를 할 것이니 지금은 차라리 잠시 그냥 가게 내버려 두었다가 다시 좋은 방도를 차리는 게 좋겠소."

이때 갑자기 왕평이 사람을 보내 위군이 이미 철수하기 시작했다고 보고했다. 공명은 심부름 온 사람더러 왕평에게 돌아가 전하게 했다.

"뒤를 쫓지 말라. 내 스스로 위군을 격파할 계책이 있으니라."

이야말로 다음 대구와 같다.

위나라 군사 설령 복병 설치에 능할지라도 /
한나라 승상은 애초에 쫓을 마음이 없다네.
魏兵縱使能埋伏　漢相原來不肯追

공명은 어떤 식으로 위군을 격파할까, 다음 회를 보라.

100

조진의 죽음

한군은 영채를 습격하여 조진을 깨뜨리고
무후는 진법을 겨루어서 중달을 욕보이다
漢兵劫寨破曹眞　武侯鬪陣辱仲達

여러 장수들은 공명이 위병을 뒤쫓지 않는다는 말을 듣고 모두들 군막 안으로 들어와 물었다.

"위군은 장마로 더 이상 주둔할 수가 없어서 돌아가는 판이니 기세를 이용하여 추격하기 딱 좋은 상황입니다. 그런데 승상께서는 어찌하여 쫓지 않으십니까?"

공명이 대답했다.

"사마의는 용병에 능한지라 지금 군사를 물린다면 틀림없이 매복을 설치했을 거요. 그러니 우리가 그들을 추격하다가는 바로 그 계책에 걸려들게 되는 거요. 차라리 그들을 멀리 가게 내버려 둔 다음 군사를 나누어 곧장 야곡으로 나가 기산을 치는 것이 좋겠소. 그리되면 위군은 방비하지 못할 것이오."

장수들이 다시 물었다.

"장안을 빼앗으려면 달리 길이 있는데 승상께서는 굳이 기산만 치려 하시니 무엇 때문입니까?"

공명이 설명했다.

"기산은 바로 장안의 머리요. 농서 여러 군에서 군사들이 쳐들어온다면 반드시 이 지역을 거쳐야 하오. 아울러 앞으로는 위수를 굽어보고 뒤로는 야곡을 의지하니 왼편으로 나갔다가 오른편으로 들어올 수 있으며 군사를 매복할 만하오. 이는 바로 무력을 행사할 만한 땅이므로 내가 먼저 이곳을 빼앗아 지리의 이점을 얻자는 것이오."

이 말을 들은 장수들은 모두들 절을 올리며 탄복했다. 공명은 위연, 장억, 두경, 진식에게는 기곡으로 나가고 마대, 왕평, 장익, 마충은 야곡으로 나가 모두 기산에서 모이라고 했다. 군사 배치를 마친 공명은 몸소 대군을 거느리고 관흥과 요화를 선봉으로 삼아 뒤따라 나아갔다.

한편 조진과 사마의는 군사들의 뒤에서 인마를 감독하면서 한 부대의 군사를 진창 고도古道로 들여보내 적군의 동정을 탐지하게 했다. 그들이 돌아와서 촉군은 오지 않았다고 보고했다. 다시 열흘쯤 행군하자 뒤에 남아 매복했던 장수들이 모두 돌아와 촉군에서는 아무런 움직임도 없다고 했다. 조진이 말했다.

"연일 가을비가 쉬지 않고 내리는 통에 잔도棧道가 끊어졌을 테니 우리가 군사를 물릴 줄을 촉군이 어찌 알겠소?"

사마의가 한마디 했다.

"촉군은 뒤따라 나올 것입니다."

조진이 물었다.

"그걸 어떻게 아시오?"

사마의가 대답했다.

"요즘은 연일 날씨가 맑은데 촉군이 뒤를 쫓지 않는다는 것은 우리가 군사를 매복시킨 걸 짐작했기 때문이지요. 이 때문에 저들은 우리 군사가 멀리 가도록 내버려 두고선 우리가 모두 지나가기를 기다려 기산을 뺏으려는 것입니다."

조진은 그 말을 믿지 않았다. 그러자 사마의가 제의했다.

"자단은 어찌하여 믿지 않으시오? 내 짐작에 공명은 틀림없이 야곡과 기곡 두 골짜기를 통해서 올 것이오. 나와 자단이 각기 골짜기 입구를 하나씩 맡아 열흘 동안 지키기로 합시다. 만약 촉군이 오지 않으면 내가 얼굴에 붉은 분을 칠하고 여자 옷을 입고 장군 영채로 가서 죄를 인정하겠소."

조진도 다짐했다.

"만약 촉군이 온다면 나는 천자께서 하사하신 옥대 하나와 어마御馬 한 필을 그대에게 주리다."

두 사람은 즉시 군사를 두 길로 나누었다. 조진은 군사를 이끌고 기산 서쪽의 야곡 어귀에 주둔하고 사마의는 군사를 이끌고 기산 동쪽의 기곡 어귀에 주둔했다. 각기 영채를 세운 다음 사마의는 우선 한 갈래의 군사를 산골짜기에 매복시키고 나머지 군사들은 각각 중요한 길에 영채를 세우게 했다. 사마의는 군졸 복장으로 갈아입고 장병들 속에 섞여 각 영채를 두루 둘러보았다. 한 영채에 이르니 편장 하나가 하늘을 우러러보며 원망 섞인 말을 내뱉었다.

"그처럼 오랫동안 큰비를 맞고 흠뻑 젖었는데 빨리 돌아갈 생각은 않고 지금 또 여기 주저앉아 억지로 내기를 하다니 이건 군사들만 고생이지 않은가?"

이 말을 들은 사마의는 영채로 돌아오자 지휘관의 자리에 올라 모든 장수를 군막 안으로 모이게 했다. 그러고는 문제의 편장을 끌어내어 호되게 꾸짖었다.

"조정에서는 한때 잠깐 쓰기 위하여 1천 일 동안이나 군사를 기른다. 그런데 네 어찌 감히 원망하는 말을 내뱉어 군심을 해이하게 만드느냐?"

그 사람은 바른대로 자백하지 않았다. 사마의가 그의 동료들을 불러 대질시키자 그 장수는 더 이상 부인하지 못했다. 사마의가 말했다.

"나는 내기를 하고 있는 게 아니다. 촉군을 이겨 너희들 각자가 공을 세워 조정으로 돌아가게 해주려는 것이다. 너는 함부로 원망하는 말을 내뱉어 스스로 벌을 자초하고 말았다!"

사마의는 무사들을 호령하여 그를 끌어내다 목을 치라고 했다. 잠시 후 무사가 그의 수급을 군막 아래 갖다 바쳤다. 모든 장수들이 두려워서 몸을 떨었다. 사마의가 말했다.

"그대들 모든 장수는 마음을 다해 촉군을 방어하라. 중군에서 포소리가 울리면 사방으로 일제히 진군하라."

장수들은 명령을 받고 물러갔다.

한편 위연, 장억, 진식, 두경 네 장수는 2만 명의 군사를 이끌고 기곡을 빼앗으려고 전진했다. 한창 행군하고 있는데 갑자기 참모 등지가 왔다는 보고가 있었다. 네 장수가 온 까닭을 물으니 등지가 대답했다.

"승상께서 기곡으로 나가면 위군의 매복을 방비해야 하니 함부로 전진하지 말라고 하셨소."

진식이 불만을 토로했다.

"승상께서는 군사를 부리시며 어찌 이리 의심이 많으시오? 내 요량에는 위군은 여러 날 비를 맞는 바람에 옷과 갑옷이 모두 망가져 틀림없이 돌아갔을 것으로 보이오. 그런데 어찌 또 매복이 있겠소? 지금 우리 군사가 평소보다 배나 빠른 걸음으로 전진한다면 큰 승리를 거둘 수 있을 텐데 어째서 또 전진하지 말라는 거요?"

등지가 말했다.

"승상의 계책은 맞아떨어지지 않은 적이 없고 꾀하신 바는 이루어지지 않은 것이 없었소. 그대는 어찌하여 감히 명령을 어기려 하시오?"

진식이 웃으며 대꾸했다.

"승상께서 과연 지모가 많으셨다면 가정을 잃는 일은 없었을 거요!"

위연은 지난날 공명이 자신의 계책을 들어주지 않은 일을 떠올렸다. 그 역시 웃으며 맞장구쳤다.

"승상께서 만약 내 말을 듣고 곧장 자오곡子午谷으로 나갔다면 지금쯤 장안은 말할 것도 없고 낙양까지 모두 얻었을 것이야! 지금 기어이 기산으로만 나가려 고집을 부리지만 무슨 유익함이 있단 말인가? 이미 전진하라고 명령을 내리고선 이제 와서 다시 전진하지 말라니 어째서 그 명령이 분명하지 못한가?"

진식은 한술 더 떴다.

"나에게 군사 5천 명이 있으니 곧장 기곡을 빠져 나가 먼저 기산에 이르러 영채를 세워야겠소. 그래서 승상이 부끄러워하는지 않는지 한번 두고 보기로 합시다!"

등지가 두 번 세 번 못 가게 막았지만 진식은 막무가내로 듣지 않고 곧바로 5천 명의 군사를 이끌고 기곡의 북쪽 어귀로 가 버렸다. 등지는 하는 수 없이 나는 듯이 말을 몰아 공명에게 보고하는 수밖에 없었다.

진식이 군사를 이끌고 몇 리를 가지 못했는데 갑자기 '쾅!' 하는 포소리와 함께 사방에서 복병이 일제히 뛰쳐나왔다. 진식이 급히 뒤로 물러나려 할 때였다. 위군이 골짜기 어귀를 가득 메우고 철통같이 에워쌌다. 진식은 좌충우돌했지만 포위망을 벗어날 수가 없었다. 갑자기 고함 소리가 크게 울리며 한 떼의 군사가 치고 들어오는데 바로 위연이었다. 위연은 진식을 구해 골짜기 안으로 되돌아왔다. 5천 명이던 진식의 군사는 겨우 4,5백 명이 남았는데 그나마 대부분 상처를 입고 있었다. 등 뒤에서 위군이 쫓아왔으나 두경과 장익이 군사를 이끌고 와서 후원하자 비로소 물러갔다. 진식과 위연은 그제야 공명이 귀신 같이 앞일을 내다보고 있음을 믿게 되었지만 후회해도 때는 이미 늦은 상태였다.

이보다 앞서 등지는 공명에게 돌아가 위연과 진식이 그토록 무례하게 굴더라고 이야기했다. 공명은 웃으며 말했다.

"위연에게는 본래부터 반역할 상反相이 있소. 내 그가 늘 불평을 품는 줄은 알고 있지만 그 용맹이 아까워서 쓰고 있는 것이오. 그러나 오랜 뒤에는 반드시 환란을 일으킬 것이오."

한창 이야기를 나누고 있는데 별안간 유성마가 달려와서 진식이 수하의 군사 4천여 명을 잃어버리고 겨우 부상당한 인마 4,5백 명만 거느린 채 골짜기 안에 주둔하고 있다고 보고했다. 공명은 등지에게 다시 기곡으로 가서 진식을 위로하여 그가 변란을 일으키지 못하도록 방지하라고 했다. 그러는 한편 마대와 왕평을 불러 분부했다.

"야곡에 지키는 위군이 있으면 자네 두 사람은 수하의 군사를 이끌고 산봉우리를 넘되 낮이면 숨고 밤이면 행군하면서 속히 기산의 왼쪽으로 가서 불을 질러 신호를 올리도록 하라."

또 마충과 장익을 불러 분부했다.

"자네들 역시 궁벽한 산속 샛길을 통해 낮이면 숨고 밤이면 행군하여 곧바로 기산의 오른쪽으로 가서 불을 질러 군호를 올리도록 하라. 그러고 나서 마대 왕평과 힘을 합쳐 함께 조진의 영채를 습격하라. 내 직접 골짜기를 뚫고 나가 삼면으로 공격하면 위군을 격파할 수 있을 것이야."

명령을 받든 네 사람은 각기 길을 나누어 군사를 이끌고 떠났다. 공명은 또 관흥과 요화를 불러 이리저리 하라고 분부했다. 두 사람은 비밀 계책을 받아 군사를 이끌고 떠났다. 공명은 직접 정예병을 인솔하고 평소보다 배나 빠른 속도로 행군했다. 한창 행군하던 공명은 다시 오반과 오의를 불러 비밀 계책을 주었다. 두 장수 역시 군사를 이끌고 한걸음 앞서 떠났다.

한편 조진은 촉군이 올 것이라고는 믿지 않았으므로 전혀 방비를 하지 않은 채 군사들을 풀어 마음대로 쉬게 내버려 두었다. 그저 열흘이 무사히 지나가서 사마의에게 망신을 줄 것만 기대하며 벼르고 있었다. 어느덧 이레가 지났다. 갑자기 사람이 와서 골짜기 안에 얼마간의 촉군이 나타났다고 보고했다. 조진은 부장 진량秦良에게 군사 5천 명을 이끌고 나가 정찰하되 촉군이 경계로 접근치 못하게 하라고 했다. 명령을 받은 진량이 군사를 이끌고 막 골짜기 입구에 당도하자 먼발치에서 촉군이 물러가는 모습이 보였다. 진량은 급히 군사를 이끌고 쫓아갔다. 5,60리를 달려갔지만 촉군은 보이지 않았다. 속으로 의혹을 떨치지 못한 그는 군사들에게 말에서 내려 휴식을 취하게 했다. 그런데 별안간 정찰병이 돌아와서 보고했다.

"앞쪽에 촉군이 매복하고 있습니다."

진량이 말에 올라 보니 산속에서 자욱이 흙먼지가 일어났다. 그는 급히 군사들에게 방어 명령을 내렸다. 조금 있자니 사방 곳곳에서 고함 소리가 진동했다. 앞쪽에서는 오반과 오의가 군사를 이끌고 돌격해 오고 등 뒤에서는 관흥과 요화가 군사를 이끌고 쳐들어왔다. 좌우는 모두 산이라 달아날 길이 없었다. 산 위에서 촉병들이 큰 소리로 외쳤다.

"말에서 내려 항복하는 자는 죽이지 않겠다!"

위군은 태반이 항복을 했다. 진량은 죽기로써 싸웠지만 요화가 단칼에 베어 말 아래로 떨어뜨렸다. 공명은 항복한 군사들을 후군으로 끌고 가 잡아 두게 하고 촉군 5천 명에게 위군의 갑옷을 입혀 위군으로 위장시켰다. 그러고는 관흥, 요화, 오반, 오의 네 장수에게 그들을 이끌고 곧바로 조진의 영채로 달려가게 했다. 네 장수는 우선 파발마를 띄워 조진의 영채에 들어가 보고하게 했다.

"약간의 촉군이 있었으나 모조리 쫓아 버렸습니다."

이 말을 들은 조진은 크게 기뻐했다. 이때 갑자기 사마도독이 심복을 보내 왔다는 보고가 들어와 조진이 불러들여 온 까닭을 물었다. 그 사람이 알려 주었다.

"사마도독께서는 매복계를 써서 촉군 4천여 명을 죽였습니다. 사마도독께서는 장군님께 문안을 올리며 내기한 것을 생각하지 마시고 반드시 온 정성을 기울여 방비하시라고 부탁하셨습니다.”

조진은 시큰둥하게 대꾸했다.

“이곳에는 촉병이라고는 단 한 명도 없느니라.”

그리고는 심부름 온 사람을 돌려보냈다. 이때 진량이 군사를 이끌고 돌아온다는 보고가 들어왔다. 조진은 그를 맞이하려고 몸소 군막 밖으로 나갔다. 영채 앞에 이르렀을 즈음 앞뒤로 두 갈래 불길이 일어난다는 보고가 있었다. 조진이 급히 영채 뒤로 돌아가 보니 이미 관흥, 요화, 오반, 오의 네 장수가 촉군을 지휘해서 영채 앞으로 쳐들어오고 있었다. 마대와 왕평은 영채 뒤쪽으로 쇄도하고 마충과 장익 또한 군사를 이끌고 들이닥쳤다. 위군은 미처 손을 놀려 볼 사이도 없이 각자 목숨을 건지려고 달아났다. 장수들이 조진을 보호하여 동쪽을 향하여 달아나는데 등 뒤에서 촉군들이 쫓아왔다. 조진이 한창 말을 달려 달아나고 있는데 별안간 함성이 크게 진동하며 한 떼의 군사가 쇄도했다. 조진은 간담이 떨리고 심장이 터질 것만 같았다. 그러나 자세히 살펴보니 바로 사마의였다. 사마의가 한바탕 크게 싸우자 촉군은 비로소 물러갔다. 위기를 모면한 조진은 부끄러워 몸 둘 바를 몰랐다. 사마의가 재촉했다.

“제갈량이 기산의 유리한 지세를 차지하고 말았으니 우리는 이곳에 오래 머물 수 없게 되었소이다. 위수 가로 가서 영채를 세우고 다시 좋은 방도를 세워야 하겠소이다.”

조진이 물었다.

“중달은 내가 이렇게 크게 패한 것을 어떻게 아셨소?”

사마의가 대답했다.

"심부름 다녀온 사람이 자단께서 촉군이라고는 단 한 명도 없다고 하신다더군요. 내 짐작으로는 공명이 몰래 영채를 습격하러 올 것이라 여겼고 그것을 알았기 때문에 자단을 후원하러 왔지요. 그런데 지금 과연 계책에 빠지셨구려. 내기한 일일랑 절대로 입에 담지 마시고 마음을 합쳐 나라에 보답토록 합시다."

조진은 너무나 당황하고 놀란 나머지 답답한 기운이 뭉쳐 병이 되어서는 자리에 누워 일어나지 못했다. 군사들은 위수 가에 주둔했다. 사마의는 군심이 어지러워지지나 않을까 걱정되어 조진에게 감히 군사를 움직이자는 말을 하지 못했다.

한편 공명은 군사를 크게 몰아 다시 기산으로 나갔다. 군사들을 위로하고 있는데 위연, 진식, 두경, 장억이 군막으로 들어와 땅에 엎드려 절을 올리며 벌을 청했다. 공명이 물었다.

"누가 군사를 잃었는가?"

위연이 얼른 대답했다.

"진식이 명령을 듣지 않고 골짜기 어귀로 들어가는 바람에 크게 패했습니다."

진식도 발끈하며 변명했다.

"이 일은 위연이 시켜서 한 것입니다."

공명이 소리쳤다.

"위연은 너를 구해 주었는데 너는 도리어 위연을 걸고넘어지는구나! 이미 장령을 어겼으니 교묘한 말을 지껄일 필요 없다!"

공명은 즉시 무사를 호령하여 진식을 끌어내어 목을 치게 했다. 잠시 후 진식의 머리가 잘리자 공명은 그것을 군막 앞에 내걸고 여러 장수들에게 보였다. 이때 공명이 위연을 죽이지 않은 것은 남겨 두어 뒤에 쓰려고 했기 때문이다. 진식을 참형에 처한 공명이 진군할 대책을 의논하는데 문득 첩자가 와서 보고했다. 조진이 병이 들어 일어나지 못하고 지금 영채에서 치료를 받고 있다는 것이었다. 공명은 크게 기뻐하며 여러 장수들에게 말했다.

"조진의 병이 가볍다면 틀림없이 곧바로 장안으로 돌아갔을 것이오. 그러나 지금 위군이 물러가지 않는 것을 보면 틀림없이 병이 위중한 것이오. 그래서 군중에 남아 사람들의 마음을 안정시키려는 것이오. 내 글을 한 통 적어 진량 수하로 있다가 항복한 군사에게 주어 조진에게 보내겠소. 조진이 그것을 본다면 틀림없이 죽고 말 것이오!"

그는 곧바로 항복한 군사들을 군막으로 불러다 물었다.

"너희들은 모두가 위군들로 부모와 처자가 대부분 중원에 있을 터이니 촉중에 오래 있는 것이 마땅치 않을 것이다. 지금 너희들을 놓아 집으로 돌려보낼까 하는데 어떠냐?"

군졸들은 눈물을 흘리고 절을 올리며 감사했다. 공명이 다시 말했다.

"조자단과 내가 약속한 일이 있었다. 내가 편지 한 통을 줄 테니 너희들이 자단에게 갖다 주면 반드시 후한 상을 내릴 것이다."

편지를 받은 위군들은 자신들의 영채로 달려가서 공명의 글을 조진에게 바쳤다. 조진은 병을 무릅쓰고 자리에 일어나 봉한 것을 뜯고 보았다. 글은 이러했다.

한 승상 무향후 제갈량이 대사마 조자단 앞에 글을 보내노라. 생각건
대 무릇 장수 된 자는 능히 떠나고 능히 나아갈 수 있어야 하고 능히
부드럽고 능히 굳셀 수 있어야 하며, 능히 진격하고 능히 후퇴할 수 있
어야 하고 능히 약하고 능히 강할 수 있어야 한다. 산악처럼 굳건하고
음양의 변화처럼 예측하기 어려우며, 천지처럼 무궁하고 태창太倉(큰
창고)처럼 충실하며, 사해처럼 넓고 아득하고 해 달 별처럼 밝아야 한
다. 천문을 보아 가뭄과 장마를 예측하고 지리의 평탄함과 가파름을
미리 알아야 하며, 진을 쳐서 싸움의 시기를 살피며 적의 장단점을 헤
아려야 한다. 오호라! 너 배우지 못한 후배가 위로는 하늘의 뜻을 거스
르고 나라를 찬탈한 반적을 도와 낙양에서 황제의 칭호를 일컫게 하
더니 야곡에서는 패잔병이 되어 도주하고 진창에서는 장마를 만났다.
수륙으로 곤경을 당하여 사람과 말이 미친 듯이 날뛰고, 내던진 무기
와 갑옷이 교외에 가득 차고 내버린 칼과 창은 땅에 가득 널렸다. 도
독(사마의)은 가슴이 무너지고 쓸개가 찢겼으며, 장군(조진)은 쥐새끼처
럼 숨고 이리처럼 바빴도다! 관중의 부로父老(어른)들을 볼 면목도 없으
리니 무슨 낯으로 승상부의 대청으로 들어가겠는가? 사관史官은 붓을
잡아 기록하고 백성들은 입을 모아 널리 전하리니 '중달은 진陣이라는
말만 듣고도 두려워 떨고, 자단은 적군이 온다는 소문만 듣고도 쩔쩔
맨다'고 할 것이다! 우리 촉군은 군사는 강하고 말은 건장하며 대장은
호랑이처럼 용감하고 용처럼 날래니 진천秦川(관중의 평원 지대. 옛 진나라
지역)을 쓸어 평지를 만들고 위국을 소탕하여 폐허로 만들리라!

글을 읽은 조진은 가슴 가득 울화가 치밀어 올라 그날 밤 군중에서 죽고 말았다. 사마의는 영구를 전차에 실어 낙양으로 보내 장사 지내게 했다. 위주는 조진이 죽었다는 소식을 듣고 즉시 사마의에게 조서를 내려 출전을 재촉했다. 사마의는 대군을 거느리고 가서 공명과 싸울 결심으로 하루 전에 먼저 전서戰書를 보냈다.

공명이 여러 장수들에게 말했다.

"조진이 죽은 게 확실하오."

그러고는 '내일 싸우자'는 회답을 주어 사마의의 사자를 돌려보냈다. 이날 밤 공명은 강유에게 밀계를 주면서 이러저러하게 움직이라고 명했다. 또 관흥을 불러 이리저리 하라고 분부했다. 이튿날 공명은 기산에 있는 군사들을 모조리 일으켜 위수 가로 나아갔다. 한쪽은 강이고 한쪽은 산인데 중앙은 평평하고 넓은 들판이라 싸우기 좋은 곳이었다. 양편 군사들이 서로 마주하자 화살을 쏘아 거리를 측정하고 진陣의 머리를 세웠다. 이어서 북이 세 바탕 울리더니 위군 진영의 문기가 양편으로 갈라지면서 사마의가 말을 타고 나오고 뒤이어 장수들이 따라 나왔다. 맞은편에서는 공명이 네 바퀴 수레 위에 단정히 앉아 깃털 부채를 부치고 있었다. 사마의가 입을 열었다.

"우리 주상께서는 순임금이 요임금으로부터 선양받은 일을 본받으신 이래 2대째 내려오신 황제이시다. 중원을 누르고 앉아 계시면서 너희 촉과 오 두 나라를 용납하시는 것은 우리 주상께서 너그럽고 인자하시어 백성을 상하게 하지나 않을까 걱정하시기 때문이다. 너는 한낱 남양에서 밭이나 갈던 농부로서 하늘의 운수를 알지 못하고 억지로 우리를 침범하려 드니 이치로 보아 소멸되어야 마땅하다! 그러나 만약 마음을 돌려먹고 허물을 고치겠다면 마땅히 속히 돌아가 각각 자기의 경계를 지켜 솥발 같은 형세를 이루어야 할 것이다. 그리하면 백성들이 도탄에 빠지는 사태를 피하고 너희들도 목숨을 보전하게 되리라!"

공명은 웃으면서 대꾸했다.

"내 선제先帝로부터 탁고託孤(죽으면서 아들을 부탁하는 것)의 당부를 받았으니 어찌 마음을 기울이고 힘을 다하여 역적을 토벌하지 않을 수 있겠느냐? 너희 조씨는 오래지 않아 한漢에게 멸망될 것이다. 네 아비와 할아비는 모두 한나라의 신하로서 대대로 한나라의 녹을 먹었거늘 그 은혜에 보답할 생각은 아니 하고 도리어 역적을 돕다니 어찌 스스로 부끄러움을 모르느냐?"

사마의는 만면에 부끄러운 빛을 띠면서 화제를 바꾸었다.

"내 너와 자웅을 결해 보겠다! 네가 이긴다면 내 맹세코 대장 노릇을 하지 않겠다! 그러나 네가 패하면 일찌감치 고향으로 돌아가도록 하라. 그리하면 나도 결코 너를 해치지는 않겠다."

공명이 물었다.

"너는 장수로 싸우겠느냐 병졸로 싸우겠느냐 아니면 진법으로 겨루고 싶으냐?"

사마의가 대답했다.

"우선 진법으로 겨루어 보자."

공명이 말했다.

"먼저 내가 볼 수 있게 진을 펼쳐 보아라."

사마의는 중군의 군막 곁으로 들어가서 노란색 깃발을 들고 휘둘렀다. 좌우의 군사들이 움직이더니 진을 하나 만들었다. 사마의는 다시 말에 올라 진 앞으로 나와서 물었다.

"너는 내 진을 알겠느냐?"

공명이 웃으면서 대꾸했다.

"우리 군중에서는 끝자리에 있는 말장末將도 그런 진쯤은 칠 줄 아느니라. 그것은 '혼원일기진混元一氣陣'이다."

사마의가 소리쳤다.

"너도 진을 펼쳐 나에게 보여라!"

공명이 진으로 들어가 깃털 부채를 한번 흔들었다. 그러고는 다시 진 앞으로 나와서 물었다.

"너는 내 진을 알겠느냐?"

사마의가 대답했다.

"그까짓 '팔괘진八卦陣'을 어찌 모르겠느냐?"

공명이 다시 물었다.

"알기는 아는구나. 하지만 네 감히 내 진을 깨뜨릴 수 있겠느냐?"

사마의가 자신 있게 대꾸했다.

"이미 그것을 아는데 어찌 깨뜨리지 못하겠느냐?"

공명이 말했다.

"그럼 마음대로 와서 깨뜨려 보아라."

사마의는 본진으로 돌아가 대릉, 장호, 악침 세 장수를 불러서 분부했다.

"공명의 진은 휴休, 생生, 상傷, 두杜, 경景, 사死, 경驚, 개開의 여덟 문에 따라 펼쳐져 있다. 너희 세 사람은 바로 동쪽의 생문生門으로 치고 들어가 서남쪽의 휴문休門을 향해 짓쳐 나갔다가 다시 북쪽의 개문開門으로 치고 들어가면 저 진을 깨뜨릴 수 있다. 부디 조심하고 또 조심하거라!"

대룡은 중간, 장호는 앞쪽, 악침은 뒤쪽에서 각기 기병 30기를 이끌고 '생문'을 통해 치고 들어갔다. 양편 군사들은 일제히 고함을 질러 자기편의 용기를 도왔다. 그러나 세 사람이 촉진으로 치고 들어가 보니 진은 흡사 성벽들이 잇닿은 것 같아서 이리 치고 저리 부딪

심호 그림

처 봐도 나갈 수가 없었다. 세 사람은 황급히 기병들을 이끌고 진각
陣脚(진의 최전방)을 돌아 서남쪽으로 돌격했다. 그러나 촉군이 화살을
쏘며 막는 바람에 뚫고 나갈 수가 없었다. 진 안은 중중첩첩重重疊疊
으로 이르는 곳마다 모두 문이 있어 동서남북을 분간할 수조차 없었
다. 세 장수는 서로가 서로를 돌볼 겨를도 없어 아무렇게나 마구 부
딪치기만 했다. 그러나 보이는 것이라곤 스산하게 드리운 구름과 자
욱한 안개뿐이었다. 고함 소리가 일어나는 곳에 위군은 하나하나 모
두 밧줄에 묶여 중군으로 끌려갔다. 공명이 군막에 앉아 있는데 좌
우의 부하들이 장호, 대릉, 악침과 함께 90명의 군졸들을 모조리 꽁
꽁 묶어 군막 안으로 잡아 왔다. 공명이 웃으며 말했다.

"내 너희들을 붙잡았기로 무엇이 대단하겠느냐? 놓아 줄 테니 돌
아가서 사마의에게 전하라. 병서를 다시 읽고 전략과 계책을 거듭 살
핀 뒤에 와서 자웅을 결하더라도 늦지 않다고 말이다. 이미 너희들의
목숨을 살려 주었으니 무기와 전마는 두고 가는 것이 마땅하니라."

그는 즉시 위군들의 옷을 벗기고 얼굴에 먹칠을 한 다음 걸어서 진
밖으로 나가게 했다.

사마의는 그 흉한 꼴을 보고 크게 노하여 장수들을 돌아보며 소
리쳤다.

"이렇게 예기를 꺾이고서야 무슨 면목으로 중원으로 돌아가 대신
들을 만난단 말인가?"

그는 즉시 삼군을 지휘하여 죽기로써 진을 탈취하려 했다. 사마
의가 직접 검을 뽑아 들고 1백여 명의 날랜 장수를 거느린 채 군사
를 재촉해서 쳐들어갔다. 양쪽 군사가 바로 맞닥뜨렸을 때였다. 별
안간 진 뒤에서 북소리 나팔 소리가 일제히 울리고 함성이 크게 진

동하면서 한 떼의 군사가 서남쪽으로부터 치고 들어왔다. 바로 관흥이었다. 사마의는 후군을 나누어서 그를 막도록 하고 다시 군사를 재촉해서 앞으로 나가며 무찔렀다. 갑자기 위군이 크게 어지러워졌다. 강유가 한 떼의 군사를 이끌고 몰래 쳐들어온 것이었다. 촉군은 세 길로 협공했다. 크게 놀란 사마의는 황급히 군사를 뒤로 물렸다. 촉군은 이를 에워싸고 마구 무찔렀다. 사마의는 삼군을 이끌고 남쪽을 향해서 죽기로써 뚫고 나갔다. 위군은 열에 예닐곱이 부상을 당했다. 사마의는 위수 남쪽 기슭으로 물러가 영채를 세우고 굳게 지키면서 나오지 않았다.

공명은 이긴 군사를 거두어 기산으로 돌아갔다. 이때 영안성永安城의 이엄李嚴이 도위 구안苟安을 시켜 보낸 군량미가 당도하여 물건을 넘겨주었다. 그런데 구안은 본래 술을 좋아하여 길에서 게으름을 피우다가 수송 기한을 열흘이나 넘기고 있었다. 공명은 크게 노했다.

"우리 군중에서는 군량 공급을 무엇보다 중대한 일로 삼기 때문에 사흘만 어긋나도 목을 치게 되어 있다! 그런데 너는 지금 기한을 열흘이나 어겼으니 무슨 할 말이 있겠느냐?"

공명은 무사를 호령하여 끌어내어 목을 치게 했다. 장사 양의가 만류했다.

"구안은 이엄이 쓰는 사람입니다. 더욱이 돈과 식량은 대부분 서천에서 나옵니다. 그런데 이 사람을 죽이시면 이후로는 감히 군량을 수송하겠다고 나설 사람이 없을 것입니다."

공명은 무사를 꾸짖어 결박한 것을 풀어 주게 한 다음 곤장 80대를 치고 놓아주었다. 벌을 받은 구안은 원한을 품고 그날 밤으로 심복 기병 5,6기를 거느린 채 곧장 위군의 영채로 달려가서 투항하고 말았다. 사마의가 불러들이자 구안은 절을 올리며 지난 일을 하소연했다. 사마의가 한마디 했다.

"비록 그렇다고는 하나 공명은 꾀가 많으므로 네 말을 믿기 어렵다. 네가 나를 위해 한 가지 큰 공을 세울 수 있다면 내 천자께 아뢰어 너를 상장으로 삼도록 하겠다."

구안이 선뜻 대답했다.

"무슨 일이든지 시키시기만 하면 힘을 다하겠습니다."

사마의가 말했다.

"너는 성도로 돌아가 공명이 임금을 원망하면서 조만간 황제가 되려 한다고 유언비어를 퍼뜨려라. 그래서 너희 임금이 공명을 소환하게만 하면 이는 곧 너의 공이니라."

구안은 응낙하고 그 길로 성도로 돌아가 환관들을 만나서 공명은 자신이 세운 공을 믿고 머지않아 반드시 나라를 찬탈할 것이라고 유언비어를 퍼뜨렸다. 환관들은 깜짝 놀라 즉시 내전으로 들어가 황제에게 이 일을 자세하게 아뢰었다. 후주도 깜짝 놀랐다.

"그렇다면 이 일을 어찌할꼬?"

환관이 아뢰었다.

"조서를 내려 성도로 불러들인 다음 병권을 삭탈하시어 반역이 일어나지 않게 하소서."

후주는 공명에게 군사를 돌이켜 조정으로 돌아오라는 조서를 내리려고 했다. 그러자 장완이 반열에서 나와 아뢰었다.

"승상께서는 출병한 이래 여러 차례 큰 공을 세웠는데 무슨 까닭으로 회군하라고 하시는지요?"

후주가 대답했다.

"짐에게 기밀한 일이 있어서 승상과 대면해서 상의해야 하오."

후주는 즉시 사신에게 조서를 가지고 밤낮을 가리지 말고 달려가 공명을 불러오게 했다. 사신은 곧바로 기산의 본부 영채에 이르렀다. 사신을 맞아들여 조서를 받은 공명은 하늘을 우러러 탄식했다.

"주상께서 나이 어리신데 곁에 간신이 생긴 게 분명하구나! 내 바야흐로 공을 세우려는데 무슨 까닭으로 돌아오라고 하신단 말인가? 돌아가지 않는다면 이는 임금을 능멸하는 짓이요 명을 받들어 물러간다면 이후로는 이런 기회를 다시 얻기 어려울 것이다."

강유가 물었다.

"대군이 물러가면 사마의가 기세를 타고 엄습할 것인데 어떻게 해야 합니까?"

공명이 대답했다.

"우리가 지금 퇴각하려면 다섯 길로 나누어서 물러가야 한다. 오늘은 우선 본영부터 물린다. 영내의 군사가 1천 명이면 솥 놓는 아궁이는 2천 개를 파고 내일은 3천 개를 파며 모레는 4천 개를 파야 한다. 날마다 군사를 물리되 솥 놓는 아궁이를 늘리면서 움직여야 한다."

양의가 물었다.

"옛적에 손빈孫臏이 방연龐涓을 사로잡을 때 군사는 늘리고 아궁이 수효는 줄이는 방법*으로 승리했는데, 지금 승상께서는 퇴군하시면서 아궁이를 늘리라고 하시니 이는 어째서입니까?"

공명이 설명했다.

"사마의는 용병에 능하니 우리가 군사를 물리는 걸 알면 반드시 뒤를 추격할 것이다. 그러나 속으로는 매복을 의심하여 반드시 전날 묵었던 영채의 아궁이를 세어 볼 것이다. 날마다 아궁이가 늘어나는 것을 보면 과연 우리가 물러나는지 물러나지 않는지 의심이 들어 감히 추격하지 못할 것이다. 그 사이에 우리는 서서히 물러가면 자연히 군사를 잃을 걱정은 사라질 것이네."

공명은 마침내 철수 명령을 전했다.

한편 사마의는 구안이 계책을 시행했으리라 짐작하고 촉군이 물러가기만을 기다리며 그때 일제히 엄습할 생각이었다. 그러나 적군의 사정을 몰라 한참 주저하고 있는데 촉군 영채가 텅 비고 인마가 모두 떠났다는 보고가 들어왔다. 하지만 공명이 꾀가 많은 줄 익히 아는 사마의는 감히 섣불리 추격하지 못하고 몸소 1백여 명의 기병을 거느리고 앞장서서 촉군 영채를 돌아보며 군사들에게 아궁이 숫자를 세게 한 다음 자신의 영채로 돌아갔다. 다음날도 군사들을 보내 촉군이 전날 묵었던 영채의 아궁이를 세게 했다. 갔던 군사가 돌아와서 보고했다.

"영채의 아궁이가 전날보다 많았습니다."

사마의가 장수들에게 말했다.

"내 공명이 꾀가 많은 걸 알고 있소. 지금 과연 군사를 늘려 아궁이가 늘어나고 있소. 추격하다가는 틀림없이 그 계책에 걸려들 것이

*손빈이⋯⋯방법ㅣ전국시대 위나라 방연이 10만 대군을 이끌고 제齊나라를 쳤는데, 제나라의 군사軍師 손빈이 일부러 후퇴하면서 날마다 아궁이 수를 줄여서 군사가 계속 감소하는 것처럼 꾸몄다. 방연은 그 계책에 속아 서둘러 제나라 군을 추격하다가 마릉馬陵에서 복병에 걸려 참패하고 목숨을 잃었다.

오. 차라리 잠시 물러갔다가 다시 좋은 방도를 세우는 게 낫겠소.”

이에 사마의는 군사를 돌리고 촉군을 쫓지 않았다. 공명은 한 명의 군사도 잃지 않고 성도를 향해 떠났다. 그 뒤 천구川口에 사는 토착민이 와서 공명이 후퇴할 때 군사가 불어나는 건 보지 못했는데 아궁이만 계속 늘리더라고 말했다. 그 말을 듣고 사마의는 하늘을 우러러 길게 탄식했다.

“공명이 우후虞詡의 방법*을 본받아 나를 속였구나! 나는 그의 모략을 당하지 못하겠구나!”

사마의는 드디어 대군을 이끌고 낙양으로 돌아갔다. 이야말로 다음 대구와 같다.

바둑은 적수를 만나면 이기기 어렵고 /
장수는 인재 만나면 교만하지 못하네.
棋逢敵手難相勝　將遇良才不敢驕

공명은 물러나 성도로 돌아가지만 결국 어떻게 될까, 다음 회를 보라.

---

*우후의 방법 | 동한 안제安帝 때 우후가 변경을 침범한 강인先人을 공격하다가 진창陳倉과 효곡崤谷에서 강인들에게 저지당했다. 그때 우후가 날마다 아궁이 수를 늘리자 강인들은 군사가 증원된 줄 알고 감히 추격하지 못하여 무사히 돌아오고 후에 강병을 물리쳤다.

101

목문도의 장합

농상으로 나온 제갈량은 천신으로 꾸미고
검각으로 달려가던 장합은 계책에 걸리다

出隴上諸葛妝神　奔劍閣張郃中計

공명은 군사를 줄이면서 아궁이를 늘리는 계책으로 후퇴하여 한중
에 당도했다. 매복을 염려한 사마의 역시 감히 촉군의 뒤
를 쫓지 못하고 군사를 거두어 장안으로 돌아갔
다. 이 때문에 촉군은 군사를 단 한 명도 잃지
않았다. 삼군에 크게 상을 내리고 성도로 돌아
간 공명은 황궁으로 들어가 후주를 알현하고 아
뢰었다.

　"노신은 기산으로 나가 장안을 치려고 하였는데
폐하의 조서를 받고 돌아왔습니다. 무슨 큰일이라
도 생겼는지요?"

　후주는 대답할 말이 없어 한참 만에 입을 열었다.

　"짐이 오랫동안 승상의 얼굴을 보지 못해 그리운 마
음에 돌아오시라고 한 것이지 다른 일은 없소."

　공명이 말했다.

"이는 폐하의 본심이 아닐 것입니다. 측근의 간신이 신에게 딴 마음이 있다고 헐뜯은 게 분명합니다."

이 말에 후주는 입을 다문 채 말이 없었다. 공명이 다시 말했다.

"노신은 선제의 두터운 은혜를 입고 죽음으로 보답할 것을 맹세했습니다. 그런데 궁 안에 간사한 자가 있다면 신이 어찌 역적을 토벌할 수 있겠습니까?"

그제야 후주가 실토했다.

"짐이 환관의 말을 잘못 듣고 일시적으로 승상을 불렀소. 오늘에야 길을 막았던 풀 덩굴을 걷어 낸 듯 눈앞이 훤해지는구려. 후회스럽기 그지없구려!"

공명은 환관들에게 캐물어서 구안이 유언비어를 퍼뜨린 것을 알아냈다. 급히 체포하게 했으나 구안은 이미 위나라로 달아나고 없었다. 공명은 임금께 함부로 아뢴 환관을 참형에 처하고 나머지는 모두 궁에서 쫓아냈다. 또 간사한 자들의 수작을 살펴 천자에게 충고하지 못한 장완과 비의를 깊이 나무랐다. 두 사람은 "예, 예" 하며 죄를 시인했다. 공명은 후주에게 절을 올려 작별하고 다시 한중으로 갔다. 그리고 이엄에게 격문을 띄워 식량과 말먹이 풀을 전과 다름없이 군영으로 날라 오게 하고 다시 출병할 일을 상의했다. 양의가 제의했다.

"이전에 몇 차례 군사를 일으켰지만 군사력은 피폐하고 양식 또한 계속해서 뒤를 대지 못했습니다. 차라리 군사를 두 반班으로 나누어 석 달마다 교대하게 하는 게 좋을 것 같습니다. 20만 군사 중에 10만 명만 기산으로 가서 석 달 동안 머무르게 하고 그 뒤에 쉬고 있던 10만 명과 교대시켜 먼저 나갔던 10만 명은 돌아오게 하는 식으로 순환하여 군사들이 힘이 부치지 않게 하는 것입니다. 그런 다음 서서히 나아가면 중원을 도모할 수 있을 것입니다."

공명은 고개를 끄덕였다.

"그 말이 내 생각과 같네. 우리의 중원 정벌은 결코 일조일석一朝一夕에 성사될 일이 아니니 그렇게 장기적인 계책을 써야 할 것이야."

공명은 군사를 두 반으로 나누어 1백일을 기한으로 교대시키기로 하고 기한을 어기면 군법에 따라 처분한다고 했다.

건흥 9년(231년) 봄 2월, 공명이 다시 위를 정벌하기 위해 출병했다. 이때 위나라는 태화太和 5년이었다. 위주 조예는 공명이 다시 중원을 정벌하려 한다는 소식을 듣고 급히 사마의를 불러 대책을 상의했다. 사마의가 말했다.

"지금 자단子丹(조진)이 이미 세상을 떠났으니 신이 혼자서라도 힘을 다 바쳐 도적을 제거하여 폐하께 보답하겠나이다."

크게 기뻐한 조예는 잔치를 열어 사마의를 대접했다. 이튿날 촉군의 침범이 급하다는 보고가 들어왔다. 조예는 즉시 사마의에게 출병하여 적을 막으라고 명하고 난가를 움직여 친히 성밖까지 나가 전송했다. 사마의는 위주와 작별하고 곧장 장안으로 가서 여러 길의 인마를 모아 촉군을 깨뜨릴 계책을 상의했다. 장합이 말했다.

"제가 한 부대의 군사를 이끌고 옹현과 미현을 지키면서 촉군을 막고 싶소이다."

사마의가 말했다.

"우리의 선두 부대만으로는 공명의 군사를 막을 수 없는데 다시 군사를 앞뒤로 나누면 승산이 없소. 차라리 일부 군사만 남겨 상규

上邽를 지키게 하고 나머지는 모두 기산으로 가는 것이 좋겠소. 공이 선봉이 되어 주시겠소?"

장합은 대단히 기뻐했다.

"내 평소 충의를 품고 마음을 다 바쳐 나라에 보답하고 싶었지만 아쉽게도 아직 나를 알아주는 사람을 만나지 못했소. 지금 도독께서 중책을 맡기시니 만 번 죽더라도 마다하지 않겠소이다!"

이에 사마의는 장합을 선봉으로 삼아 대군을 총지휘하게 했다. 또 곽회에게 농서의 여러 군을 지키게 하고 나머지 장수들은 각기 길을 나누어 전진하게 했다. 선두 부대의 정찰병이 보고했다.

"공명이 대군을 인솔하고 기산을 향해 출발했는데 선봉 왕평과 장억은 곧바로 진창으로 나와 검각을 거쳐 산관으로부터 야곡을 향해 오고 있습니다."

사마의가 장합에게 말했다.

"지금 공명이 대군을 몰아 기세 좋게 진군하는데 틀림없이 농서의 밀을 베어 군량을 마련할 것이오. 그대는 영채를 세우고 기산을 지키시오. 나는 곽회와 함께 천수의 여러 군을 순찰하면서 촉군이 밀을 베지 못하게 하겠소."

장합은 명을 받아 4만 명의 군사를 이끌고 기산을 지키고 사마의는 대군을 이끌고 농서를 향해 떠났다.

이때 군사를 이끌고 기산에 이른 공명은 영채를 세우고 나서 위수에서 방어하는 위군을 보고 장수들에게 말했다.

"이는 틀림없이 사마의요. 지금 영채에 군량이 모자라 이엄에게 여러 차례 사람을 보내 식량 운반을 재촉했으나 아직 오지 않고 있소. 내 짐작에는 농상隴上(농산의 서쪽 지역)의 밀이 익었을 테니 은밀히 가서 그것을 베어 와야겠소."

이에 왕평, 장억, 오반, 오의 네 장수를 남겨 기산의 영채를 지키게 하고 공명이 직접 강유와 위연 등 장수들을 이끌고 노성鹵城으로 나아갔다. 노성 태수는 평소 공명의 위력을 알고 있었던 터라 황급히 성문을 열고 나와 항복했다. 공명은 그를 다독여 안심시키고 물었다.

"요즘은 어느 곳의 밀이 잘 익었소?"

노성 태수가 아뢰었다.

"농상의 밀이 벌써 익었습니다."

공명은 장익과 마충을 남겨 노성을 수비하게 하고 장수들과 삼군을 거느리고 농상을 향해 출발했다. 선두 부대가 되돌아와 보고했다.

"사마의가 군사를 이끌고 앞쪽에 있습니다."

공명은 흠칫 놀랐다.

"이 사람이 내가 밀 베러 올 것을 미리 알았구나!"

공명은 즉시 목욕을 하고 옷을 갈아입고 사륜거 세 대를 밀고 오게 했는데, 수레는 모두 똑같이 꾸며져 있었다. 이 수레들은 공명이 촉에서 미리 만들어 두었던 물건이었다. 공명은 강유에게 1천 명의 군사를 이끌고 수레를 호위하는데 5백 명은 북을 치면서 상규의 뒤편에 매복시키라고 했다. 다시 마대는 왼쪽, 위연은 오른쪽에서 역시 각기 1천 명의 군사를 이끌고 수레 한 대씩을 호위하는데 5백 명은 북을 두드리게 했다. 그리고 수레 한 대에 군사 24명씩을 배치하여 검은 옷을 입고 맨발에 머리카락을 풀어헤치고 검을 들고 북두칠성이 그려진 깃발을 잡고 좌우에서 수레를 밀게 했다. 세 사람은 각

황소민 그림

기 계책을 받아 군사를 이끌고 수레를 밀며 떠났다.

공명은 또 3만 명의 군사에게 낫과 짐을 묶을 새끼줄을 갖추어 밀을 벨 준비를 하게 했다. 그리고 다시 건장한 군사 24명을 골라 각기 검은 옷을 입고 머리카락을 풀어헤치며 맨발로 검을 들고 자신이 탈 사륜거를 에워싸고 밀도록 했다. 관흥에게는 천봉 원수天蓬元帥(신화에 나오는 천신)처럼 꾸미고 북두칠성이 그려진 검은 깃발을 들고 수레 앞에서 걸어가라고 했다. 그런 다음 공명은 수레 위에 단정히 앉아 위군 영채를 향해 나아갔다.

위군 측의 정찰병은 그 모습을 보고 깜짝 놀랐다. 사람인지 귀신인지 알 수가 없어 부랴부랴 사마의에게 보고했다. 사마의가 영채에서 나와 살펴보니 관을 쓰고 학창의를 입은 공명이 손으로는 깃털 부채를 흔들며 사륜거 위에 단정히 앉아 있었다. 좌우로는 24명이 머리카락을 풀어헤친 채 검을 들었고 앞쪽에는 한 사람이 검은 깃발을 들었는데 흡사 천신天神 같았다. 사마의가 내뱉었다.

"공명이 또 괴상한 짓을 하는군!"

그는 즉시 군사 2천 명을 선발하여 분부했다.

"너희는 빨리 달려가서 수레와 사람을 남김없이 잡아오너라!"

명령을 받든 위군들은 일제히 추격했다. 위군이 쫓아오는 것을 본 공명은 수레를 돌리게 하더니 멀리 떨어진 촉군 영채를 향하여 천천히 나아갔다. 위군들은 모두가 말을 달려 급히 쫓아갔다. 그러자 음산한 바람이 솔솔 부는가 싶더니 주위가 온통 차가운 안개로 휩싸여 버렸다. 위군들은 있는 힘을 다해 30리쯤 추격했으나 도저히 공명을 따라잡을 수가 없었다. 깜짝 놀란 군사들은 각자 고삐를 당겨 말을 멈추어 세우고 말했다.

"괴이한 일이 아닌가? 우리가 그토록 빨리 달리며 30리나 쫓았는데도 저 앞에 빤히 보이는 걸 따라잡을 수가 없으니 대체 어찌된 일인가?"

위군이 따라오지 않는 것을 본 공명은 수레를 위군 쪽으로 돌리게 하고 쉬었다. 한참을 머뭇거리던 위군들은 또 말을 달려 쫓아갔다. 그러자 공명은 다시 수레를 돌려 느릿느릿 움직였다. 위군들은 다시 20리를 쫓아갔으나 공명은 여전히 앞에 보이기만 하고 따라잡을 수가 없었다. 위군들은 모두 얼이 빠져 멍해졌다. 그때 공명이 수레를 되돌려 위군 쪽으로 향해 거꾸로 밀고 나가게 했다. 위군들은 다시 쫓아가려고 했다. 이때 뒤에서 사마의가 한 부대의 군사를 이끌고 와서 명령을 내렸다.

"공명은 팔문둔갑八門遁甲을 잘하고 육정육갑六丁六甲*을 부릴 줄 안다. 이는 육갑천서六甲天書에 나오는 축지법縮地法이니 장병들은 쫓아가지 말라."

군사들이 막 고삐를 당겨 말머리를 돌리려 할 때였다. 왼편에서 북소리가 크게 진동하더니 한 떼의 군사가 쏟아져 나왔다. 사마의는 군사를 시켜 급히 막게 했다. 문득 촉군의 대오에서 머리카락을 풀어헤치고 검은 옷을 입은 사람 24명이 검을 든 채 맨발로 사륜거 한 대를 에워싸고 나왔다. 수레 위에는 관을 쓰고 학창의를 입은 공명이 깃털 부채를 흔들며 단정히 앉아 있었다. 사마의는 깜짝 놀랐다.

"방금 그 수레에 탄 공명을 5십리나 쫓았지만 따라잡지 못했는데

---

*육정육갑 | 도교의 신. 정묘丁卯·정사丁巳·정미丁未·정유丁酉·정해丁亥·정축丁丑의 육정은 음신陰神, 갑자甲子·갑술甲戌·갑신甲申·갑오甲午·갑진甲辰·갑인甲寅의 육갑은 양신陽神이다.

어떻게 여기에 또 공명이 있단 말인가? 참으로 괴이하다! 괴이해!"

그 말이 채 끝나기도 전이었다. 이번에는 오른편에서 또 북소리가 울리더니 한 떼의 군사가 들이닥쳤다. 사륜거 위에는 역시 공명이 앉아 있고 그 좌우에도 역시 맨발에 검은 옷을 입은 사람 24명이 머리카락을 풀어헤치고 검을 든 채 수레를 에워싸고 다가왔다. 덜컥 의심이 든 사마의는 장수들을 돌아보며 소리쳤다.

"이는 신병神兵이 분명하다!"

위군은 마음이 어지러워 감히 싸울 엄두도 내지 못하고 제각기 달아났다. 위군이 한창 달아나는데 별안간 요란한 북소리와 함께 또 한 떼의 군사가 달려왔다. 앞장선 사륜거 위에는 공명이 단정히 앉아 있고 그 좌우와 앞뒤에서 수레를 미는 자들은 앞에 나타난 사람들과 형색이 똑 같았다. 위군들 치고 놀라지 않는 자가 없었다. 사마의도 상대방이 사람인지 귀신인지 또 촉군의 수효가 얼마나 되는지 알 수가 없어 몹시 놀라고 두려웠다. 급히 군사를 이끌고 상규로 달려 들어간 그는 문을 닫아걸고 나오지 않았다. 이때 공명은 이미 정예병 3만 명을 보내 농상의 밀을 모조리 베어 노성으로 날라다가 타작하며 말리고 있었다.

사마의는 상규성에 틀어박혀 사흘이나 나오지 못하다가 촉군이 물러간 것을 보고 나서야 비로소 군사를 내보내 정찰을 시켰다. 정찰병들이 길에서 촉군 하나를 붙잡아서 사마의에게 데려왔다. 사마의가 잡혀 온 까닭을 물으니 그 사람이 사실대로 대답했다.

"저는 밀을 베던 사람인데 잃어버린 말을 찾으러 다니다가 잡혀 왔습니다."

사마의가 다시 물었다.

"지난번에는 어떻게 신병이 나타났느냐?"

군사가 대답했다.

"세 길의 복병은 모두 공명이 아니고 강유, 마대, 위연이었습니다. 한 길에 수레를 호위하는 군사는 겨우 1천 명이었는데 그 중에 5백 명이 북을 두드렸습니다. 맨 처음으로 수레를 타고 위군을 유인한 사람만이 공명이었습니다."

사마의는 하늘을 우러러 길게 탄식했다.

"공명은 신출귀몰하는 계책을 가졌구나!"

이때 갑자기 부도독 곽회가 만나러 왔다는 보고가 들어왔다. 사마의가 맞아들여 인사를 마치고 나자 곽회가 입을 열었다.

"들자니 많지 않은 촉군이 지금 노성에서 밀 타작을 하고 있답니다. 그들을 습격하면 되겠습니다."

사마의가 앞에서 있었던 일을 자세히 이야기해 주었다. 곽회가 웃으며 말했다.

"그것은 일시적인 속임수에 불과합니다. 지금 이미 그 속임수를 간파한 마당에 족히 입에 올릴 가치나 있겠습니까? 제가 한 부대의 군사를 이끌고 그들의 뒤를 공격할 테니 공은 앞을 치십시오. 그러면 노성을 깨뜨리고 공명을 사로잡을 수 있을 것입니다."

사마의는 그 말에 따라 군사를 두 길로 나누어 나갔다.

이때 공명은 군사들을 이끌고 노성에서 밀을 타작하여 햇볕에 말리고 있었는데 별안간 장수들을 불러 명령을 내렸다.

"오늘 밤에 틀림없이 적이 와서 성을 공격할 것이오. 내가 짐작컨대 노성의 동쪽과 서쪽에 있는 밀밭에는 군사를 매복시킬 만하오. 누가 감히 나를 위해 가 주겠소?"

강유, 위연, 마충, 마대가 한꺼번에 나섰다.

"저희들이 가겠습니다."

공명은 크게 기뻐하며 강유와 위연은 각각 2천 명의 군사를 이끌고 동남쪽과 서북쪽에 매복하고 마대와 마충은 각각 2천 명의 군사를 거느리고 서남쪽과 동북쪽에 매복하라고 했다.

"포가 울리면 네 귀퉁이에서 일제히 쳐 나오라."

계책을 받은 네 장수는 군사를 이끌고 떠났다. 공명 자신은 화포火砲를 지닌 1백여 명의 군사를 이끌고 성을 나가 밀밭에 엎드려 위군을 기다렸다.

사마의는 군사를 이끌고 곧바로 노성 아래 당도했다. 날은 이미 저물어 어둑어둑했다. 그는 장수들에게 말했다.

"대낮에 진군하면 성안에서 반드시 대비할 것이오. 그러니 지금 어둠을 타고 공격합시다. 이곳은 성벽이 낮고 해자가 얕아 쉽게 깨뜨릴 수 있소."

그러고는 성밖에다 군사를 주둔시켰다. 초경 무렵이 되자 곽회 역시 군사를 이끌고 당도했다. 한데 합친 두 부대의 군사들은 한바탕의 북소리와 함께 노성을 철통같이 에워쌌다. 그런데 성 위에서 수많은 쇠뇌가 일제히 발사되고 화살과 돌맹이가 비 오듯 쏟아져서 위군은 감히 진격할 엄두가 나지 않았다. 이때 별안간 위군 속에서 위급을 알리는 신호포가 연속으로 터졌다. 삼군은 깜짝 놀랐으나 어느 쪽에서 군사가 오는지도 놀랐다.

곽회가 사람을 시켜 밀밭을 수색하는데 사방 네 귀퉁이에서 불길이 하늘을 찌르고 고함 소리가 천지에 진동하며 네 길의 촉군이 일제히 쏟아져 나왔다. 노성의 네 성문도 활짝 열리면서 성안의 군사들도 치고 나왔다. 안팎에서 호응하며 한바탕 크게 무찌르자 위군 측에선 죽는 자가 부지기수로 나왔다. 사마의는 패잔병을 이끌고 죽기로써 싸워 겹겹이 둘러싼 포위를 뚫고 산꼭대기를 차지했다. 곽회 역시 패잔병을 이끌고 달아나 산 뒤에 주둔했다. 성으로 들어간 공명은 네 장수에게 네 귀퉁이에 영채를 세우게 했다. 곽회가 사마의에게 말했다.

"지금 촉군과 오래 대치했지만 물리칠 계책이 없습니다. 방금 또 한바탕 당하는 바람에 3천 명이 넘는 군사가 죽고 다쳤습니다. 일찌감치 도모하지 않고 시일을 끌면 물리치기 어려워질 것입니다."

사마의가 물었다.

"그럼 어떻게 해야 되겠소?"

곽회가 대답했다.

"옹주와 양주에 격문을 띄워 그곳의 인마를 움직여 힘을 합치면 촉군을 섬멸할 수 있을 것입니다. 제가 군사를 이끌고 검각을 습격해 그들이 돌아갈 길을 차단하겠습니다. 저들이 식량과 말먹이 풀을 조달하지 못하게 하면 삼군은 혼란에 빠질 것입니다. 그때 기회를 타고 공격하면 적은 소멸될 것입니다."

사마의는 그 말에 따라 즉시 격문을 띄워 밤낮을 가리지 말고 옹주와 양주의 인마를 움이도록 했다. 며칠 지나지 않아 대장 손례가 옹주와 양주 여러 군의 인마를 이끌고 도착했다. 사마의는 즉시 손례에게 곽회와 약속을 정하고 검각을 습격하러 가라고 했다.

한편 노성에 있던 공명은 오랫동안 대치하고 있어도 위군이 싸우러 나오지 않자 강유와 마대를 성안으로 불러 명령을 내렸다.

"지금 위군이 험한 산을 지키면서 우리와 싸우지 않는 것은 첫째로 밀이 바닥나서 우리에게 식량이 떨어진 걸 짐작해서이고, 둘째로 검각을 습격하여 우리의 식량 나르는 길을 끊으려는 것이다. 그러니 그대 두 사람은 각기 1만 명의 군사를 이끌고 먼저 가서 험한 요충들을 지키도록 하라. 위군은 우리가 대비하고 있는 걸 보면 자연히 물러갈 것이다."

두 사람은 군사를 이끌고 떠났다. 장사 양의가 군막으로 들어와 말했다.

"이전에 승상께서 대군을 1백 일에 한번씩 바꾸라고 하셨는데 지금 기한이 찼습니다. 한중의 군사는 이미 서천 경계를 나왔고 공문도 도착하여 군사를 교체하기만을 기다리고 있습니다. 지금 있는 8만 명 중에 4만 명이 교대를 해야 합니다."

공명이 말했다.

"그런 명령이 있었다면 속히 떠나게 하라."

이 말을 전해들은 군사들은 각기 짐을 정리하여 떠날 채비를 했다. 그때 손례가 옹주와 량주의 인마 20만 명을 이끌고 싸움을 도우러 와서 검각을 습격할 준비를 하고, 사마의는 직접 군사를 이끌고 노성을 공격하러 온다는 보고가 들어왔다. 이 말을 듣고 촉군들은 모두가 놀랐다. 양의가 들어와 공명에게 권했다.

"위군이 지금 매우 급하게 달려옵니다. 승상께서는 교대할 군사들을 잠시 남겨 적을 물리치다가 교대할 군사들이 온 뒤에 군사를 바꾸시지요."

공명은 반대했다.

"아니 되네. 나는 군사를 부리고 장수를 쓰는 데 있어 믿음을 근본으로 삼네. 이미 명령을 내려놓고 어찌 신용을 잃는단 말인가? 게다가 병사들은 모두가 돌아갈 채비를 했고 그 부모와 처자식은 사립문에 기대어 돌아오기만을 기다리고 있을 것이야. 내가 지금 아무리 큰 난관에 부닥칠지라도 저들을 붙들지는 않겠네."

그리고는 떠나야 할 군사들은 즉시 떠나라고 했다. 그 말을 들은 군사들은 모두 큰소리로 외쳤다.

"승상께서 이처럼 저희들에게 은혜를 베푸시니 저희들은 지금은 돌아가지 않겠습니다. 각기 목숨을 걸고 위군을 크게 무찔러 승상께 보답하겠습니다!"

공명이 말했다.

"너희들은 반드시 집으로 돌아가야 하거늘 어찌 이곳에 남겠다고 하느냐?"

군사들은 모두가 나가 싸우겠다고 하면서 돌아갈 생각을 하지 않았다. 공명이 말했다.

"너희들이 이왕 나와 함께 나가 싸우겠다면 성에서 나가 영채를 세우고 위군을 기다렸다가 적이 오면 숨 돌릴 틈을 주지 말고 급히 공격하라. 이것이 이일대로以逸待勞, 편안히 쉬면서 지친 군사를 치는 계책이다."

명령을 받은 군사들은 각기 무기를 들고 즐거운 마음으로 성을 나가 진을 벌이고 위군을 기다렸다.

한편 서량의 군사들은 평소보다 배나 빠른 걸음으로 달려왔다. 그러다 보니 사람은 지치고 말은 고단했다. 바야흐로 영채를 세우고 휴식을 취하려는데 촉군이 저마다 용맹을 떨치면서 무더기로 몰려나왔다. 장수들은 날카롭고 병사들은 날래니 옹주와 량주의 군사들은 당해 내지 못하고 뒤로 물러났다. 촉군이 뒤를 쫓으며 더욱 분발하여 무찌르자 죽어 자빠진 옹주와 량주 군사들의 시체가 들판에 가득하고 피는 흘러 도랑을 이루었다. 성에서 나온 공명은 승리한 군사들을 모아서 성으로 들어가 노고를 치하했다. 이때 영안궁에 있는 이엄이 위급을 알리는 글을 보내 왔다. 공명이 깜짝 놀라 봉한 것을 뜯어 살펴보니 다음과 같은 내용이었다.

근래 소문을 들으니 동오가 낙양에 사람을 보내 위와 화해하고 손을 잡았다고 합니다. 위는 오에게 촉을 치라고 했는데 다행히 오는 아직 군사를 일으키지 않았습니다. 지금 엄이 소식을 탐지하였으니 엎드려 바라건대 승상께서는 하루 속히 훌륭한 방도를 세우소서.

공명은 몹시 놀랍고 의심스러웠다. 곧바로 장수들을 모아 말했다.

"만약 동오가 군사를 일으켜 촉을 침범한다면 내가 서둘러 돌아가야 하오."

그는 즉시 기산 본부 영채의 군사들은 잠시 물러나 서천으로 돌아가게 했다.

"사마의는 내가 이곳에 군사를 주둔시킨 것을 알면 감히 추격하지 못할 것이다.”

이에 왕평, 장억, 오반, 오의는 군사를 두 길로 나누어 서서히 물러나 서천으로 들어갔다.

장합은 촉군이 물러가는 것을 보았지만 계책이 있지나 않을까 두려워 감히 추격하지 못했다. 그는 곧바로 군사를 이끌고 사마의를 찾아가 말했다.

“지금 촉군이 물러가는데 무슨 뜻인지 모르겠소이다.”

사마의가 말했다.

“공명에게는 간사한 계책이 지극히 많으니 가볍게 움직여서는 아니 되오. 굳게 지키면서 그들의 식량이 다하기를 기다리면 자연히 물러갈 것이오.”

대장 위평魏平이 말했다.

“촉군이 기산의 영채를 뽑아서 물러가고 있으니 지금이야말로 승세를 타고 추격할 만합니다. 도독께서는 군사를 멈추고 꼼짝 않으면서 촉을 호랑이처럼 두려워하시니 천하 사람들의 웃음 꺼리가 되지 않겠습니까?”

그러나 사마의는 완강하게 고집을 부리며 그의 말을 따르지 않았다.

이때 공명은 기산의 군사가 이미 서천으로 돌아갔음을 알고 양의와 마충을 장막으로 불러 밀계를 주고, 먼저 궁노수 1만 명을 이끌고 가서 검각의 목문도木門道 양쪽에 매복해 있도록 했다.

“위군이 쫓아오면 내가 포를 울릴 테니 그 소리가 들리면 급히 나무와 돌을 굴려서 우선 그들의 길을 끊은 다음 양쪽에서 일제히 활과 쇠뇌를 쏘도록 하라.”

두 사람은 군사를 이끌고 떠났다. 공명은 또 위연와 관흥에게 군사를 이끌고 뒤를 막게 했다. 성 위에는 사방으로 두루 깃발을 꽂고 성안에는 땔나무와 풀을 어지러이 쌓아 일부러 연기와 불을 일으켰다. 그런 다음 대군은 모조리 목문도를 향해 떠났다.

적정을 탐지하던 위군의 척후병이 사마의에게 보고했다.

“촉군의 대부대는 이미 물러갔습니다. 그러나 성안에 군사가 얼마나 있는지는 모르겠습니다.”

사마의가 직접 가서 살펴보니 성벽 위에는 깃발들이 꽂혀 있고 성안에서 연기가 피어올랐다. 그는 웃으면서 말했다.

“이것은 빈 성이야.”

사람을 시켜 알아보게 했더니 과연 텅 빈 성이었다. 사마의는 크게 기뻐했다.

“공명이 이미 물러갔으니 누가 추격하겠는가?”

선봉 장합이 자원했다.

“내가 가겠소!”

사마의가 만류했다.

“공은 성질이 조급해서 안 되오.”

장합이 볼멘소리를 했다.

“도독께서는 관에서 나오실 때 나를 선봉으로 삼으셨소. 오늘이 바로 공을 세울 때인데 쓰지 않겠다니 어찌 된 것이오?”

사마의가 주의를 환기시켰다.

“촉군은 물러가면서 틀림없이 험한 곳에 군사를 매복시켰을 것이오. 최대한 세심해야만 추격할 수 있을 게요.”

장합은 자신 있게 말했다.

"내 이미 알고 있으니 걱정할 필요 없소."

사마의가 다짐했다.

"공이 스스로 가겠다고 한 이상 후회는 하지 마시오."

장합은 큰소리쳤다.

"대장부가 몸을 바쳐 나라에 보답하는 일이오. 비록 만 번 죽더라도 한은 없을 것이오이다."

사마의는 마침내 허락했다.

"공이 기어이 가겠다니 그럼 5천 명의 군사를 이끌고 앞서 가시오. 위평에게 2만 명의 기병과 보병을 이끌고 뒤따르면서 적군의 매복을 방비하게 하겠소. 그리고 나도 3천 명의 군사를 이끌고 뒤를 따르며 지원하겠소."

명령을 받든 장합은 군사를 이끌고 부리나케 추격했다. 30여 리를 달려갔을 때였다. 별안간 등 뒤에서 고함 소리가 일어나더니 숲속에서 한 떼의 군사가 불쑥 나타났다. 선두의 대장이 칼을 가로들고 말을 세우며 목청을 높여 외쳤다.

"적장은 졸개들을 이끌고 어디로 가느냐?"

장합이 머리를 돌려 보니 바로 위연이었다. 크게 노한 장합은 말머리를 돌려 위연과 맞붙었다. 10합도 싸우지 않는데 위연은 짐짓 못 이긴 척하고 달아났다. 장합은 또 30여 리를 추격했다. 고삐를 당겨 말을 세우고 둘러보니 매복한 군사는 한 명도 없었다. 그는 다시 말에 채찍을 가하며 앞을 향해 추격했다. 산비탈을 막 돌아섰을 때였다. 갑자기 요란한 고함 소리가 일어나면서 한 떼의 군사가 불쑥 나타났다. 선두에 선 대장은 관흥이었다. 관흥은 칼을 가로 들고 고삐를 당겨 말을 세운 채 큰소리로 외쳤다.

"장합은 달아나지 말라! 내가 여기 있노라!"

장합은 즉시 말을 다그쳐 관흥과 어울려 싸웠다. 10합도 되지 않아 관흥 또한 말머리를 돌려 달아났다. 장합은 그 뒤를 따라 쫓아갔다. 나무가 빽빽한 숲속까지 추격한 장합은 문득 의심이 들었다. 사람을 시켜 사방으로 적정을 살피게 했다. 그러나 매복한 군사는 보이지 않았다. 이에 장합은 마음 놓고 또 쫓아갔다.

그런데 뜻밖에도 위연이 길을 질러 앞쪽에 와 있었다. 장합이 다시 위연과 어울려 10여 합을 싸우자 위연은 또 패하여 달아났다. 장합이 분노하여 쫓아가자 이번에는 관흥이 다시 길을 질러 앞쪽에 나타나더니 길을 막아 버렸다. 크게 화가 난 장합은 말을 다그쳐 관흥과 맞붙었다. 싸움이 10여 합에 이르자 촉군들이 갑옷이며 기물들을 모조리 내버리는 바람에 길이 막혀 버렸다. 위군들은 말에서 내려 다투어 그것들을 집었다. 위연과 관흥 두 장수는 번갈아 나타나 싸우고 장합은 용맹을 떨치며 추격했다. 어둑어둑 저물어 갈 무렵 목문도 길목까지 쫓아갔다. 이때 위연이 말머리를 돌리며 목청을 높여 크게 욕설을 퍼부었다.

"장합 이 역적놈! 내 너와 싸울 생각은 없었다. 그러나 네가 한사코 쫓아오니 너와 목숨을 걸고 한판 싸워 보겠다!"

머리꼭지까지 화가 치민 장합은 창을 꼬나들고 질풍같이 말을 몰아 곧바로 위연에게 덤벼들었다. 위연도 칼을 휘두르며 맞받아 나왔다. 그러나 싸움이 10합도 되지 않아 위연은 대패해서 달아났다. 갑옷을 몽땅 벗어 버리고 투구마저 내동댕이친 그는 패잔병을 이끌고 목문도 안으로 달아났다. 장합은 한창 싸우고 싶어 몸이 달아오르는 판인데 위연이 크게 패하여 달아나자 말을 급히 몰고 뒤쫓아 갔다. 이때 날은 이미 컴컴하게 어두워졌다. 갑자기 '쾅!' 하고 포 소리가 울리더니 산 위에서 불빛이 하늘을 찌르고 커다란 바윗돌과 굵직한 통나무가 굴러 떨어져 길을 막아 버렸다. 장합은 소스라치게 놀랐다.

"내가 계책에 빠지고 말았구나!"

급히 말을 돌렸지만 등 뒤에도 이미 통나무와 바윗돌이 가득히 쌓여 귀로를 막고 있었다. 중간에 겨우 좁은 공터가 남았을 뿐 양쪽은 모두가 깎아지른 듯한 절벽이었다. 장합은 진퇴양난에 빠지고 말았다. 별안간 날카로운 딱따기 소리와 함께 양편에서 1만 벌의 쇠뇌가 일제히 살을 날렸다. 장합은 물론 1백 명이 넘는 부하 장수들은 모두 목문도 안에서 쇠뇌 살에 맞아 떼죽음을 당하고 말았다. 후세 사람이 지은 시가 있다.

숨겨 둔 쇠뇌 살이 별처럼 날아들어 /
목문 길 위의 웅병들을 쏘아 죽였네. //
지금도 검각을 지나는 행인들은 /
예전의 제갈량 명성 여전히 들먹이네.

伏弩齊飛萬點星, 木門道上射雄兵. 至今劍閣行人過, 猶說軍師舊日名.

한편 장합은 이미 죽은 걸 모르고 뒤따라 추격해 온 위군은 길이 막힌 것을 보고서야 장합이 계책에 빠진 줄 알았다. 위군들이 고삐를 잡아채고 말머리를 돌려 급히 물러가려 할 때였다. 별안간 산꼭대기에서 우렁찬 고함 소리가 들렸다.

"제갈승상이 여기 계신다!"

위군들이 고개를 들어 쳐다보니 공명이 불빛 속에 서서 그들을 가리키며 말했다.

"내 오늘 사냥에서 말을 한 필 잡으려고 했는데 잘못하여 노루 한 마리를 맞혔노라.˚ 너희는 안심하고 돌아가 중달에게 조만간 반드시 나에게 사로잡히게 될 것이라고 전하라."

영채로 돌아간 위군들은 사마의에게 사정을 자세히 이야기했다. 사마의는 슬퍼해 마지않으면서 하늘을 우러러 탄식했다.

"장준예馬乂(장합의 자)의 죽음은 나의 허물이로다!"

그는 곧바로 군사를 거두어 낙양으로 돌아갔다. 위주는 장합이 죽었다는 소식에 눈물을 뿌리면서 탄식하고 장합의 시신을 거두어 후히 장례를 치르게 했다.

한편 한중으로 들어간 공명은 성도로 돌아가 후주를 알현하려 했다. 그런데 도호都護 이엄이 먼저 후주에게 터무니없는 말을 아뢰었다.

"신이 군량을 마련하여 승상의 군중으로 운반하려던 참인데 승상께서는 왜 갑자기 군사를 되돌렸는지 모르겠사옵니다."

이 말을 들은 후주는 즉시 상서 비의를 한중에 보내 공명을 만나 군사를 되돌린 까닭을 묻게 했다. 비의가 한중에 이르러 후주의 뜻을 전하자 공명은 크게 놀랐다.

"이엄이 동오에서 군사를 일으켜 서천을 침범하려 한다는 급서를 보냈기에 군사를 되돌려 온 것이오."

˚말을……맞혔노라 '말'은 사마의의 '마馬' 자를 빗댄 것이고, '노루'란 장합의 성이 노루 '장獐'과 음이 같으므로 빗대어 말한 것이다.

비의가 말했다.

"이엄은 군량은 이미 마련되었는데 승상께서 까닭 없이 군사를 되돌렸다고 천자께 아뢰었습니다. 그래서 천자께서는 저를 보내 물어보라고 하셨습니다."

공명은 크게 노하여 사람을 보내 진상을 알아보게 했다. 그랬더니 사실은 이엄이 군량을 마련하지 못하자 승상에게 벌을 받을 게 두려워서 편지를 띄워 돌아오게 하고는 도리어 천자께 거짓말을 아뢰어 자신의 허물을 감추려 했다는 것이었다. 공명은 크게 노했다.

"필부 녀석이 제 한 몸을 위해 국가 대사를 망쳐 놓았구나!"

그는 즉시 사람을 시켜 이엄을 불러다가 목을 치려고 했다. 비의가 권했다.

"승상께서는 선제께서 돌아가시면서 아드님을 부탁하신 뜻을 생각하시어 잠시 너그러이 용서하소서."

공명은 비의의 말을 따랐다. 비의는 즉시 표문을 갖추어 후주께 이 사실을 아뢰었다. 표문을 읽은 후주는 발연히 대로해서 무사들에게 이엄을 밖으로 끌어내 목을 치라고 호령했다. 그때 참군 장완이 반열에서 나와 아뢰었다.

"이엄은 선제께서 후사를 부탁하신 신하입니다. 은혜를 베풀어 너그러이 용서해 주소서."

후주는 그 말에 따라 목은 치지 않았지만 즉시 이엄의 관직을 박탈하여 평민으로 만들고 재동군梓潼郡으로 귀양 보내 한가하게 살게 했다.

성도로 돌아온 공명은 이엄의 아들 이풍李豐을 장사長史로 삼았다. 그러고는 말먹이 풀을 쌓고 식량을 저장하면서 진법과 군사 부리는 비결을 강론했다. 그런 한편으로 전투 기구를 갖추고 장졸들을 위로하고 보살피면서 3년 뒤에 정벌에 나서기로 했다. 서천과 동천의 백성과 군사 모두가 그 은덕을 우러러보았다.

세월은 덧없이 흘러 어느덧 3년이 지나고 때는 건흥 12년(234년) 봄 2월이 되었다. 공명은 조정에 들어가 아뢰었다.

"신이 군사들을 위로하며 보살핀 지 3년이 지났습니다. 식량과 말먹이 풀은 풍족하고 전투 기구들은 완비되었으며 장병과 말은 씩씩하고 건장하니 이만하면 위를 정벌할 만합니다. 이번에 간사한 무리를 깨끗이 쓸어 중원을 회복하지 못한다면 맹세코 폐하를 뵙지 않겠나이다."

후주가 말했다.

"지금 천하는 이미 솥발 같은 형세를 이루고 오와 위는 우리를 침노할 생각이 없는데 상보相父께서는 어찌하여 편안히 태평세월을 누리려 하지 않으시오?"

공명이 대답했다.

"신은 선제께서 못난 재주를 알아주시고 두터이 대우해 주시는 깊은 은혜를 입고 위를 정벌할 생각을 꿈에도 잊은 적이 없습니다. 힘을 다하고 충성을 다 바쳐 폐하를 위해 중원을 수복하고 한나라를 중흥시키는 것이 신의 소원이옵니다."

그 말이 채 끝나기도 전에 반열에서 한 사람이 나섰다.

"승상께선 군사를 일으켜서는 아니 됩니다!"

사람들이 보니 바로 초주譙周였다. 이야말로 다음 대구와 같다.

무후는 전심전력으로 나라 걱정하는데 /

태사는 천기를 알아 또 천문을 논하네.

武侯盡瘁惟憂國　太史知機又論天

초주는 어떤 의견을 내놓을까, 다음 회를 보라.

102

목우와 유마

사마의는 북원 위교를 점령하고
제갈량은 목우와 유마를 만들다
司馬懿占北原渭橋 諸葛亮造木牛流馬

이때 초주는 관직이 태사太史였는데 천문에 자못 밝았다. 그는 공명
이 또다시 출정하려는 것을 보고 후주에게 아뢰었다.

"신은 지금 직책상 사천대司天臺를 관장하고 있으므로 길
흉의 조짐을 아뢰지 않을 수 없사옵니다. 근래 수만 마리
의 세가 남쪽에서 날아와 한수漢水에 떨어
져 죽었는데 이는 상서롭지 못한 징조입
니다. 또 천상天象을 살펴보니 규성奎星(문
학을 맡은 별)이 태백太白의 분야를 범하여 왕
성한 기운이 북쪽에 있으니 위를 정벌하는 것
은 이롭지 못합니다. 또 성도 백성들이 모두 밤에
측백나무가 우는 소리를 들었다 하옵니다. 이렇게 여러
가지 이상한 일이 있으니 승상께서는 신중하게 지키셔
야지 함부로 움직여서는 아니 되옵니다."

공명이 말했다.

"나는 선제로부터 탁고의 중임을 받은 몸으로 마땅히 힘을 다해 역적을 토벌해야 하거늘 어찌 그런 허망하고 요사스런 기운 때문에 나라의 대사를 망친단 말이오?"

그는 즉시 제사를 맡은 관청에 명하여 태뢰太牢(제물로 바치는 소, 양, 돼지)를 갖추어 소열황제昭烈皇帝(유비)의 사당에 제사를 올리게 했다. 공명은 눈물을 흘리며 절을 올리고 소열황제의 영전에 고했다.

"신 양亮은 다섯 번 기산으로 나갔으나* 아직 한 치의 땅도 얻지 못해 지은 죄가 가볍지 아니하옵니다. 지금 신은 다시 전군을 거느리고 기산으로 나아가려 하오니 맹세코 몸과 마음을 다하여 한漢의 역적을 소멸하고 중원을 회복하겠나이다. 몸을 굽혀 정성을 다하여 죽은 뒤에야 그치겠사옵니다."

제사를 마친 다음 후주에게 절을 올려 하직한 공명은 밤낮을 가리지 않고 달려 한중에 이르렀다. 장수들을 소집하여 출병할 일을 상의하고 있는데 관흥이 병으로 죽었다는 보고가 들어왔다. 공명은 목놓아 슬피 울다가 정신을 잃고 쓰러지더니 반나절이 지나서야 정신을 차렸다. 장수들이 두 번 세 번 맺힌 슬픔을 풀라고 권하니 공명은 길게 한숨을 내쉬었다.

"가엾게도 충의로운 사람에게는 하늘이 긴 수명을 주지 않는구나! 내 지금 출병하려는 마당에 또 대장 한 명이 줄었도다!"

후세 사람이 시를 지어 탄식했다.

---

*다섯 번……나갔으나 | 건흥 12년(234년) 이전에 제갈량은 위나라와 다섯 차례의 전쟁을 치렀다. 그 중 네 번은 북벌로 건흥 6년 봄 기산으로 나온 것, 건흥 6년 겨울 진창을 포위 한 것, 건흥 7년 봄 무도와 음평을 쳐서 빼앗은 것, 건흥 9년 봄 재차 기산을 공격한 것이다. 한 차례는 방어전으로 건흥 8년 가을 조진과 사마의가 한중을 공격하다가 비를 만나 물러갔다.

태어나고 죽는 것은 인생의 철칙이니 / 하루살이 같이 허망하구나. //
세상에 남길 것은 충효의 절개뿐이니 /
어찌 왕자교 적송자 같은 수명이 필요하랴!
生死人常理, 蜉蝣一樣空. 但存忠孝節, 何必壽喬松!

공명은 촉군 34만 명을 이끌고 다섯 길로 나뉘어 진군하면서 위연과 강유를 선봉으로 삼고 모두들 기산에서 모이도록 했다. 이보다 앞서 이회에게 식량과 말먹이 풀을 날라 와서 야곡 길 입구에서 기다리게 했다.

한편 위나라에서는 전 해에 마파摩坡의 우물에서 청룡이 나왔으므로 연호를 청룡靑龍(233~237년)으로 고쳤으니 이때는 바로 청룡 2년(234년) 봄 2월이었다.

가까이서 모시는 신하가 위주에게 아뢰었다.

"변경을 지키는 관원이 급보를 올렸습니다. 촉군 30여 만이 다섯 길로 나뉘어 다시 기산으로 나왔다고 하옵니다."

깜짝 놀란 위주 조예는 급히 사마의를 불러 물었다.

"촉에서 3년 동안 침범하지 않더니 지금 제갈량이 또다시 기산으로 나온다 하오.

어떻게 해야 하오?"

사마의가 아뢰었다.

"신이 밤에 천상을 보니 중원의 기운이 한창 왕성한 데다 규성이 태백을 범하고 있었습니다. 이는 서천에 불리한 조짐입니다. 지금 공명은 자신의 재주와 꾀만 믿고 하늘을 거슬러 움직이니 스스로 패망을 부르는 짓입니다. 신은 폐하의 크나큰 복에 힘입어 나아가 그 자를 격파하겠습니다. 다만 네 사람을 추천하오니 함께 가도록 해주소서."

조예가 물었다.

"경은 어떤 사람들을 추천하려 하오?"

사마의가 대답했다.

"하후연에게 아들 넷이 있습니다. 맏아들은 이름이 패覇요 자는 중권仲權이고, 둘째는 이름이 위威요 자는 계권季權이며, 셋째는 이름이 혜惠요 자는 치권稚權이고, 넷째는 이름이 화和요 자는 의권義權이라 하옵니다. 하후패와 하후위는 말을 잘 타고 활쏘기에 능하며, 하후혜와 하후화는 도략韜略에 조예가 깊습니다. 이 네 사람은 늘 아비를 위해 원수를 갚으려고 합니다. 신은 지금 이들을 추천하여 하후패와 하후위를 좌우 선봉으로 삼고 하후혜와 하후화를 행군 사마로 삼아 군사 전략을 돕게 하여 촉군을 물리치려 하옵니다."

조예가 물었다.

"지난날 부마 하후무가 군사 전략을 잘못 짜는 바람에 숱한 인마를 잃고 지금껏 부끄러워 돌아오지 못하고 있소. 이 네 사람 역시 하후무와 같지 않겠소?"

사마의가 대답했다.

"이 네 사람은 하후부마와 비교할 바가 아닙니다."

조예는 사마의의 청에 따르기로 했다. 즉시 사마의를 대도독으로 삼고 모든 장수들의 재주를 가늠해 재량껏 등용하고 여러 곳의 군사들을 징발할 수 있는 권한을 부여했다. 명을 받은 사마의는 황제께 하직하고 성을 나갔다. 조예는 또 사마의에게 손수 쓴 조서를 내려 당부했다.

경은 위수 가에 이르면 벽을 튼튼히 하여 단단히 지키고 함부로 나가 싸우지 말라. 촉군은 뜻을 이루지 못하면 틀림없이 거짓으로 물러서는 척하며 아군을 유인할 것이니 경은 신중히 생각하여 쫓지 말라. 적의 식량이 바닥나기를 기다리면 반드시 스스로 달아날 테니 그런 다음에 빈틈을 이용하여 공격하라. 그리하면 이기기 어렵지 않고 또한 군사나 말도 지치는 수고를 면할 수 있으리니 이보다 나은 계책은 없노라.

머리를 조아려 조서를 받은 사마의는 그날로 길에 올라 장안에 도착했다. 여러 곳에 분산된 군사를 모으니 도합 40만 대군이라 모두들 위수 가로 가서 영채를 세웠다. 사마의는 5만 명의 군사를 동원하여 위수 위에 아홉 개의 부교浮橋를 설치하고 선봉 하후패와 하후위에게 위수 건너에 영채를 세우게 했다. 또 큰 영채 뒤편의 동쪽 평원에 성을 쌓아 만일의 사태에 대비토록 했다. 사마의가 장수들과 대책을 상의하고 있는데 곽회와 손례가 뵈러 왔다는 보고가 들어왔다. 사마의가 두 장수를 맞아들여 인사를 끝내자 곽회가 말했다.

"지금 촉군은 기산에 주둔하고 있는데 위수를 건너 북원北原으로 올라와 북쪽 산을 점령하고 농서로 통하는 길을 끊는다면 큰 걱정거리가 될 것입니다."

사마의도 같은 생각이었다.

"참으로 옳은 말씀이오. 공은 농서의 군사를 총지휘하여 북원을 차지하고 영채를 세우되 도랑을 깊이 파고 보루를 높이 쌓아 군사를 멈추고 움직이지 마시오. 기다렸다가 저쪽 군사의 군량이 바닥나거든 그때 치도록 하시오."

곽회와 손례는 명령을 받들어 군사를 이끌고 영채를 세우러 갔다.

한편 다시 기산으로 나온 공명은 왼쪽과 오른쪽, 가운데와 앞뒤에 다섯 개의 큰 영채를 세웠다. 또 야곡에서 검각까지 연이어 열네 개의 큰 영채를 세우고 군사를 나누어 주둔시켜 장기전을 준비하면서 날마다 사람을 내보내 정찰을 시켰다. 곽회와 손례가 농서의 군사를 거느리고 북원에 영채를 세웠다는 보고가 들어왔다. 공명이 장수들에게 말했다.

"위군이 북원에 영채를 세운 것은 내가 이 길을 차지하고 농서로 통하는 길을 끊지나 않을까 겁이 나기 때문이오. 내 이제 북원을 공격하는 척하면서 슬그머니 위수 가를 차지하겠소. 나무로 뗏목 1백여 개를 만들어서 그 위에 풀단을 싣고 물에 익숙한 수부 5천 명을 선발하여 그것을 젓게 하시오. 내가 한밤중에 북원을 공격하면 사마의는 틀림없이 군사를 이끌고 구하러 올 것이오. 그가 만약 조금이라도 밀리는 기미가 보이면 나는 먼저 후군을 맞은편으로 건너가게 하고, 그런 다음 선두 부대를 뗏목에 태워 강기슭으로 올라가지 않고 물길을 따라 내려가면서 불을 질러 부교를 끊고 적의 뒤를 치겠소. 내가 직접 한 부대의 군사를 이끌고 가서 앞쪽 영채의 문을 치겠소. 위수의 남쪽을 얻으면 진군하기는 어렵지 않을 것이오."

장수들은 명령을 받들고 움직였다.

어느새 정찰병들이 나는 듯이 사마의에게 달려가 촉군의 동정을 보고했다. 사마의는 장수들을 불러 대책을 상의했다.

"공명이 이처럼 움직이는 데는 필시 계책이 있을 것이오. 그는 북원을 친다고 내세우지만 실제로는 물길을 따라 내려오면서 부교를 불태워서 우리의 배후를 어지러워지게 한 다음 도리어 우리의 앞을 공격하려는 수작이오."

그는 즉시 하후패와 하후위에게 명령을 내렸다.

"북원에서 고함 소리가 들리면 곧바로 군사를 거느리고 위수 남쪽의 산속에서 기다리다가 촉군이 이르면 공격하라."

사마의는 또 장호와 악침에게 궁노수 2천 명을 이끌고 부교가 있는 위수의 북쪽 기슭에 매복하도록 했다.

"촉군이 뗏목을 타고 물길을 따라 내려오면 일제히 살을 쏘아 다리에 다가오지 못하게 하라."

그리고 또 곽회와 손례에게 명령을 전했다.

"공명은 북원으로 오려고 몰래 위수를 건널 것이오. 그대들이 새로 세운 영채에는 군사가 많지 않을 것이니 모두 중도에 매복하시오. 촉군이 오후에 물을 건널 경우 황혼 무렵이면 틀림없이 그대들을 치러 올 것이오. 그대들은 일부러 패한 척하며 달아나시오. 그러면 촉군이 반드시 쫓아올 것이니 활과 쇠뇌를 쏘시오. 나는 수륙 양로로 진격할 테니 촉군이 대거 몰려오면 내가 지휘하는 대로 공격하시오."

각 부대에 명령 내린 사마의는 또 두 아들 사마사와 사마소에게 군사를 이끌고 앞쪽 영채를 구원하게 했다. 사마의 자신은 한 부대의 군사를 이끌고 북원을 구하러 갔다.

이때 공명은 위연과 마대는 군사를 이끌고 위수를 건너 북원을 공격하게 하고 오반과 오의는 뗏목을 탄 군사를 이끌고 부교를 불태우게 했다. 왕평과 장억은 선두 부대, 강유와 마충은 중간 부대, 요화와 장익은 후군이 되게 하여 세 길로 군사를 나누어 위수 가에 세운 영채를 공격토록 했다. 이날 오시(정오 무렵)에 군사들은 큰 영채를 떠나 모조리 위수를 건넌 후 진을 벌이고 천천히 앞으로 나아갔다.

위연과 마대가 북원에 거의 이르렀을 때는 하늘색은 이미 황혼으로 물들고 있었다. 손례가 정찰을 나오다가 촉군을 보자 곧바로 영채를 버리고 달아났다. 위군에게 미리 준비가 있음을 안 위연은 급히 군사를 물렸다. 바로 이때였다. 사방에서 고함 소리가 크게 진동하더니 왼쪽에는 사마의, 오른쪽에는 곽회가 두 길로 군사를 몰고 쳐나왔다. 위연과 마대는 힘을 다하여 무찔렀으나 촉군은 태반이 강물에 떨어지고 나머지 무리는 도망가려 해도 도망칠 길이 없었다. 다행히 오의의 군사가 달려와 패잔병들을 구해 강을 건너가 적을 막았다. 한편 오반은 군사를 반으로 나누어 삿대질을 하면서 뗏목을 타고 물길을 따라가며 부교를 불태우려 했다. 그러나 장호와 악침이 언덕 위에서 어지러이 화살을 쏘며 촉군을 막았다. 화살을 맞은 오반은 강물에 떨어져 죽고 말았다. 나머지 군졸들은 강물로 뛰어들어 목숨을 건졌지만 뗏목은 몽땅 위군에게 빼앗기고 말았다.

이때 왕평과 장억은 북원으로 간 아군이 패한 사실을 모른 채 곧바로 위군의 영채로 달려갔다. 때는 이미 밤 2경이었는데 문득 사방에서 고함 소리가 일어났다. 왕평이 장억에게 말했다.

"북원을 공격하는 우리 군사가 이겼는지 졌는지 모르겠소. 위수 남쪽의 영채들은 지금 눈앞에 있는데 어찌하여 위군이라곤 한 놈도 보이지 않는 거요? 혹시 사마의가 알고 미리 준비한 것은 아닐까요? 우리는 부교에서 불이 일어나야 진군할 수 있소."

두 사람이 군사를 멈추어 세우고 있는데 갑자기 등 뒤에서 기마병 하나가 달려와 보고를 올렸다.

"승상께서 급히 군사를 돌리랍니다. 북원을 치던 군사와 부교를 태우러 간 군사가 모두 실패했습니다."

왕평과 장억이 소스라치게 놀라 급히 군사를 물리려 할 때였다. 어느새 위군이 등 뒤로 질러왔다. '쾅!' 하는 포 소리와 함께 위군이 일제히 쏟아져 나오는데 불빛은 하늘을 찔렀다. 왕평과 장억이 군사를 이끌고 맞붙자 양쪽 군사들은 한바탕 혼전 속으로 빠져들었다. 왕평과 장억 두 사람은 힘을 다하여 치고 나갔지만 촉군은 태반이 죽거나 다쳤다. 기산의 본부 영채로 돌아온 공명이 패잔병을 모아 점검해 보니 거의 1만 명이나 꺾이고 말았다. 가슴이 답답하고 우울했다.

이때 갑자기 성도에서 비의가 승상을 만나러 왔다고 했다. 공명이 그를 청해

들였다. 비의가 인사를 마치자 공명이 말했다.

"내가 편지 한 통을 줄 테니 번거롭겠지만 공이 동오에 전해 주었으면 하오. 가시겠소?"

비의가 대답했다.

"승상의 명인데 어찌 감히 사절하겠습니까?"

공명은 즉시 편지를 적어 비의에게 주어 보냈다. 비의는 곧장 건업에 당도하여 황궁으로 들어가 오주 손권을 알현하고 공명의 글을 올렸다. 손권이 봉한 것을 뜯어 살펴보니 내용은 대강 이러했다.

한 황실이 불행하여 나라의 기강을 잃으니 역적 조씨가 나라를 찬탈하여 오늘까지 내려왔습니다. 이 양亮은 소열황제로부터 무거운 부탁을 받았으니 어찌 감히 힘을 다하고 충성을 다하지 않을 수 있겠습니까? 지금 이미 대군이 기산에 모였으니 미친 도적들은 장차 위수에서 망하게 될 것입니다. 엎드려 바라건대 폐하께서는 동맹의 의를 생각하시고 장수에게 명하시어 북방을 정벌하소서. 함께 중원을 차지하면 똑같이 천하를 나누겠습니다. 글로는 말을 다 할 수 없으니 부디 굽어 살피소서.

손권은 읽고 나서 대단히 기뻐하며 비의에게 말했다.

"짐이 군사를 일으키고 싶어 한 지는 오래이나 아직 공명과 합치지 못했소. 지금 편지가 왔으니 며칠 안으로 짐이 친히 정벌에 나서서 거소문居巢門으로 들어가 위의 신성新城을 치고, 다시 육손과 제갈근 등은 군사를 강하江夏와 면구沔口에 주둔시키고 양양을 치게 하며, 손소와 장승張承 등은 광릉廣陵으로 출병해 회양淮陽 등지를 치게 하겠소. 세 곳으로 일제히 진군하는 군사는 모두 30만으로 날짜를 정해 군사를 일으키겠소."

비의는 절을 올려 감사했다.

"정말 그리된다면 중원은 머지않아 저절로 무너질 것입니다."

손권은 잔치를 베풀어 비의를 대접했다. 술을 마시다가 손권이 물었다.

"제갈승상은 군중에서 누구를 앞장 세워 적을 깨뜨리오?"

비의가 대답했다.

"위연이 으뜸입니다."

손권이 웃으며 말했다.

"그 사람은 용맹은 남아돌지만 마음이 바르지 못하오. 공명만 없으면 틀림없이 하루아침에 화근이 될 거요. 공명이 어찌 아직 그것을 모른단 말이오?"

비의가 맞장구를 쳤다.

"폐하의 말씀이 지당하십니다. 신이 돌아가 그 말씀을 공명에게 전하겠습니다."

비의는 손권에게 절하여 작별하고 기산으로 돌아왔다. 공명을 만나 오주가 30만 명의 대군을 일으켜 친정을 나서며 군사를 세 길로 나누어 진군하겠다던 말을 상세히 전했다.

공명이 또 물었다.

"오주가 그밖에 달리 한 말은 없었소?"

비의는 손권이 위연에 대해 한 말을 전했다. 공명은 탄식했다.

"참으로 총명한 군주로구려! 내 이 사람을 모르는 바는 아니오. 그러나 그 용맹이 아까워 쓰고 있을 따름이오."

비의가 당부했다.

"승상께서는 속히 조처를 하셔야 합니다."

공명이 말했다.

"나에게도 방법이 있소."

비의는 공명과 작별하고 성도로 돌아갔다.

공명이 마침 장수들과 진군 대책을 상의하고 있는데 별안간 위군

주지굉 그림

장수가 항복하러 왔다는 보고가 들어왔다. 공명이 장수를 불러들여 물으니 그가 대답했다.

"저는 위나라의 편장군 정문鄭文입니다. 근래 진랑秦朗과 함께 군사를 거느리고 사마의의 지휘를 받고 있었습니다. 그런데 뜻밖에도 사마의는 일 처리에서 사사로운 정에 치우쳐 진랑은 전장군으로 높이면서 저는 한낱 초개처럼 여기는지라 특별히 승상께 항복을 드리러 온 것입니다. 수하에 거두어 주시기 바랍니다."

그 말이 채 끝나기도 전에 진랑이 영채 밖에 군사를 이끌고 와서 정문을 지적하며 싸움을 걸고 있다는 보고가 들어왔다. 공명이 물었다.

"저 사람의 무예를 자네와 비교하면 어떠한가?"

정문이 대답했다.

"제가 당장 그놈의 목을 베어 버리겠습니다!"

공명이 말했다.

"자네가 먼저 진랑을 죽인다면 비로소 내가 의심을 풀 수 있을 것이야."

정문은 흔연히 말에 올라 영채를 나가더니 진랑과 맞붙었다. 공명은 직접 영채 밖으로 나가 살펴보았다. 진랑이 창을 꼬나들고 크게 욕설을 퍼부었다.

"반적, 내 전마를 도적질하여 이곳으로 왔구나. 속히 돌려보내라!"

말을 마치자 곧바로 정문에게 덤벼들었다. 정문이 말을 다그치고 칼을 휘두르며 맞받았다. 그러나 단 한 합 만에 정문이 진랑을 베어 말 아래로 떨어뜨렸다. 위군은 제각기 흩어져 달아났다. 정문이 진랑의 머리를 들고 영채로 들어왔다. 군막 안으로 돌아와 자리를 잡고 앉은 공명이 정문을 불러들여서는 발끈 화를 내며 좌우 사람들에게 호령했다.

"저놈을 밖으로 끌어내 목을 쳐라!"

정문은 다급했다.

"소장에겐 죄가 없습니다!"

공명이 꾸짖었다.

"나는 전부터 진랑을 알고 있다. 네가 오늘 죽인 자는 진랑이 아니다. 네 어찌 감히 나를 속이려 드느냐?"

정문은 절을 올리며 실토했다.

"그 사람은 사실 진랑의 아우 진명秦明입니다."

공명이 웃으며 말했다.

"사마의가 너를 거짓으로 항복하게 하여 일을 꾸미려 했겠지만 어찌 나를 속일 수 있겠느냐? 사실대로 말하지 않으면 반드시 네 목을 치겠다."

정문은 하는 수 없이 거짓 투항한 사실을 털어놓고 눈물을 흘리며 목숨을 구걸했다. 공명이 말했다.

"살고 싶다면 편지 한 통을 써서 사마의에게 보내어 그가 직접 영채를 습격하도록 만들어라. 그러면 네 목숨만은 살려주겠다. 사마의를 붙잡으면 바로 너의 공로이니 마땅히 너를 중용할 것이다."

정문은 하는 수 없이 편지 한 통을 써서 공명에게 올렸다. 공명은 부하 장수를 시켜 정문을 옥에 가두게 했다. 번건樊建이 물었다.

"승상께서는 저 사람이 거짓 항복한 줄을 어떻게 아셨습니까?"

공명이 대답했다.

"사마의는 결코 사람을 가벼이 쓰지 않네. 그가 진랑을 전장군으로 높였다면 진랑은 틀림없이 무예가 뛰어난 장수일걸세. 그런데 오늘 정문과 싸워서 한 합 만에 정문의 손에 죽었으니 그는 필시 진랑이 아닌 것이야. 그래서 그 속임수를 알아보았네."

사람들은 모두 절을 올리며 탄복했다.

공명은 말 잘하는 군사 하나를 뽑아 귀에 입을 대고 이러저러하게 하라고 분부했다. 명령을 받든 군사는 정문의 글을 갖고 곧장 위군의 영채로 가서 사마의에게 뵙기를 청했다. 사마의가 불러들여 정문의 편지를 뜯어 읽어 보았다. 그러고는 물었다.

"너는 어떤 사람이냐?"

군사가 대답했다.

"저는 중원 사람인데 이리저리 떠돌다가 촉 땅으로 들어갔습니다. 정문과 저는 같은 고향 사람입니다. 공명은 지금 정문이 공을 세웠다 하여 선봉으로 삼았습니다. 정문이 특별히 제게 도독께 가서 글을 바치라고 부탁했습니다. 내일 밤 불을 질러 신호를 보내면 도독께서 대군을 몽땅 거느리고 촉군의 영채를 습격하러 오시랍니다. 정문이 안에서 호응할 것입니다."

사마의는 반복하여 까다로운 질문을 던져 보고 가져온 글을 다시 자세히 검토했다. 아무리 보아도 진짜였다. 그는 즉시 군사에게 술과 음식을 내리라고 하고선 분부했다.

"오늘 밤 2경에 내가 직접 영채를 습격하러 가겠다. 대사가 이루어지면 반드시 너를 중용하겠다."

군사는 사마의에게 절을 올려 작별하고 본채로 돌아가 공명에게 경과를 보고했다. 공명은 검을 들고 북두칠성의 별자리 모양을 따라 걸으면서 북두의 신에게 기도를 올렸다. 축원을 마친 그는 왕평과 장억을 불러 이러저러하게 하라고 분부했다. 또 마충과 마대를 불러 이러저러하게 하라고 분부하더니 다시 위연을 불러 이러저러하게 움직이라고 분부했다. 공명은 몸소 수십 명의 부하를 이끌고 높은 산 위에 앉아 군사들을 지휘했다.

한편 정문의 글을 읽은 사마의는 곧 두 아들과 함께 대군을 거느리고 촉군의 영채를 습격하려 했다. 맏아들 사마사가 말렸다.

"아버님께서 어찌 종이 한 장을 믿고 친히 험지로 들어가려 하십니까? 만약 실수라도 생기면 어떻게 하시렵니까? 다른 장수를 먼저 보내고 아버님께서는 뒤따라가면서 지원해 주십시오."

사마의는 그 말에 따라 진랑에게 1만 명의 군사를 이끌고 촉군의 영채를 습격하게 하고 자신이 몸소 군사를 이끌고 후원하기로 했다. 이날 밤 초경이 되자 바람은 맑고 달은 휘영청 밝았다. 그런데 2경이 가까워 오자 느닷없이 음산한 구름이 사방에서 몰려오더니 검은 기운이 온 하늘을 덮어 얼굴을 맞대고도 상대를 알아볼 수 없을 지경이었다. 사마의는 크게 기뻐했다.

"하늘이 나에게 공을 이루게 하시는구나!"

이리하여 사람들은 모두 하무를 물고 말들은 주둥이를 졸라맨 채 기세 좋게 전진했다. 진랑은 앞장서서 1만 명의 군사를 이끌고 그대로 촉군의 영채로 쳐들어갔다. 그러나 영채에는 사람이라곤 하나도 보이지 않았다. 진랑은 계책에 걸린 것을 알고 군사들에게 급히 퇴각하라고 소리쳤다. 그러자 사방에서 횃불이 일제히 밝혀지면서 고함 소리가 땅을 뒤흔들었다. 왼쪽에서는 왕평과 장억, 오른쪽에서는 마대와 마충 두 길의 군사가 치고 나왔다. 진랑은 죽기를 무릅쓰고 싸웠으나 빠져나갈 수가 없었다. 이때 사마의는 진랑의 뒤쪽에 있었

주지굉 그림

는데 촉군의 영채에서 불빛이 하늘을 찌르면서 고함 소리가 그칠 줄 몰랐다. 위군이 이겼는지 졌는지도 알지 못한 채 오로지 군사를 재촉하여 불빛을 바라고 달려갔다. 그런데 별안간 '와!' 하는 고함 소리와 함께 북소리 나팔 소리가 하늘에 울려 퍼지고 화포 소리가 땅을 뒤흔들었다. 왼쪽에선 위연 오른쪽에선 강유가 두 길로 치고 나왔다. 크게 패한 위군은 열에 여덟아홉이 상한 채 사방으로 뿔뿔이 흩어져 달아났다.

이때 진랑이 거느린 1만 명의 군사는 모두 촉군에게 포위되어 있었는데 화살이 메뚜기 떼처럼 날아왔다. 진랑은 어지러운 군사들 속에서 죽었다. 사마의는 패잔병을 이끌고 자신의 영채로 달려 들어갔다. 밤 3경이 지나자 산꼭대기에 있던 공명이 징을 울려 군사를 거두었다. 그러자 날이 다시 맑아졌다. 원래 2경에 음산한 구름이 몰려와 하늘이 캄캄하게 어두워진 것은 공명이 둔갑술을 썼기 때문이고, 군사를 거두자 날이 다시 맑아진 것은 공명이 육정육갑을 몰아 뜬구름을 걷어 버렸기 때문이었다.

승리를 거두고 영채로 돌아온 공명은 정문의 목을 치고 다시 위수의 남쪽을 공격할 계책을 상의했다. 그러나 날마다 군사를 내보내 싸움을 걸어도 위군은 절대로 나와 맞서지 않았다. 공명은 몸소 작은 수레를 타고 기산 앞 위수로 가서 동쪽 서쪽으로 다니면서 지리를 살펴보았다. 그러다가 갑자기 어느 골짜기 입구에 이르렀는데 그 형태가 마치 호리병박 같고 안은 1천 명을 넘게 수용할 수 있을 만큼 넓었다. 안으로 들어가 보니 양쪽 산이 합쳐져 또 골짜기 하나를 이루고 있는데 4,5백 명을 수용할 공간이 있었다. 맨 뒤쪽에는 두 산이 팔을 벌려 끌어안듯 둘러싸고 있어 겨우 사람 하나 말 한 필이 통과

할 수 있을 정도였다. 공명은 이를 보고 속으로 크게 기뻐하며 길을 안내하는 향도관에게 물었다.

"이곳 지명은 무엇이냐?"

향도관이 대답했다.

"이곳은 상방곡上方谷인데 호로곡葫蘆谷이라고도 합니다."

군막으로 돌아온 공명은 비장 두예杜叡와 호충胡忠을 불러 귀에 입을 대고 비밀 계책을 일러 주었다. 그리고 종군하는 장인匠人 1천여 명을 불러 호로곡에 들어가 목우木牛와 유마流馬를 만들게 하고, 마대에게 5백 명의 군사를 거느리고 골짜기 입구를 지키게 했다. 공명이 마대에게 당부했다.

"장인들이 밖으로 나오게 해서도 안 되고 바깥사람을 안으로 들여도 안 된다. 내가 불시에 직접 가서 점검할 것이다. 사마의를 사로잡을 계책이 오직 이번 일에 달렸다. 절대 소문이 새 나가면 안 된다."

마대는 명령을 받고 떠났다. 두예와 호충은 골짜기 안에서 장인들을 감독하여 지시받은 규격대로 목우와 유마를 만들었다. 공명은 날마다 영채와 골짜기를 오가면서 지시를 내렸다.

어느 날 장사 양의가 군막에 들어와 물었다.

"지금 군량미가 모두 검각에 있어 사람과 마소로는 나르기가 불편한데 어떻게 해야 하겠습니까?"

공명이 웃으며 대답했다.

"내 오래 전에 이미 운반할 계책을 세워 두었네. 전에 쌓아 둔 목재와 서천에서 사들인 큰 나무로 목우와 유마를 만들게 했으니 군량미 운반이 아주 편리해질 것이야. 이 소와 말들은 물을 마시지 않고 꼴도 먹지 않으면서 밤낮으로 쉬지 않고 물건을 나를 수 있다네."

사람들은 모두 놀랐다.

"아직까지 목우와 유마라는 건 들어 본 적이 없습니다. 승상께서는 무슨 묘법이 있어 이처럼 기묘한 물건을 만드십니까?"

공명이 말했다.

"내 이미 사람을 시켜 규격에 따라 만들게 했는데 아직 완성되지 않았으니 지금 우선 목우와 유마 제작법을 그림으로 보여 주겠네. 둥글고 모난 모양과 각 부위의 둘레, 길이, 너비를 분명하게 그려 줄 테니 그대들이 살펴보게."

사람들은 대단히 기뻐했다. 공명은 종이 한 장에 글을 적어 사람들에게 주었다. 여러 장수들은 빙 둘러서서 살펴보았다. 목우 제작법은 다음과 같다.

배는 네모나고 정강이는 굽었는데 몸통 하나에 다리가 넷이다. 머리는 목덜미에 박혀 있고 혀는 배에 붙어 있다. 많이 실으면 걸음이 늦어지니 작전을 위해 대량의 물자를 운송하기에는 좋지만 개인적으로 소량의 물건을 운송하기에는 적당치 않다. 한 채가 홀로 가면 하루에 수십 리를 가지만 여러 채가 무리 지어 가면 30리를 간다. 맨 앞에 구부러진 것은 소의 머리요 짝을 이룬 것은 다리며, 앞에 가로 지른 것은 목덜미고 회전하는 것은 발이다. 위에 덮어씌운 것은 소의 잔등이고 네모난 것은 배며, 아래로 늘어진 것은 혓바닥이고 배 안에 아래위로 굽게 연결된 것은 갈비이다. 파서 새긴 것은 소의 이빨이고 곧추 세운 것은 뿔이며, 가느다란 가죽 줄은 가슴걸이고 잡아당겨 맨 것은 밀치이다. 소에는 위를 향해 한 쌍의 끌채를 메우는데 사람이 여섯 자를 가면 소는 네 걸음을 간다. 소 한 마리에 열 사람이 한 달 먹을 양식을 실는데 사람은 크게 수고롭지 않으며 소는 마시지도 먹지도 않는다.

유마 제작법은 다음과 같다.

갈빗대는 길이가 3자 5치, 너비는 3치, 두께는 2치 2푼으로, 좌우 양쪽이 똑같다. 앞 축을 끼는 구멍은 머리에서 4치가 떨어지고 축 구멍의 지름은 2치이다. 앞 다리를 끼는 구멍은 2치로 앞 축의 구멍에서 4치 5푼이 떨어지는데, 너비가 1치이다. 앞 가름대를 끼는 구멍은 앞 다리의 굴대 구멍에서 2치 7푼 떨어지는데, 구멍의 길이는 2치요 너비는 1치이다. 뒤축 구멍은 앞 가름대 구멍에서 1자 5치 떨어지고 축 구멍의 크기는 앞과 같다. 뒷다리 굴대 구멍은 뒤축에서 3치 5푼 떨어지고 크기는 앞과 같다. 뒤 가름대 구멍은 뒷다리 굴대 구멍에서 2치 7푼 떨어지고 후재극後載克(뒷부분의 짐 싣는 곳)은 뒤 가름대 구멍에서 4치 5푼 떨어진다. 앞 가름대는 길이가 1자 8치, 너비가 2치, 두께가 1치 5푼이다. 뒤 가름대는 앞 가름대와 같다.* 널빤지로 만든 장방형 상자가 둘인데, 널빤지 두께는 8푼, 상자는 길이가 2자 7치에 높이는 1자 6치 5푼이고 너비는 1자 6치이다. 상자 한 개당 쌀 두 섬 서 말을 실을 수 있다. 위에 걸치는 가름대 구멍에서 갈빗대 아래까지가 7치이며 앞뒤가 똑 같다. 위 가름대 구멍은 아래 가름대 구멍까지 1자 3치이고, 구멍은 길이 1치 5푼에 너비 7푼이니, 여덟 개의 구멍이 모두 같다. 앞 뒤의 네 다리는 각각 너비 2치, 두께 1치 5푼이다. 이 네 개의 다리는 코끼리 다리 같이 만들었고 마른 가죽으로 만든 간靬은 길이가 4치이

---

*목우와 유마의 제작법 | 소설에서는 이 부분의 설명이 소루하므로 『제갈무후전집諸葛武侯全集』을 참고하여 보충했다.

고 가로지른 면의 너비는 4치 3푼이다. 구멍 속에는 세 다리의 가름
대가 있는데 길이는 2자 1치에 너비 1치 5푼, 두께는 1치 4푼으로 가
름대와 같다.

장수들은 읽어 보고 다 같이 엎드려 절을 올렸다.

"승상께서는 참으로 신인神人이십니다!"

며칠 뒤 목우와 유마가 모두 완성되었는데 살아 있는 짐승과 다를
바 없었다. 산을 오르고 재를 내려가는데 그 편리함은 말로 다 표현
할 수 없을 지경이었다. 그 모습을 보고 군사들은 모두가 즐거워했
다. 공명은 우장군 고상에게 군사 1천 명을 거느리고 목우와 유마를
몰아 검각과 기산의 본영 사이를 오가면서 군량과 말먹이 풀을 운반
하여 촉군에 공급하게 했다. 후세 사람이 시를 지어 찬탄했다.

검문관 가파른 길에선 유마를 몰고 /
구불구불한 야곡에선 목우를 부리네. //
후세에 만약 이 방법 쓸 수 있다면 /
물건 수송 어찌 근심거리가 되리오?
劍關險峻驅流馬, 斜谷崎嶇駕木牛. 後世若能行此法, 輸將安得使人愁?

한편 사마의가 한창 근심 걱정에 빠져 있는데 갑자기 척후병이 와
서 보고를 올렸다.

"촉군이 목우와 유마로 군량과 말먹이 풀을 나르는데 사람은 큰
힘을 들이지 않고 소와 말은 먹이도 필요 없답니다."

사마의는 깜짝 놀랐다.

"내가 굳게 지키고 있으면서 나가지 않았던 것은 저들이 군량과 말먹이 풀을 충분히 대지 못해 스스로 망하기를 기다렸던 것이다. 그런데 이제 그런 방법을 쓴다면 장구지책을 쓰며 물러갈 생각이 없는 게 틀림없다. 어떻게 해야 좋단 말인가?"

그는 급히 장호와 악침을 불러 분부했다.

"그대 둘은 각기 군사 5백 명씩을 이끌고 야곡의 샛길로 질러가서 촉군이 목우와 유마를 몰고 오면 다 지나가도록 내버려 두었다가 일제히 치고 나가라. 많이 빼앗을 것 없이 그저 서너 마리만 빼앗아 오라."

두 사람은 명령에 따라 각기 5백 명의 군사를 이끌고 촉군으로 위장하고는 밤중에 몰래 샛길을 지나 골짜기 안에 매복했다. 과연 고상이 군사를 거느리고 목우와 유마를 몰고 왔다. 촉군이 거의 다 지나갈 무렵이었다. 장호와 악침이 양쪽에서 일제히 북치고 함성 지르며 돌격해 나갔다. 촉군은 미처 손을 놀려 보지도 못하고 그 중 몇 마리를 내버렸다. 장호와 악침은 기뻐하면서 자기네 영채로 끌고 갔다. 사마의가 그것들을 살펴보니 과연 나아갔다 물러서는 동작들이 산짐승과 꼭 같았다. 그는 대단히 기뻐하며 소리쳤다.

"공명! 네가 이 이런 방법을 쓴다면 나는 못 쓸 줄 아느냐?"

그는 즉시 솜씨 좋은 목수 1백여 명을 시켜 그 자리에서 목우와 유마를 뜯어보게 했다. 그리고는 길이와 두께 등 모든 치수를 똑 같이 하여 목우와 유마를 제작하라고 분부했다. 보름이 걸리지 않아 2천여 마리를 만들었는데 공명이 만든 것과 다름없이 내달렸다. 사마의는 즉시 진원장군 잠위岑威에게 1천 명의 군사를 거느리고 목우와 유마를 몰고 농서로 가서 군량과 말먹이 풀을 실어 오게 했다. 농서와

위수 사이로 목우와 유마가 끊임없이 오가니 위군 영채의 장졸들 치
고 좋아하지 않는 사람이 없었다.

한편 촉군 영채로 돌아간 고상은 공명을 뵙고 위군이 목우와 유마
대여섯 마리를 빼앗아 갔다고 보고했다. 공명이 웃으며 말했다.

주지굉 그림

"내 바로 그걸 노렸네. 목우와 유마를 몇 마리 잃었지만 오래지 않아 군중에 큰 이익이 돌아올 것일세."

장수들이 물었다.

"승상께서는 그것을 어떻게 아십니까?"

공명이 대답했다.

"사마의가 목우와 유마를 보면 틀림없이 내가 만든 규격을 본떠 똑같이 만들 것이오. 그때가 되면 나에게 또 다른 계책이 있소."

며칠 뒤 위군도 목우와 유마를 만들어 농서로 가서 군량과 말먹이 풀을 운반해 온다는 보고가 들어왔다. 공명은 크게 기뻐했다.

"내 짐작에서 벗어나지 못하는구나!"

그는 즉시 왕평을 불러 분부했다.

"그대는 군사 1천 명을 데리고 위군으로 위장하여 밤을 도와 가만히 북원을 지나가라. 그런 다음 군량 수송을 순찰하는 군사라고 둘러대고 곧장 식량 나르는 곳으로 들이닥쳐 호송 중인 군사를 모조리 흩어 버리고 목우와 유마를 몰고 북원을 거쳐 곧장 이리로 오라. 그곳에 있던 위군이 추격할 게 분명한데 그때 목우와 유마의 입안에 있는 혀를 비틀어 놓게. 그러면 소와 말은 꼼짝도 못할 것인데 그대들은 그것들을 그냥 두고 달아나게. 배후의 위군이 쫓아와 끌고 가려 해도 목우와 유마는 움직이지 않을 것이니 그 무거운 것들을 매고 갈 수도 없고 들고 갈 수도 없게 될 것이다. 내 다시 군사를 보낼 테니 그들이 이르면 그대들은 돌아서서 다시 소와 말의 혀를 제자리로 돌려서 기세 좋게 몰고 오게나. 위군은 틀림없이 의아스러워 하고 괴이하게 여길 것이다."

계책을 받은 왕평은 군사를 이끌고 떠났다. 공명은 또 장억을 불러 분부했다.

"그대는 군사 5백 명을 모두 육정육갑의 신병神兵으로 분장시키게. 귀신 머리에 짐승 몸뚱이를 만들고 오색 물감으로 얼굴을 칠해 별의별 괴상한 모습으로 꾸미도록 하라. 또 한 손에는 수놓은 깃발, 다른 손에는 보검을 들고 몸에는 호리병박을 거는데 그 속에 연기와 불이 나는 물건을 감추고 산 곁에 매복하라. 목우와 유마가 오기를 기다렸다가 연기와 불을 내면서 일제히 몰려 나가 소와 말을 몰고 나아가라. 위군은 그 모습을 보면 틀림없이 귀신이라고 의심하여 감히 쫓아오지 못할 것이다."

장억도 계책을 받아 군사를 이끌고 떠났다.

공명은 또 위연과 강유를 불러 분부했다.

"그대들 두 사람은 함께 1만 명의 군사를 이끌고 북원 영채의 입구로 가서 목우와 유마를 지원하면서 전투태세를 갖추라."

이번에는 요화와 장익을 불러 분부했다.

"너희 두 사람은 군사 5천 명을 이끌고 사마의가 오는 길을 차단하라."

또한 마충과 마대를 불러 분부했다.

"그대들 두 사람은 2천 명의 군사를 이끌고 위수 남쪽으로 가서 싸움을 걸도록 하라."

여섯 장수는 각기 명령을 받들고 떠났다.

한편 위군 장수 잠위는 군사들을 거느리고 군량미를 가득 실은 목우와 유마를 몰고 한창 열심히 길을 가고 있었다. 문득 앞쪽에 군량 호송 길을 순찰하는 군사가 나타났다는 보고가 들어왔다. 잠위가 사람을 보내 알아보게 했더니 과연 위군이라 마음 놓고 전진했다. 두 부대의 군사는 하나로 합쳤다. 이때 별안간 고함 소리가 요란하게 울리면서 대오 속에 섞여 든 촉군들이 위군을 죽이기 시작했다. 우렁찬 고함 소리가 났다.

"촉의 대장 왕평이 여기 있노라!"

위군은 미처 손을 놀려 보지도 못한 채 태반이 촉군에게 피살되고 말았다. 잠위도 패잔병을 이끌고 저항하다가 왕평이 휘두른 칼을 맞고 죽었다. 나머지 군사는 모조리 궤멸되어 흩어졌다. 왕평은 군사를 이끌고 목우와 유마를 모조리 몰아 회군 길에 올랐다. 패잔병들이 나는 듯이 북원의 영채로 달려가 패전 상황을 보고했다. 군량을 겁탈 당했다는 말을 들은 곽회가 황급히 군사를 이끌고 구하러 왔다. 그러자 왕평은 군사들을 시켜 목우와 유마의 혀를 비튼 다음 그대로 길바닥에 팽개치고 적당히 싸우는 시늉을 하면서 달아났다. 곽회는 군사들에게 촉군을 쫓지 말고 목우와 유마만 몰고 돌아가라고 지시했다. 그런데 이게 웬 일인가? 군사들이 일제히 달려들어 몰고 가려했지만 목우와 유마는 꿈쩍도 하지 않았다. 곽회는 의혹에 쌓였지만 어찌할 방도가 없었다.

이때 느닷없이 북소리 나팔 소리가 하늘에 울려 퍼지고 고함 소리가 사방에서 일어났다. 두 길로 군사가 치고 나오는데 바로 위연과 강유였다. 왕평도 군사를 이끌고 되돌아와 싸웠다. 촉군이 세 길로 협공하자 곽회는 크게 패하여 달아났다. 왕평은 군사들에게 목우와 유마의 혀를 다시 원래대로 되돌리게 하여 그것들을 몰고 나아갔다. 멀리서 이 광경을 본 곽회가 막 군사를 되돌려 다시 쫓아가려 할 때였다. 문득 산 뒤에서 갑자기 연기와 구름이 피어오르면서 한 부대의 신병神兵들이 몰려나왔다. 그들은 하나하나 깃발과 검을 들고 괴이한 모습을 했는데 목우와 유마를 몰고 바람같이 몰려 사라졌다. 곽회는 깜짝 놀라 소리쳤다.

"이는 필시 귀신이 저들을 돕는 것이다!"

그 모습을 목격한 군사들도 모두들 놀랍고 두려워 감히 뒤를 쫓지 못했다.

한편 사마의는 북원의 군사들이 패했다는 말을 듣자 직접 군사를 이끌고 구하러 갔다. 막 중간쯤 이르렀는데 별안간 '쾅!' 하는 포 소리와 함께 험하고 가파른 곳에서 두 길로 군사가 돌격해 나왔다. 고함 소리가 땅을 뒤흔들었다. 큰 깃발에는 '한장 장익漢將張翼'과 '한장 요화漢將廖化'라는 글자가 큼직하게 적혀 있었다. 이를 본 사마의는 깜짝 놀랐다. 위군들도 당황해서 각각 쥐새끼가 달아나듯 뺑소니쳤다. 이야말로 다음 대구와 같다.

길에서 신장 만나 군량을 빼앗겼는데 /
뜻밖에 기병 만나 목숨 또한 위태롭네.
路逢神將糧遭劫　身遇奇兵命又危

사마의는 어떻게 대적할 것인가, 다음 회를 보라.

103

불타는 상방곡

상방곡에서 사마의는 곤경에 빠지고
오장원에서 제갈량은 북두성에 빌다
上方谷司馬受困　五丈原諸葛禳星

장익과 요화에게 한바탕 패한 사마의는 필마단창匹馬單槍으로 나무
가 빼곡히 들어찬 숲 사이로 달아났다. 장익은 군사를 거두었고 요
화는 앞장서서 사마의를 추격했다. 거의 따라잡히게 되자 당황한 사
마의는 급히 큰 나무를 끼고 돌았다. 요화가
칼을 번쩍 들어 내리찍었으나 칼은 나
무에 찍혔다. 요화가 칼을 뽑아
들었을 때 사마의는 이
미 숲 밖으로 달아나 버
린 뒤였다. 요화도 뒤따라
쫓아 나갔지만 사마의는
어디로 갔는지 보이
지 않고 숲 동쪽에 황
금 투구 하나만 떨어져 있었
다. 요화는 투구를 집어 말

위에 묶고 동쪽을 향하여 줄곧 추격했다. 그러나 그건 사마의의 속임수였다. 그는 황금 투구를 숲 동쪽에 던져 놓고 반대편 서쪽으로 달아난 것이다.

한참을 쫓아가던 요화는 사마의의 종적이 보이지 않자 그길로 달려 골짜기 입구를 빠져나갔다. 마침 강유와 만나 함께 영채로 돌아가 공명을 뵈었다. 일찌감치 목우와 유마를 몰아 영채에 당도한 장억은 이미 인수인계를 끝낸 뒤였다. 획득한 군량미는 1만 섬이 넘었다. 황금 투구를 바친 요화는 으뜸가는 공로를 세운 것으로 기록되었다. 위연은 기분이 나빠 원망 섞인 말을 투덜거렸다. 하지만 공명은 들은 척도 하지 않았다.

한편 사마의는 도망쳐 영채로 돌아왔지만 마음이 편치 않고 답답했다. 이때 갑자기 조정의 사자가 조서를 지니고 당도했다. 동오가 세 길로 침범하여 조정에서는 지금 장수들과 막을 의논을 하고 있으니 사마의를 비롯한 모든 장병들은 굳게 지키면서 싸우지 말라는 내용이었다. 위주의 명령을 받은 사마의는 도랑을 깊이 파고 보루를 높이 쌓은 다음 굳게 지키면서 나오지 않았다.

한편 손권이 세 길로 군사를 나누어 쳐들어온다는 보고를 들은 위주 조예는 그 역시 세 길로 군사를 일으켜 적을 막기로 했다. 그는 먼저 유소劉劭에게 강하를 구하도록 하고 전예田豫에게는 군사를 이끌고 양양을 구하게 한 다음 자신이 만총과 함께 친히 대군을 인솔하여 합비를 구하기로 했다. 만총이 먼저 한 부대의 군사를 이끌고 소호巢湖 가에 이르렀다. 멀리 바라보니 동쪽 기슭에 헤아릴 수 없이 많은 전투선이 질서 정연하게 깃발을 꽂고 엄숙하게 정박해 있었다. 만총은 군중에 들어가 위주에게 아뢰었다.

"오군은 틀림없이 우리가 먼 길을 온 것을 깔보고 아직 방비하지 않고 있을 것입니다. 오늘 밤 빈틈을 타고 그들의 수상 영채를 습격한다면 반드시 큰 승리를 거둘 것입니다."

위주도 동의했다.

"그대의 말이 짐의 뜻과 합치되오."

위주는 즉시 사납고 날랜 장수 장구張球에게 5천 명의 군사를 이끌고 각기 불지를 도구를 지닌 채 호수 입구로부터 공격하고, 만총에게 5천 명의 군사를 이끌고 동쪽 기슭으로부터 공격하라고 했다. 이날 밤 2경 때쯤 장구와 만총은 각기 군사를 이끌고 소리를 죽인 채 호수 어귀로 향해 진군하여 동오의 수군 영채에 다가가 일제히 함성을 지르며 치고 들어갔다. 당황한 오군은 혼란에 빠져 싸우지도 못하고 달아났다. 사방에서 위군이 지른 불에 전투선과 군량이며 말먹이 풀과 군용 기구들이 수도 없이 타 버렸다. 제갈근은 패잔병을 인솔하여 면구沔口로 달아났다. 위군은 대승을 거두고 돌아왔다.

이튿날 척후병이 육손에게 패전 소식을 보고했다. 육손은 장수들을 모아 대책을 의논했다.

"내가 주상께 표문을 올려 신성을 포위하고 있는 군사를 철수시켜서 그 군사로 위군이 돌아갈 길을 끊어 달라고 청하겠소. 그런 다음 내가 군사를 인솔하여 그들의 앞쪽을 공격하면 적은 머리와 꼬리를 서로 돌보지 못하게 될 것이니 한번 북을 울려서 적을 깨뜨릴 수 있을 것이오."

사람들은 탄복했다. 육손은 즉시 표문을 갖추어 하급 장교 한 명을 시켜 비밀리에 신성으로 가져가게 했다. 명령을 받든 하급 장교가 표문을 지니고 나루터에 이르렀다. 그런데 뜻밖에도 매복하고 있던 위군에게 붙잡혀 군중에 있던 위주 조예 앞으로 압송되어 갔다.
조예는 장교의 몸을 뒤져 육손의 표문을 찾아냈다. 표문을 읽은 조
예는 한숨을 쉬며 말했다.

"동오의 육손은 참으로 묘하게도 헤아리는구나!"

조예는 즉시 동오의 장교를 가두고 유소에게 손권의 후군을 신중

주지평 그림

히 막도록 했다.

한편 제갈근은 한바탕 크게 패한 데다 무더위까지 겹쳐 사람과 말이 병에 걸리는 일이 많아졌다. 그는 편지 한 통을 써서 사람을 보내 육손에게 전했는데 군사를 철수시켜 본국으로 돌아가고자 하는 건의였다. 편지를 읽고 육손이 심부름 온 사람에게 말했다.

"돌아가서 내게 생각이 있다고 장군께 전하라."

사자가 돌아와 제갈근에게 보고하자 제갈근이 물었다.

"육장군은 무엇을 하고 계시더냐?"

사자가 대답했다.

"육장군께서는 그저 군사들을 독려하여 영채 밖에 콩을 심게 해 놓고 자신은 장수들과 원문轅門에서 활쏘기를 즐기고 계시더이다."

깜짝 놀란 제갈근은 직접 육손의 영채로 가서 육손에게 물었다.

"지금 조예가 직접 오는 바람에 적군의 기세가 막강해졌는데 도독은 저들을 어떻게 막으려 하오?"

육손이 대답했다.

"내가 좀 전에 주상께 표문을 올렸는데 글을 가지고 가던 사자가 잡혀서 적의 손에 들어가고 말았소. 이미 기밀이 누설되었으니 저들은 틀림없이 대비를 하고 있을 것이오. 저들과 싸워 봐야 이익이 없을 테니 잠시 물러서는 것이 좋겠소. 이미 사람을 시켜 주상께 표문을 올리고 천천히 군사를 물리기로 약속을 했소."

제갈근이 다시 물었다.

"도독께 이미 그런 뜻이 있다면 마땅히 속히 물러가야 될 것이오. 그런데 어찌하여 또 이렇게 시일을 지체하신단 말이오?"

육손이 설명했다.

"우리 군사가 물러가려면 반드시 서서히 움직여야 하오. 지금 급하게 퇴각하면 위군은 틀림없이 기세를 몰아 쫓아올 것이오. 이는 패전을 자초하는 길이지요. 공은 우선 전투선을 독려하며 거짓으로 적에게 대항하는 척하시오. 나는 모든 인마를 이끌고 양양으로 진군하면서 적의 의심을 불러일으키는 계책을 쓰겠소. 그런 다음 서서히 물러서서 강동으로 돌아가면 위군은 감히 다가오지 못할 것이오."

제갈근은 그 계책에 따라 육손과 작별하고 자신의 영채로 돌아와서 선박들을 정돈하며 길 떠날 준비를 했다. 육손은 대오를 가다듬고 한껏 기세를 올리면서 양양을 향해 진군했다. 어느새 첩자가 이 사실을 알아내어 위주에게 보고하며 오군이 이미 움직였으니 반드시 대비해야 한다고 했다. 이 말을 들은 위군 장수들은 모두들 나가 싸우려 했다. 그러나 평소 육손의 재주를 잘 아는 위주가 장수들을 타일렀다.

"육손은 꾀가 많으니 혹시 우리를 유인하는 유적지계誘敵之計를 쓰는 것인지도 모르오. 섣불리 나아가서는 아니 되오."

이 말에 위장들은 움직이지 않았다. 며칠 뒤 정찰 나갔던 군사들이 돌아와 보고했다.

"세 길로 쳐들어오던 동오의 군사들이 모두 물러났습니다."

위주는 그 말이 믿기지 않아 다시 사람을 시켜 탐지해 보게 했다. 한결같이 과연 모조리 물러갔다고 보고했다.

위주가 말했다.

"육손의 용병은 손자와 오자에 못지않구나. 아직은 동남 지역을 평정할 수 없겠다."

그는 장수들에게 조칙을 내려 각기 험한 요충지를 지키게 하고 자신은 대군을 이끌고 합비에 주둔하면서 동오의 변화를 지켜보기로 했다.

한편 기산에 있는 공명은 그곳에 오래 주둔할 계산으로 군사들에게 위나라 백성들과 함께 섞여 농사를 짓도록 했다. 수확물은 군사들이 3분의 1을 갖고 백성들에게 3분의 2를 돌리며 추호도 해를 끼치지 않으니 위나라 백성들은 모두가 안심하고 생업을 즐겼다. 사마사가 군막으로 들어가 제 부친에게 고했다.

"촉군은 허다한 우리 군량미를 탈취해 가고서도 지금 다시 우리 백성들과 한데 섞여 위수 가에서 농사를 지으며 장구지책을 쓰고 있습니다. 이는 참으로 국가의 큰 우환 거리가 아닐 수 없습니다. 아버님께서는 어찌하여 공명과 기일을 정해 한바탕 크게 싸워서 자웅을 결하지 않으십니까?"

사마의가 대꾸했다.

"폐하의 성지를 받들어 굳게 지키고 있는 것이다. 가볍게 움직여서는 아니 된다."

한창 의논을 하고 있는데 갑자기 보고가 들어왔다. 위연이 원수께서 전날 잃어버린 황금 투구를 들고 와서 욕설을 퍼부으며 싸움을 건다는 것이었다. 분노한 장수들이 모두들 나가 싸우려 했다. 사마의는 웃으며 말렸다.

"성인聖人께서 '작은 것을 참지 못하면 큰일을 그르친다'고 하셨소. 오직 굳게 지키는 것만이 상책이오."

장수들은 사마의의 명령에 따라 싸우러 나가지 않았다. 위연은 한참 동안이나 더러운 욕설을 퍼붓고 나서 되돌아갔다.

사마의가 나와 싸우려 하지 않자 공명은 마대에게 비밀 명령을 내려 호로곡에 나무 울타리를 만들게 했다. 그리고 그 안에 깊은 구덩이를 파고 마른 나무와 인화성 물질들을 많이 쌓아 두는 한편 주위의 산 위에도 마른 풀과 나무로 수많은 가짜 움막을 짓고 그 안팎에 지뢰를 묻어 두게 했다. 배치를 끝낸 공명은 마대의 귀에 입을 대고 당부했다.

"호로곡의 뒷길을 끊고 몰래 골짜기 안에 군사를 매복시키게. 만약 사마의가 쫓아오면 내버려 두었다가 골짜기 안으로 들어오면 즉시 지뢰와 마른 나무에 일제히 불을 지르게."

공명은 또 군사들에게 명하여 낮에는 골짜기 입구에 일곱 개의 별을 그린 띠를 쳐들고 밤에는 산 위에 일곱 개의 등불을 밝히는 것으로 암호를 보내라고 했다. 계책을 받은 마대는 군사를 이끌고 떠났다. 공명은 또 위연을 불러 분부했다.

"그대는 5백 명을 이끌고 위군 영채로 가서 싸움을 걸어서 반드시 사마의를 끌어내 싸우게 만들어야 한다. 하지만 이겨서는 안 되고 져 주기만 하라. 사마의는 틀림없이 쫓아올 것이니 그대는 칠성기七星旗가 있는 곳으로 달려가라. 밤에는 일곱 개의 등불을 켜 놓은 곳을 향해 달아나라. 사마의를 호로곡 안으로 유인해 들이기만 하면 그를 사로잡을 계책이 있다."

위연도 계책을 받아 군사를 이끌고 떠났다. 공명은 다시 고상을 불러 분부했다.

"그대는 목우와 유마에 군량미를 싣고 2,30마리나 4,50마리씩 무리를 지어 산길에서 계속 오락가락하라. 위군이 그것을 탈취해 간다면 그것이 바로 그대의 공이다."

고상도 계책을 받아 목우와 유마를 몰고 떠났다. 공명은 둔전을 한다며 기산의 군사들을 하나하나 이동 배치하면서 분부했다.

"다른 위군이 싸우러 오거든 패한 척하며 져 주어야 한다. 다만 사마의가 직접 오면 그때는 힘을 합쳐 위수 남쪽을 공격하여 그가 돌아갈 길을 끊도록 하라."

군사 배치를 마친 공명은 직접 한 부대의 군사를 이끌고 상방곡 부근으로 가서 영채를 세웠다.

한편 위군 영채에서는 하후혜와 하후화 두 사람이 사마의에게 가서 말했다.

"지금 촉군은 사방으로 흩어져 영채를 세우고 여러 곳에서 농사를 지으며 장기간 버틸 준비를 하고 있습니다. 만약 이 시기를 타고 저들을 제거하지 않고 편안하게 내버려 두었다가 오래 되면 뿌리가 깊어지고 꼭지가 튼실해져서 흔들기가 어려워질 것입니다."

사마의가 대꾸했다.

"이 또한 틀림없는 공명의 계책일 게야."

두 사람은 답답했다.

"도독께서 이처럼 의심과 걱정만 하고 계신다면 도적들은 언제 소멸시킨단 말입니까? 우리 형제가 목숨을 걸고 한바탕 전투를 벌여 나라의 은혜에 보답하고자 합니다."

마침내 사마의가 허락했다.

"그렇다면 너희 두 사람이 군사를 나누어 출전하라."

그는 즉시 하후혜와 하후화에게 각기 5천 명의 군사를 이끌고 떠나도록 했다. 사마의는 장막 안에 앉아 소식을 기다렸다.

하후혜와 하후화는 군사를 나누어 두 길로 나섰다. 길에서 촉군이 목우와 유마를 몰고 오는 광경을 발견했다. 두 사람이 일제히 무찌르며 지나가니 촉군은 크게 패해서 달아났다. 위군들은 촉군의 목우와 유마를 모조리 빼앗아 사마의의 영채로 끌고 갔다. 이튿날도 하후혜와 하후화는 다시 촉군 1백여 명을 붙들어 본부 영채로 압송했다. 사마의는 잡혀 온 촉군들을 심문하여 허실을 알아보았다. 촉군들이 말했다.

"공명은 도독께서 굳게 지키면서 나오지 않을 것이라 짐작하고 저희들에게 사방으로 흩어져 농사를 지으면서 오래 버틸 계획을 차리라고 했습니다. 이렇게 붙잡힐 줄은 정말 몰랐습니다."

사마의는 촉군들을 모두 놓아 주었다. 하후화가 물었다.

"어찌 저놈들을 죽이지 않으십니까?"

사마의가 대답했다.

"이까짓 병졸들이야 죽여 본들 무슨 이익이 있겠나? 저희들 영채로 돌려보내어 위군 장수가 너그럽고 인자하더라는 소문을 내게 하여 저들의 전의를 풀어놓느니만 못하네. 이는 여몽이 형주를 손에 넣던 계책일세."

사마의는 즉시 군중에 명령을 전했다.

"앞으로 촉군을 사로잡더라도 모두 잘 대해서 돌려보내도록 하라. 적을 사로잡는 군사들에게는 종전과 다름없이 후한 상을 내리겠다."

모든 장수들은 명령을 듣고 나갔다.

한편 공명은 고상에게 군량을 운송하는 척하며 목우와 유마를 몰고 상방곡 안을 드나들게 했는데, 하후혜를 비롯한 위군 무리들이 불시에 그들을 가로 막고 무찔러 보름 동안 몇 번이나 연승을 거두었다. 촉군이 여러 차례 패하는 것을 보자 사마의도 속으로 좋아하게 되었다. 하루는 또 수십 명의 촉군이 잡혀 왔다. 사마의는 그들을 군막 안으로 불러다 놓고 물었다.

"공명은 지금 어디에 있느냐?"

군사들이 알려주었다.

"제갈승상께서는 기산에 계시지 않고 상방곡 서쪽 10리 되는 곳

주지꽁 그림

에 영채를 세우고 계십니다. 지금 날마다 군량을 운반하여 상방곡에 모으고 계십니다."

사마의는 자세히 캐묻고 나서 촉군들을 놓아주었다. 그러고는 장수들을 불러 분부했다.

"공명은 지금 기산에 있지 않고 상방곡에 영채를 세웠다고 하오. 그대들은 날이 밝으면 힘을 합쳐 일제히 기산의 큰 영채를 공격하시오. 내가 직접 군사를 이끌고 후원하겠소."

장수들은 명령을 받들고 제각기 출전할 준비를 서둘렀다. 사마사가 물었다.

"아버님께서는 무슨 까닭으로 상방곡을 공격하지 않고 도리어 뒤쪽의 기산을 치려고 하십니까?"

사마의가 대답했다.

"기산은 촉군의 본거지이다. 우리 군사가 그곳을 공격하면 반드시 각 영채의 군사들이 모조리 구하러 올 것이다. 그때 상방곡을 쳐서 그들의 군량과 말먹이 풀을 불사르고 저들로 하여금 머리와 꼬리를 연결하지 못하도록 할 생각이다. 그러면 저들은 틀림없이 크게 패할 것이다."

사마사는 절을 올리며 탄복했다. 사마의는 즉시 군사를 일으켜 출전하면서 장호와 악침에게 각기 5천 명의 군사를 이끌고 뒤에서 후원하며 구원하게 했다.

이때 산 위에 있던 공명이 멀리 바라보니 위군이 3,4천 명 혹은 1,2천 명씩 줄을 지어 움직이고 있었다. 대오가 분분하며 앞뒤를 서로 살피는 것이 틀림없이 기산의 큰 영채를 치러 오는 것이라 짐작한 공명은 비밀리에 장수들에게 명령을 돌렸다.

"사마의가 직접 오거든 그대들은 즉시 위군 영채를 습격하여 위수의 남쪽을 빼앗도록 하라."

장수들은 각기 공명의 명령에 따랐다.

한편 위군이 기산의 영채로 몰려가자 촉군은 사방에서 일제히 고함을 치고 뛰어다니며 짐짓 영채를 구하러 갈 것 같은 기세를 보였다. 촉군이 모두 기산의 영채를 구하러 달려가는 걸 본 사마의는 즉시 두 아들과 중군의 호위 군사들을 거느리고 상방곡으로 달려갔다. 이때 위연은 골짜기 입구에서 사마의가 오기만을 학수고대하고 있었다. 갑자기 한 갈래의 위군이 쇄도했다. 위연이 말을 달려 앞으로 나가 살펴보니 바로 사마의였다. 위연은 크게 호통을 쳤다.

"사마의는 달아나지 말라!"

칼을 휘두르며 달려들자 사마의가 창을 꼬나들고 맞받아 싸웠다. 그러나 세 합도 어울리지 않아 위연은 말머리를 돌려 곧바로 달아났다. 사마의가 뒤따라 쫓아갔다. 위연은 곧장 칠성기가 꽂힌 곳을 향하여 달아났다. 장수라고는 위연 하나뿐인 데다 군사 또한 얼마 되지 않은 것을 본 사마의는 마음 놓고 추격했다. 명령에 따라 사마사는 왼쪽에서, 사마소는 오른쪽에서 내닫고 사마의 자신은 가운데서 말을 몰아 일제히 공격하기 시작했다. 위연은 5백 명의 군사를 모조리 이끌고 골짜기 안으로 퇴각했다. 골짜기 입구까지 쫓아온 사마의는 먼저 사람을 골짜기 안으로 들여보내 살펴보게 했다. 정찰병이 돌아와서 골짜기 안에는 매복한 군사가 없고 산 위에는 온통 초막들만 있다고 했다. 사마의가 말했다.

"이는 틀림없이 군량을 쌓아 놓은 곳일 게야."

사마의는 군사들을 모조리 휘몰아 골짜기 안으로 들어갔다. 그런데 초막에는 온통 바싹 마른 나무들뿐이고 앞에 있어야 할 위연은 어디로 사라졌는지 보이지 않았다. 사마의는 더럭 의심이 들어 두 아들에게 말했다.

"만약 적군이 골짜기 입구를 차단한다면 어떻게 하겠느냐?"

그 말이 미처 끝나기도 전이었다. 문득 고함 소리가 크게 진동하더니 산 위에서 일제히 불덩이가 떨어져 내리며 불길이 골짜기 입구를 막아 버렸다. 위군은 달아나려고 해도 길이 없었다. 이때 다시 산 위에서 불화살이 빗발치듯 쏟아져 내리고 땅에서는 지뢰들이 일제히 튀어나왔다. 초막에 있던 마른 장작에도 모조리 불이 옮겨 붙어 툭탁툭탁 타 들어가는 소리가 나며 어느새 불길이 무서운 기세로 하늘을 찔렀다. 너무나 놀란 사마의는 손발조차 놀릴 수 없을 지경이었다. 그는 말에서 내려 두 아들을 끌어안고 대성통곡했다.

"우리 삼부자가 모두 여기서 죽는구나!"

한창 통곡하고 있는데 느닷없이 광풍이 사납게 몰아치더니 시커먼 기운이 허공을 가득 뒤덮었다. 뒤이어 '번쩍 꽈르릉!' 하는 천둥 벽력과 함께 소나기가 쏟아지는데 그야말로 물동이로 들이붓는 것만 같았다. 골짜기를 가득 채우며 타오르던 불길이 죄다 꺼져 버리니 지뢰도 터지지 않고 장치해 둔 화기火器들도 효력을 잃고 말았다. 사마의는 뛸 듯이 기뻐했다.

"바로 지금 치고 나가지 않고 다시 어느 때를 기다리겠느냐?"

그는 즉시 군사를 이끌고 힘을 떨쳐 돌격했다. 장호와 악침도 각기 군사를 이끌고 달려와서 호응했다. 군사가 적었던 마대는 감히 쫓아갈 수 없었다. 사마의 부자는 장호, 악침과 군사를 합쳐 위수 남쪽의 본부 영채로 돌아갔다. 그런데 뜻밖에도 영채는 이미 촉군의 손에 들어가 있었다. 그때 곽회와 손례는 부교 위에서 촉군과 접전을 벌이고 있었는데 사마의를 비롯한 장수들이 군사를 이끌고 쇄도하자 촉군은 퇴각했다. 부교를 불살라 끊어 버린 사마의는 위수의 북쪽 기슭에 머물렀다.

한편 기산에서 촉군의 영채를 공격하던 위군들은 사마의가 크게 패하고 위수 남쪽의 영채마저 잃었다는 소식을 듣자 당황하여 마음이 혼란해졌다. 급히 물러서는데 사방에서 촉군이 쳐들어오기 시작했다. 크게 패한 위군은 열에 여덟아홉이 부상을 당하고 죽은 자는 셀 수도 없을 지경이었다. 나머지 무리는 목숨을 구해 위수를 건너 북쪽으로 달아났다. 한편 산 위에 있던 공명은 위연이 사마의를 유인하여 상방곡 골짜기로 들어가고 곧이어 불빛이 크게 일어나는 걸보고 사마의가 이번만은 틀림없이 죽을 거라고 생각하며 몹시 기뻐하고 있었다. 그런데 뜻밖에도 큰비가 쏟아져 불이 다 붙지 못한 데다 척후병이 달려와 사마의 부자가 모두 달아났다고 했다. 공명은 탄식하며 말했다.

"일을 꾸미는 것은 사람이지만 이루어지는 것은 하늘에 달렸다謀事在人 成事在天더니 억지로 될 일이 아니로구나!"

후세 사람이 시를 지어 탄식했다.

상방곡 입구로 광풍이 불고 화염이 치솟는데 /
어찌 알았으랴 푸른 하늘에 소나기 쏟아질 줄. //
제갈무후의 묘한 계책이 만약 이루어졌다면 /
천하 강산이 어찌 진나라 소유가 되었겠는가?
谷口風狂烈焰飄, 何期驟雨降靑霄. 武侯妙計如能就, 安得山河屬晉朝!

한편 사마의는 위수 북쪽의 영채에서 명령을 전했다.

"위수 남쪽의 영채들은 이미 잃어버렸다. 장수들 가운데 다시 나가 싸우자고 하는 자가 있으면 목을 치리라."

명령을 들은 장수들은 굳게 지키기만 하고 싸우러 나가지 않았다. 곽회가 들어와서 말했다.

"요즈음 공명이 군사를 이끌고 돌아다니면서 순시하는데 틀림없이 자리를 골라 영채를 세우려는 것 같습니다."

사마의가 말했다.

"공명이 만약 무공武功(옹주 부풍군의 속현)으로 나와 산을 따라 동쪽으로 나간다면 우리는 모두 위험해지겠지만 위수 남쪽으로 나와 서쪽으로 가서 오장원五丈原에 머무른다면 무사할 것이오."

사람을 시켜 알아보게 했더니 공명이 오장원에 주둔했다고 했다. 사마의는 두 손을 이마에 대고 말했다.

"대위大魏 황제 폐하의 크나큰 복이로구나!"

그는 즉시 장수들에게 명령을 내렸다.

"굳게 지키면서 나가지 말라. 오래 끌면 저들에겐 반드시 변이 생길 것이다."

한편 공명은 한 부대의 군사를 이끌고 오장원에 주둔하며 여러 차례 군사를 보내 싸움을 걸었다. 그러나 위군은 한사코 나오지 않았다. 이에 공명은 부녀자들이 쓰는 두건과 흰옷을 큼직한 함에 담고 편지 한 통을 써서 사람을 시켜 위군의 영채로 보냈다. 물건을 받은 장수들은 감히 숨기지 못하고 제갈량이 보낸 사자를 사마의에게로 데려갔다. 사마의가 함을 열어 살펴보니 그 안에는 여인들이 쓰는 두건과 옷, 그리고 편지 한 통이 들어 있었다. 읽어 보니 대강 이런 내용이었다.

중달은 명색이 대장으로 중원의 무리를 통솔하고 있거니와 견고한 갑옷을 걸치고 날카로운 무기를 들어 자웅을 결할 생각은 하지 않고 달가이 굴을 지키며 둥지를 보존하고 앉아 조심스레 칼과 화살을 피하려고만 하니 아녀자와 무엇이 다르겠는가? 이제 여인들이 쓰는 두건과 소복을 보내나니, 그래도 나와서 싸우지 않겠다면 두 번 절하고 받을지어다. 만약 수치를 아는 마음이 남아 있고 아직도 사내다운 흉금이 살아 있다면 속히 회답하여 기일을 정하고 나와서 싸우라.

사마의는 글을 읽고 마음에 화가 끓어올랐다. 그러나 짐짓 웃음을 지으며 말했다.

"공명이 나를 아녀자로 아는구나!"

그는 즉시 물건을 받고 사자를 후하게 대접했다. 그러고는 사자에게 물었다.

"공명께서는 요즘 잘 주무시고 잘 드시는가? 그리고 일은 얼마나 많이 하시는가?"

사자가 대답했다.

"승상께서는 아침 일찍 일어나고 밤늦게 주무시며 곤장 20대 이상의 형벌은 모두 친히 살피시면서 음식은 하루에 고작 몇 홉 정도를 잡수십니다."

사마의는 장수들을 돌아보며 말했다.

"공명이 먹는 것은 적은데 일은 많이 한다고 하오. 이러고서야 어찌 오래 버티겠는가?"

사자는 하직하고 오장원으로 돌아가 공명에게 있었던 일을 죄다 이야기했다.

"사마의는 여인의 두건과 옷을 받고 서찰을 보고도 화를 내지 않았습니다. 그저 승상께서 잘 주무시고 잘 드시는지, 또 일은 얼마나 많이 하시는지만 물었을 뿐 군사에 관한 일은 일절 꺼내지 않았습니다. 제가 본 대로 대답했더니 그가 '먹는 것은 적은데 하는 일은 복잡하니 어찌 오래 버티겠는가?'라고 했습니다."

주지굉 그림

공명은 한숨을 쉬었다.

"그자가 나를 너무나 잘 알고 있구나!"

주부 양옹楊顒이 충고했다.

"제가 보기에도 승상께서 평소에 모든 공문서를 손수 살피시는데 군이 그러실 필요는 없을 것 같습니다. 다스림에는 체제가 있어 위 아래가 서로 간섭하지 않아야 합니다. 집안을 다스리는 도리로 비유하면 사내종에게는 밭을 갈게 하고 계집종에게는 밥 짓는 일을 맡겨 개인적인 일을 돌볼 겨를이 없게 해야 구하는 바를 충족시킬 수 있습니다. 그래야 주인은 베개를 높이 베고 편안히 먹고 잘 수 있습니다. 만약 모든 일을 직접 하려고 덤비면 몸은 피로하고 정신은 괴로워서 결국 아무것도 이루지 못할 것이니, 그것이 어찌 종들보다 지혜가 모자라서이겠습니까? 주인의 법도를 잃었기 때문이지요. 옛사람이 앉아서 천하 다스리는 도리를 논하는 사람은 삼공三公이요 직접 나서서 일을 하는 사람은 사대부士大夫라 했습니다. 옛날에 병길丙吉은 소가 숨을 헐떡이는 것은 걱정하면서도 길에 쓰러져 죽은 사람은 신경 쓰지 않았고˚ 진평陳平은 돈과 곡식의 수량을 모르면서 그런 일은 '따로 맡은 사람이 있다˚'고 했습니다. 지금 승상께서는 사소한 일까지 직접 처리하시면서 종일토록 땀을 흘리시니 어찌 수고스럽지 않으

---

*소가……않았고 | 서한西漢 선제宣帝 때의 정승 병길이 어느 봄날 교외에 나갔는데 길에 사람이 죽어 있는 것을 보고는 그냥 지나치고는 농부가 끌고 가는 소가 혀를 내밀고 헐떡이는 걸 보고 '소가 몇 리나 걸어왔는지'를 물었다. 수행하던 관원이 까닭을 묻자 "길에 사람이 죽어 있는 것은 담당 관리가 알아서 할 일이고 정승의 일은 음양의 조화를 이루는 것인데, 아직 더울 때가 아닌데도 소가 헐떡이니 음양의 조화가 어그러진 게 아닌가 염려한 것"이라고 대답했다.

*진평은……있다 | 서한 문제文帝가 승상 진평에게 소송과 돈과 곡식의 양을 묻자 진평은 "그런 일들은 주관 부서에 물으소서. 승상의 직책은 뭇 신하들을 관리하고 천자를 도와 정무를 총괄하는 것입니다."라고 대답했다.

시겠습니까? 사마의의 말이 지극히 옳습니다."

공명은 소리 없이 눈물을 흘리며 말했다.

"내가 그런 도리를 모르는 게 아닐세. 다만 선제로부터 탁고의 중임을 받은 몸으로 다른 사람은 나만큼 마음을 다 하지 않을까 걱정스러워서 그럴 뿐일세!"

이 말을 듣고 사람들은 모두 눈물을 흘렸다. 이로부터 공명은 스스로 느끼기에도 정신이 맑지 못하고 마음이 편치 않았다. 이로 인하여 장수들은 감히 진군하지 못했다.

한편 위의 장수들은 공명이 여인의 두건과 옷을 보내 사마의를 모욕했는데 사마의는 그것을 받고도 싸우지 않는다는 사실을 모두 알게 되었다. 장수들은 분통을 터뜨리며 사마의의 군막으로 들어가 청했다.

"우리는 대국의 이름난 장수들입니다. 그런데 어찌 차마 자그마한 촉나라 사람들에게 이런 모욕을 받는단 말입니까? 즉시 출전하여 자웅을 결하게 해주십시오!"

사마의가 말했다.

"나 역시 싸우고 싶지 않거나 모욕을 달게 받고 있는 게 아닐세. 하지만 천자께서 조서를 내려 굳게 지키면서 움직이지 말라고 하셨으니 어쩌겠는가? 지금 섣불리 출전하면 임금의 명령을 어기게 되네."

장수들은 분을 참지 못해 불평을 늘어놓았다. 사마의가 다시 말했다.

"그대들이 굳이 나아가 싸우려 하니 내가 천자께 아뢰어 윤허를 받겠다. 그때까지 기다렸다가 힘을 합쳐 싸우면 어떻겠는가?"

장수들은 모두 이 말을 응낙했다. 사마의는 즉시 표문을 짓고 사자를 보냈다. 사자는 곧바로 합비의 군중으로 가서 위주 조예에게 아뢰었다. 조예가 표문을 읽어 보니 대강 이런 내용이었다.

신은 재주가 얕고 소임은 무거운데, 영명한 성지를 받자오니 신들에게 굳게 지키면서 싸우지 말고 촉인들이 스스로 피폐해지기를 기다리라고 하셨나이다. 그런데 지금 제갈량이 신에게 여인들이 쓰는 두건을 보내어 신을 아녀자처럼 취급하여 그 수치와 모욕이 지극히 심하옵니다. 하여 삼가 먼저 폐하께 아뢰옵고, 조만간 죽음을 무릅쓴 결전을 벌여 조정의 은혜에 보답하고 삼군의 수치를 씻으려 하나이다. 신은 끓어오르는 격분을 이기지 못하옵니다.

표문을 읽은 조예가 여러 관원들에게 물었다.

"사마의가 굳게 지키면서 나가지 않더니 지금 와서 표문을 올리며 싸우기를 청하는데 그 까닭이 무엇이겠소?"

위위衛尉 신비辛毗가 말했다.

"사마의는 본래 싸울 마음이 없었습니다. 틀림없이 제갈량의 행위에 치욕을 느낀 장수들이 분노한 것 같습니다. 그래서 특별히 이 표문을 올려 다시 분명한 성지를 받듦으로써 장수들의 마음을 가라앉히려는 속셈인 것 같습니다."

조예는 그 말을 옳게 여겼다. 그는 즉시 신비에게 절節을 지니고 위수 북쪽의 영채로 가서 절대로 출전하지 말라는 성지를 전하게 했다. 사마의가 조서를 받든 신비를 군막으로 맞아들였다. 신비가 위주의 뜻을 선포했다.

"다시 감히 출전하자고 말하는 자가 있으면 즉각 성지를 어긴 죄로 처벌하라!"

장수들은 조서를 받드는 수밖에 없었다. 사마의가 가만히 신비에게 말했다.

"공은 진정으로 내 마음을 아시는구려!"

이에 사마의는 신비가 절을 갖고 와서 절대로 출전하지 말라는 위주의 성지를 전했다는 사실을 군중에 두루 알렸다. 촉의 장수들이 이 소식을 듣고 공명에게 보고했다. 공명이 웃으며 말했다.

"이는 사마의가 삼군을 안정시키려고 생각해 낸 방법일세."

강유가 물었다.

"승상께서는 그것을 어떻게 아십니까?"

공명이 대답했다.

"사마의는 본래 싸울 마음이 없었네. 위주에게 싸우겠다고 청하는 표문을 올린 것은 군사들에게 자신의 용맹을 보여주려고 한 것일 따름이네. '장수가 외지에 있을 때는 임금의 명도 듣지 않을 경우가 있다'는 말을 듣지 못했는가? 천리 밖에 있으면서 임금에게 싸우게 해 달라고 청할 리가 있겠는가? 장수들의 분노가 폭발하자 조예의 뜻을 빌려 그들을 통제하려는 수작일세. 그리고 지금 이 말을 퍼뜨리는 건 우리 군사들의 마음을 해이하게 하려는 것일세."

한창 이런 말을 하고 있는데 비의가 왔다는 보고가 들어왔다. 공명이 군막으로 청해 들여 온 이유를 물었다. 비의가 말했다.

"위주 조예는 동오가 세 길로 진군한다는 말을 듣고 친히 대군을 이끌고 합비에 이르러서는 만총, 전예, 유소에게 세 길로 군사를 나누어 오군과 맞서도록 했습니다. 만총이 계책을 써서 동오의 군량과 말먹이 풀, 전투 기구를 깡그리 태운 데다 오군에는 많은 군사가 병까지 걸렸답니다. 육손이 오왕에게 앞뒤로 위군을 협공하자는 표문을 올렸는데, 뜻밖에도 표문을 지니고 가던 자가 중도에서 위군에게 잡히고 말았습니다. 그래서 기밀이 누설되고 오군은 아무런 성과 없이 물러나고 말았답니다."

이 소식을 들은 공명은 땅이 꺼지도록 한숨을 쉬더니 어느새 땅에 쓰러져 정신을 잃고 말았다. 장수들이 급히 구완하여 반나절이 지나서야 소생했다. 정신을 차린 공명은 다시금 탄식했다.

"내 마음이 어둡고 혼란스러운 걸 보니 묵은 병이 재발하는 모양이구나. 아마 오래 살지는 못할 것 같다!"

이날 밤 병든 몸을 부축 받으며 군막에서 나와 하늘을 우러러 천문을 살피던 공명은 너무나 놀라고 당황했다. 그는 황급히 군막으로 들어와 강유에게 말했다.

"내 명이 조석 간에 달렸네!"

강유가 물었다.

"승상께서는 어찌 그런 말씀을 하시는지요?"

공명이 설명했다.

"삼태성三台星 가운데 객성客星이 갑절이나 밝고 주성主星은 주위에 늘어선 별들의 도움을 받아 반짝이기는 하나 꺼질 듯 말듯 그 빛이 어둡네. 천상天象이 이러하니 내 명을 알 만하지 않은가?"

강유가 또 물었다.

"천상이 그렇더라도 승상께서는 기양법祈禳法(기도를 올려 액을 물리치는 법)을 써서 만회할 수 있지 않겠습니까?"

공명이 대답했다.

"내 본래 천지신명에게 기도하여 액을 물리치는 방법을 익혔네.

그러나 하늘의 뜻이 어떠한지 모르겠네. 자네는 갑옷 입은 무사 49명에게 검은 깃발을 들고 검은 옷을 입혀서 군막 밖에 둘러 세우게. 내 장막 안에서 북두北斗에 기도하여 액을 막아 보겠네. 이레 동안 주등主燈이 꺼지지 않으면 내 수명은 12년이 늘어나겠지만 등불이 꺼지면 나는 반드시 죽게 되네. 잡인을 일체 들이지 말고 필요한 모든 물건은 동자 둘을 시켜 운반토록 하게."

명령을 받든 강유는 자신이 직접 모든 준비를 했다.

때는 8월 중추였다. 이날 밤 은하수는 환하게 빛을 뿌리고 옥구슬 같은 이슬이 뚝뚝 떨어졌다. 깃발도 움직이지 않고 조두刁斗* 치는 소리마저 없었다. 강유는 군막 밖에서 49명의 갑사를 이끌고 호위하고 있었다. 군막 안의 공명은 향과 꽃 제물을 차린 다음 땅에는 일곱 개의 큰 등잔을 배열하고 그 바깥으로 작은 등 49개를 늘어놓았으며, 한가운데는 본명등本命燈 하나를 안치했다. 공명은 절을 하며 축원했다.

> 양亮은 난세에 태어나 기꺼이 시골구석에서 늙으려 했습니다. 그러나
> 소열황제께서 세 번이나 찾아 주신 은혜를 입고 임종 시에 아드님을
> 부탁하신 중임을 맡았으므로 감히 견마의 수고를 다하여 맹세코 나라
> 의 도적을 토벌하지 않을 수 없나이다. 그런데 뜻밖에도 장수별이 떨
> 어지려 하고 수명이 장차 끊어지려 합니다. 삼가 한 자 넓이 흰 비단
> 에 축문을 적어 푸른 하늘에 고합니다. 엎드려 바라오니 자비로운 하
> 늘이시여, 저의 사정을 굽어 살피시고 뜻을 바꾸어 신의 수명을 늘려

---

*조두|자루가 달린 군용 기구. 곡식 한 말 정도가 들어가는 크기로, 낮에는 밥을 짓는 솥으로 쓰고 야간에는 두드려 시각을 알리는 데 사용했다.

주소서. 그리하여 위로는 임금의 은혜에 보답하고 아래로는 백성들의 목숨을 구하며 옛 제도와 문물을 회복하여 영원히 한나라 사직의 제사를 이어갈 수 있게 해주소서. 감히 이 한 목숨을 위해 망령되이 비는 것이 아니라 나라를 위한 간절한 충정으로 기원하나이다.

절을 하며 축원을 마친 공명은 군막 안에 꿇어 엎드려 아침까지 기다렸다. 다음날 공명은 병든 몸을 부축 받으며 업무를 처리하는데 끊임없이 피를 토했다. 이렇게 낮이면 군사 일을 논의하고 밤이면 수명 연장을 비는 보강답두步罡踏斗*를 실행했다.

한편 영채에 들어앉아 굳게 지키기만 하던 사마의는 어느 날 밤 천문을 살피고는 뛸 듯이 기뻐했다. 그는 하후패를 보고 말했다.

"장성將星이 제자리를 잃은 것을 보니 공명은 틀림없이 병이 들어 오래지 않아 죽을 것이다. 자네는 군사 1천 명을 이끌고 오장원으로 가서 동정을 살피도록 하라. 만약 촉군에 혼란스러운 기미가 보이고 싸우러 나오지 않으면 공명은 틀림없이 병에 걸린 것이다. 그러면 내가 그 기회를 이용하여 공격하겠다."

하후패는 군사를 이끌고 떠났다. 공명은 군막 안에서 기도를 올린지 여섯 번째 밤을 맞이하고 있었다. 주등이 환하게 빛을 발하고 있는 것을 본 그는 속으로 대단히 기뻤다. 강유가 군막 안으로 들어가 보니 공명은 마침 머리카락을 풀어헤치고 검을 든 채 북두칠성이 벌여선 모양에 따라 발걸음을 옮기며 장수별이 떨어지지 않게 누르고 있었다. 이때 느닷없이 영채 밖에서 싸움을 돋우는 함성이 들려왔

*보강답두 | 도교의 의식으로 '답강보두踏罡步斗'라고도 한다. '강罡'은 북두성. 북두성에 제사하는 의식으로 북두칠성의 배열을 따라 걸음을 옮기며 절을 하여 소원을 빈다.

다. 강유가 막 사람을 내보내 알아보려는데 위연이 나는 듯 빠른 걸음으로 뛰어들며 소리쳤다.

"위군이 들이닥쳤습니다!"

급하게 발걸음을 내디디던 위연은 그만 주등을 넘어뜨려 불을 꺼버렸다. 공명은 검을 내던지고 한숨을 쉬었다.

"죽고 사는 것은 천명에 달렸다더니 빌어서 될 일이 아니로구나!"

위연은 황공하여 땅에 엎드려 벌을 청했다. 머리꼭지까지 화가 치민 강유가 위연을 죽이려고 검을 뽑아 들었다. 이야말로 다음 대구와 같다.

세상만사 사람 마음대로 되지 않나니 /
정성 다해도 천명과 다투기 어렵구나.
萬事不由人做主 一心難與命爭衡

위연의 목숨은 어떻게 될까, 다음 회를 보라.

104

죽은 제갈량이 산 중달을 쫓다

큰 별 떨어지자 한 승상은 하늘나라로 가고
목상을 본 위나라 도독은 간담이 서늘해지다
隕大星漢丞相歸天　見木像魏都督喪膽

강유는 위연이 등불을 밟아 꺼트리는 것을 보자 속에 있던 화가 치밀어 올랐다. 강유는 검을 뽑아 그를 죽이려 했다. 공명이 제지했다.

"이는 내 목숨이 다한 것이지 문장文長의 잘못이 아닐세."

강유는 검을 거두었다. 공명은 몇 차례 피를 토하더니 침상 위에 드러누우며 위연에게 말했다.

"이는 내가 병이 난 것을 사마의가 눈치 채고 허실을 탐지하는 것이다. 그대는 급히 나가 맞서 싸우라."

명령을 받든 위연은 군막에서 나가 말에 올라 군사를 이끌고 적을 치러 영채를 나갔다. 위연을 본 하후패는 황급히 군사를 되돌려 퇴각했다. 위연은 20여 리나 추격하고서야 돌

아왔다. 공명은 위연에게 자신의 영채로 돌아가 지키라고 했다.

강유가 군막으로 들어가 곧바로 공명의 침상 앞으로 와서 안부를 물었다. 공명이 말했다.

"내 본시 충성과 힘을 다하여 중원을 회복하고 한실을 중흥시키려 했으나 하늘의 뜻이 이러하니 머지않아 죽게 되었네. 내 평생 배운 바를 이미 24편篇의 책으로 기록해 놓았으니 모두 10만 4천 1백 12자에 8무務(힘써야 할 것), 7계戒(경계해야 할 것), 6공恐(두려워해야 할 것), 5구懼(겁내야 할 것)의 법이 들어 있네. 내가 장수들을 두루 살폈으나 이것을 전수할 사람이 없었는데 오직 그대에게만 내 책을 전할 수가 있네. 그대는 절대로 소홀히 대하지 말라!"

강유는 소리쳐 울며 절을 올리고 책을 받았다. 공명이 말을 이었다.

"나는 연속으로 쇠뇌를 쏠 수 있는 연노법連弩法을 개발했는데 아직 실전에는 사용해 본 적이 없네. 그것은 살의 길이가 여덟 치로 한 번에 열 대를 발사할 수 있는데 모두 도본으로 그려 두었네. 그대가 제작법에 따라 만들어 쓰도록 하라."

강유는 그 역시 절을 하고 받았다. 공명이 다시 말했다.

"촉중의 여러 갈래 길은 크게 염려할 필요가 없으나 다만 음평陰平 지역만은 세밀하게 살펴야 하네. 그 지역이 비록 험준하다고는 하지만 오래 지나면 틀림없이 잃을 것이네."

다시 마대를 군막으로 불러 귀에 입을 대고 나직한 말로 비밀 계책을 일러 주고 당부했다.

"내가 죽고 나면 그대는 그 계책에 따라 행동하라."

마대는 계책을 받고 나갔다. 조금 지나자 양의가 들어왔다. 공명은 양의를 침상 앞으로 불러 비단 주머니 하나를 주고는 은밀하게 당부했다.

"내가 죽으면 위연은 틀림없이 배반할 것이다. 그가 배반하면 그대는 싸움에 임하여 이 주머니를 열어 보라. 그때는 자연히 위연을 벨 사람이 있을 것이다."

하나하나 조처를 마친 공명은 갑자기 정신을 잃고 쓰러졌다. 저녁이 되어서야 정신을 차린 그는 밤을 새워 후주에게 올릴 표문을 지었다. 신하들의 말을 듣고 후주는 깜짝 놀랐다. 급히 상서 이복李福에게 밤낮을 가리지 말고 군영으로 달려가 공명을 문병하고 아울러 뒷일을 묻게 했다. 이복이 명을 받들고 말을 재촉하여 오장원으로 달려갔다. 공명의 군막으로 들어가 후주의 명을 전하고 문안 인사를 마치자 공명이 눈물을 주르르 흘리며 말했다.

"내가 불행하게도 중도에 명이 다하여 국가 대사를 폐하게 되었으니 천하에 큰 죄를 짓게 되었소. 내가 죽은 다음 공들은 충성을 다하여 임금을 보좌해야 하오. 나라의 옛 제도를 고쳐서는 아니 되고 내가 쓰던 사람들도 가벼이 폐해서도 아니 되오. 내 병법은 모두 강유에게 넘겨주었으니 그가 능히 내 뜻을 이어 나라를 위해 힘을 다할 것이오. 내 목숨은 이미 아침저녁을 기약할 수 없게 되었으니 곧 마지막 표문을 지어 천자께 올리겠소."

이복은 그 말을 듣고는 하직 인사를 한 다음 총총히 떠나갔다.

공명은 병든 몸을 억지로 일으켜 좌우의 부축을 받아 작은 수레에 올랐다. 그러고는 자신의 영채에서 나와 각처의 영채를 두루 살펴보았다. 가을바람이 얼굴에 스치자 찬 기운이 뼛속까지 스며드는 듯했다. 공명은 길게 탄식했다.

"다시는 싸움터에 나가 역적을 토벌할 수 없게 되었구나! 유유한 푸른 하늘이여, 어찌 이렇게 끝내시는가?"

한참을 더 탄식하다가 군막으로 돌아온 공명은 병세가 더욱 악화되자 양의를 불러 분부했다.

"왕평, 요화, 장억, 장익, 오의 등은 모두가 충성스럽고 의로운 사람들로 오랫동안 전투를 겪으면서 부지런하고 수고를 많이 했으니 일을 맡길 만하다. 내가 죽은 뒤라도 모든 일을 옛 법에 따라 실행해야 한다. 군사를 물릴 때는 천천히 물리고 서둘러서는 아니 된다. 그대는 모략을 깊이 알고 있으니 더 당부할 필요가 없을 것이다. 강백약은 지혜와 용맹을 충분히 갖추었으니 뒤를 맡기면 추격하는 적을 차단할 수 있을 것이다."

양의는 눈물을 흘리고 절을 올리며 명령을 받들었다. 공명은 종이와 붓, 먹, 벼루를 가져오게 하여 침상 위에 엎드려 손수 후주에게 올릴 마지막 표문을 지었다. 표문은 대강 이런 내용이었다.

엎드려 듣자오니 나고 죽는 데는 불변의 이치가 있고 정해진 운수는 벗어나기 어렵다고 하옵니다. 죽음이 눈앞에 닥치매 우둔한 충성이나마 다하려 하옵니다. 신 양亮은 천성이 어리석고 옹졸함에도 어려운 때를 만나 병권을 장악하고 승상의 직책을 맡아 군사를 일으켜 북벌에 나섰지만 아직 공을 이루지 못했나이다. 이런 마당에 병이 골수까지 들어 목숨이 조석에 달릴 줄이야 어찌 기약이나 했겠사옵니까? 이제 끝까지 폐하를 모시지 못하게 되었으니 가슴에 맺힌 한은 끝 간 데를 모르겠사옵니다! 엎드려 바라건대 폐하께서는 마음을 깨끗이 하고 욕심을 줄이시며 자신을 단속하고 백성들을 사랑하소서. 돌아가신 선

황전창 그림

제게 효도를 다 하고 어질고 은혜로움을 천하에 펼치소서. 숨어 사는 인재들을 선발하며 훌륭하고 착한 이들을 승진시키시고 간사한 무리들을 물리치시어 풍속을 두터이 하소서.

성도에 있는 신의 집에는 뽕나무 8백 그루와 척박한 밭 15경頃이 있으니 자식들이 입고 먹기에는 남음이 있나이다. 신은 밖에서 공무를 맡으면서 달리 생계를 꾀한 것이 없고 필요한 의복과 음식은 모두 관官에서 받아쓰며 별도로 재산을 모으거나 늘리지 않았습니다. 신이 죽는 날 안으로는 남아도는 비단 한 조각 없고 밖으로는 남아도는 재물을 없게 하여 폐하께 부담되는 일이 없도록 하겠나이다.

공명은 표문을 다 쓰고 나서 다시 양의에게 당부했다.

"내가 죽으면 발상發喪을 하지 말라. 큰 감실龕室(신주를 모시는 집)을 하나 만들어 내 시신을 그 안에 앉히고 쌀 일곱 알을 입에 넣고 발밑에는 등잔 하나를 밝히라. 군중은 평상시처럼 조용해야 하며 절대로 슬피 울어서는 아니 된다. 그리하면 장성將星이 떨어지지 않을 것이니 나의 죽은 넋이 스스로 일어나 장성을 누를 것이다. 사마의는 장성이 떨어지지 않는 것을 보면 틀림없이 놀라고 의심할 것이다. 이때 우리 군사를 뒤채부터 먼저 보내고 그런 다음 영채를 하나씩 서서히 퇴각시키라. 사마의가 추격하면 그대는 진세를 벌이고 깃발을 되돌려 북을 울리라. 사마의가 당도하기를 기다려 미리 깎아 둔 내 목상木像을 수레 위에 안치하여 군사들 앞으로 밀고 나가면서 대소 장수들을 좌우로 나누어 늘어서게 하라. 사마의는 그 모습을 보면 틀림없이 놀라서 달아날 것이다."

양의는 분부가 떨어지는 대로 일일이 대답을 했다.

이날 밤 공명은 부하들의 부축을 받아 밖으로 나가 하늘을 우러러 북두성을 살피더니 멀리 있는 별 하나를 가리키며 말했다.

"저것이 나의 장성이니라."

사람들이 쳐다보니 그 별은 희미하게 반짝이며 금방이라도 떨어질 듯 흔들리고 있었다. 공명은 검을 들어 그 별을 가리키며 입속으로 무언가 중얼중얼 주문을 외웠다. 주문을 마치고 급히 군막으로 돌아와서는 정신을 잃고 쓰러졌다. 장수들이 당황하여 어쩔 줄을 모르는데 별안간 상서 이복이 다시 왔다. 공명이 혼절하여 말도 할 수 없는 상태가 된 것을 본 그는 대성통곡을 했다.

"내가 국가의 대사를 그르치고 말았구나!"

잠시 후 공명은 다시 정신이 돌아왔다. 눈을 뜨고 두루 살피던 그는 침상 앞에 서 있는 이복을 발견했다. 공명이 입을 열었다.

"내 이미 공이 다시 온 뜻을 알고 있소."

이복이 잘못을 빌며 말했다.

"복福은 천자께 승상이 돌아가신 뒤 누구에게 국가 대사를 맡겨야 할지 여쭈라는 명을 받았습니다. 그런데 급한 김에 정작 물을 것을 묻지 못하고 떠났기에 다시 왔습니다."

공명이 말했다.

"내가 죽은 다음 큰일을 맡을 사람은 장공염公琰(장완의 자)이오."

이복이 다시 물었다.

"공염의 뒤는 누가 잇는 게 좋겠습니까?"

공명이 대답했다.

"비문위文偉(비의의 자)가 이을 수 있을 게요."

이복이 또 물었다.

"문위 다음에는 누가 잇는 게 마땅할까요?"

공명은 대답이 없었다. 장수들이 가까이 다가가 살펴보니 이미 숨을 거둔 뒤였다. 때는 건흥 12년(234년) 가을 8월 23일이었다. 공명의 나이 54세였다. 후세에 두공부杜工部(두보)가 시를 지어 탄식했다.

간밤에 장성이 본영 앞에 떨어지더니 /
선생께서 돌아가신 부음 오늘에 듣네. //
군막에는 호령하시던 소리 들리지 않고 /
기린각엔 공훈 세운 이름만 뚜렷하네.

문하의 삼천 객을 부질없이 남겨 놓고 /
가슴에 품은 십만 군사도 저버렸구려. //
녹음이 보기 좋은 맑은 날 한낮인데 /
이제 다시 그 노랫소리 들을 길 없네.

長星昨夜墜前營, 訃報先生此日傾. 虎帳不聞施號令, 麟臺惟顯著勳名.
空餘門下三千客, 辜負胸中十萬兵. 好看綠陰淸畫裡, 於今無復雅歌聲!

백낙천白樂天(백거이) 또한 시를 지었다.

선생은 종적 감추고 산속에 누워 있다가 /
세 번이나 찾아 주시는 성군을 만났다네. //
고기가 남양에 이르러 비로소 물을 얻고 /
용이 하늘로 오르자 곧바로 비를 뿌리네.

어린 아들 부탁하며 은근한 예를 다하니 /

충과 의 더욱 다 바쳐 나라에 보답했네. //

전후로 올린 출사표 세상에 남아 전하니 /

한번 읽으면 눈물 흘러 옷깃을 적시누나.

先生晦迹臥山林, 三顧那逢聖主尋. 魚到南陽方得水, 龍飛天漢便爲霖.

託孤旣盡殷勤禮, 報國還傾忠義心. 前後出師遺表在, 令人一覽淚沾襟.

본래 촉의 장수교위長水校尉였던 요립廖立은 스스로 자신의 재주와 명성은 공명에 버금간다고 여기며 하찮은 직위에 있음을 불평하여 원망과 비방을 그치지 않았다. 그래서 공명이 파직시키고 서민으로 만들어 문산汶山으로 귀양을 보냈다. 공명이 죽었다는 소식을 들은 요립은 눈물을 흘리며 한탄했다.

"내 평생 옷깃을 왼쪽으로 여미게* 되었구나!"

이엄도 이 소식을 듣자 대성통곡하다가 병이 들어 죽고 말았다. 이엄은 공명에게 다시 기용되어 지난날의 과오를 만회하기를 바랐는데, 공명이 죽었으니 다른 사람은 자신을 등용하지 않을 걸 알았기 때문이다. 훗날 원미지元微之(원진元稹)도 공명을 찬양한 시를 지었다.

난세를 바로잡고 위태로운 주인 받들며 /

은근한 말씀에 탁고의 중책까지 받았네. //

빼어난 재주는 관중과 악의를 능가하고 /

기묘한 책략은 손무와 오기보다 낫구나.

*옷깃을 왼쪽으로 여미다 | 오랑캐의 풍속을 뜻하는 말. 제갈량이 죽었으니 자신은 평생 귀양지에서 평민으로 살며 벼슬할 기회가 없어졌다는 뜻이다.

주지펑 그림

장중하여라, 북벌을 위해 올린 출사표여 /
당당하기도 하구나, 펼쳐 놓은 팔진도여. //
공처럼 온전하면서도 큰 덕을 지닌 이 /
고금에 다시 볼 수 없음을 탄식하노라!
撥亂扶危主, 殷勤受託孤. 英才過管樂, 妙策勝孫吳.
凜凜出師表, 堂堂八陣圖. 如公全盛德, 應嘆古今無!

이날 밤 하늘도 수심에 잠기고 땅도 슬퍼하며 달빛마저 제 빛을 잃
더니 공명이 홀연 하늘로 돌아갔다. 강유와 양의는 공명이 남긴 명
령을 받드느라 감히 슬픔을 드러내지 못한 채 공명이 가르쳐 준 법도
대로 시신을 수습하여 감실에 안치하고 심복 장졸 3백 명에게 그것
을 지키게 했다. 그러는 한편 위연에게 비밀 명령을 전해 뒤를 막도
록 하고 각처의 영채들을 하나씩 물러나게 했다.

한편 사마의가 밤에 천문을 살피는데 커다란 별 하나가 붉은 빛을
뿌리며 동북쪽에서 서남쪽으로 흐르다가 촉군 영채로 떨어지는 것
이었다. 그 별은 두세 번이나 떨어지다가 다시 솟구치며 은은한 소
리를 냈다. 사마의는 놀람과 기쁨이 교차했다.

"공명이 죽었구나!"

즉시 대군에게 추격하라는 명령을 내리고 영채 문을 나서다가 갑
자기 덜컥 의심이 들었다. 그는 근심스런 음성으로 말했다.

"공명은 육정육갑 술법을 잘 부리는데 우리가 오랫동안 싸우러
나가지 않으니 이 술법을 써서 죽은 척하고 나를 유인하여 끌어내
는 것일지도 모른다. 지금 바로 추격하다가는 틀림없이 그의 계책

에 빠질 것이다!"

마침내 사마의는 다시 말을 멈추어 세우고 영채로 돌아와서는 나오지 않았다. 그러고는 하후패에게 은밀히 수십 명의 기병을 이끌고 궁벽한 오장원 산속으로 가서 소식을 알아보게 했다.

한편 위연이 밤에 영채에서 잠을 자는데 꿈에 자신의 머리에 난데없이 뿔이 두 개나 돋아나는 것이었다. 꿈을 깬 그는 몹시 의아하고 이상했다. 이튿날 행군사마 조직趙直이 자신의 영채로 왔기에 위연은 그를 안으로 청해 들여 물어보았다.

"그대가『주역』의 이치에 매우 밝다는 것을 오래 전부터 알고 있소. 내가 간밤에 머리에 뿔이 두 개나 돋는 꿈을 꾸었는데 무슨 징조인지 모르겠소. 번거롭지만 그대가 나를 위해 판단을 부탁하오."

조직은 반나절이나 생각하더니 답을 주었다.

"이는 크게 길한 징조올시다. 기린의 머리에도 뿔이 있고 창룡蒼龍의 머리에도 뿔이 있으니 바로 변화하여 높이 날아오를 상이로군요."

위연은 대단히 기뻐했다.

"만약 공의 말대로 된다면 마땅히 무겁게 사례하리다."

조직은 하직하고 떠났다. 그런데 몇 리를 못 가서 상서 비의와 마주쳤다. 비의가 어디서 오는 길이냐고 묻자 조직이 대답했다.

"방금 문장의 영채에 갔는데 머리에 뿔이 돋는 꿈을 꾸었다며 나에게 길흉을 판단해 달라고 하더이다. 이는 길조가 아니지만 바른말을 하면 원망을 들을 것만 같아 기린과 창룡을 빗대어 해몽을 해주었습니다."

비의가 다시 물었다.

"그대는 어떻게 그것이 길조가 아님을 아시오?"

조직이 풀이했다.

"뿔을 뜻하는 '각角' 자의 형상은 바로 칼 '도刀' 아래 쓸 '용用' 자입니다. 머리 위에 칼이 쓰이니 얼마나 흉한 징조입니까?"

비의가 당부했다.

"그대는 잠시 그 말을 누설하지 마시오."

조직은 비의와 헤어져 돌아갔다. 비의는 위연의 영채로 가서 주위 사람을 물리고 알려주었다.

"어젯밤 3경에 승상께서 세상을 뜨셨소. 임종 시에 두 번 세 번 당부하시기를 장군이 뒤를 끊어 사마의를 막고 그 사이에 대군이 천천히 물러가되 절대 승상의 죽음을 적이 알지 못하게 하고 발상도 하지 말라고 하셨소. 병부兵符가 여기 있으니 즉시 군사를 일으키시오."

위연이 물었다.

"그럼 누가 승상의 큰일은 대리하는 거요?"

비의가 대답했다.

"승상께서는 모든 대사를 양의에게 부탁하셨고 용병의 비법은 모두 강유에게 전수하셨소. 이 병부는 바로 양의의 명령이오."

위연은 음성을 높였다.

"비록 승상은 돌아가셨다 해도 내가 있소. 양의는 일개 장사長史에 불과하거늘 어찌 그 같은 대임을 감당하겠소? 그 사람은 그저 영구를 호송하여 서천으로 들어가 장례나 치르면 마땅할 것이오. 나는 몸소 대군을 인솔하고 사마의를 공격하여 기필코 공을 이루고야 말겠소. 어찌 승상 한 사람으로 인하여 국가의 대사를 폐한단 말이오?"

비의가 타일렀다.

"승상께서 우선 잠시 물러서라고 유언을 남기신 것이오. 어거서는 아니 되오."

위연은 벌컥 화를 냈다.

"승상이 그때 내 계책을 따랐더라면 벌써 오래 전에 장안을 차지했을 것이오! 내 관직이 전장군에 정서대장군이고 작위는 남정후南鄭侯이거늘 어찌 한낱 장사 따위를 위해 뒤를 끊어 준단 말이오?"

비의가 달랬다.

"장군의 말씀이 옳지만 그렇다고 경솔히 움직여서는 아니 되오. 잘못하면 적의 웃음거리가 되고 마오. 내가 가서 양의에게 이해득실을 따져서 장군께 군권을 양보하도록 설득해 보겠소. 그렇게 하면 어떻겠소?"

위연은 그 말을 따랐다.

위연과 작별하고 영채를 나온 비의는 급히 본부 영채로 가서 양의를 만나 위연의 말을 그대로 옮겼다. 양의가 말했다.

"승상께서는 임종 시에 위연은 반드시 딴 뜻을 품을 것이라며 은밀히 당부하신 말씀이 있소. 지금 내가 병부를 보낸 것은 그의 마음을 떠본 것일 뿐이오. 그런데 과연 승상의 말씀대로 되었구려. 백약에게 뒤를 끊도록 하면 될 것이오."

이에 양의는 군사를 인솔하여 영구를 모시고 먼저 떠나고 강유에게 뒤를 차단하게 했다. 그런 다음 공명이 남긴 명령대로 서서히 군사를 물리기 시작했다.

영채에 있던 위연은 아무리 기다려도 비의가 다시 돌아오지 않자 속으로 의심이 들었다. 그는 곧바로 마대에게 10여 명의 기병을 이끌고 가서 소식을 알아보게 했다. 마대가 돌아와서 보고했다.

"후군은 강유가 맡아서 총지휘하고 선두 부대는 태반이 골짜기 안으로 물러갔소이다."

위연은 머리꼭지까지 화가 치밀었다.

"못난 선비 녀석이 어찌 감히 나를 깔본단 말인가? 내 반드시 그놈을 죽이고 말겠다!"

주지굉 그림

그러고는 마대를 돌아보며 물었다.

"공은 나를 도와주시겠소?"

마대가 대답했다.

"나 역시 평소 양의를 미워했으니 장군을 도와 그를 치도록 해주시오."

크게 기뻐한 위연은 즉시 영채를 뽑고 수하의 군사를 거느리고 남쪽을 향해 떠났다.

한편 하후패가 군사를 이끌고 오장원에 당도해 둘러보니 사람이라곤 그림자도 얼씬거리지 않았다. 그는 급히 돌아가서 사마의에게 보고했다.

"촉군은 이미 모두 물러갔습니다."

사마의는 발을 구르며 한탄했다.

"공명이 정말로 죽었구나! 속히 추격하라!"

하후패가 건의했다.

"도독께서는 섣불리 쫓아가셔서는 아니 됩니다. 편장을 한 사람을 앞세워야 합니다."

사마의가 단호하게 말했다.

"이번만큼은 반드시 내가 직접 가야 한다."

사마의는 즉시 두 아들과 함께 군사를 이끌고 일제히 오장원으로 달려갔다. 함성을 질러 용기를 북돋우고 깃발을 휘두르며 촉군의 영채로 돌입했지만 과연 그곳에는 사람 하나 얼씬거리지 않았다. 사마의는 두 아들을 돌아보며 말했다.

"너희들은 급히 군사들을 재촉하여 쫓아오너라. 내 먼저 군사를 이끌고 앞서 가겠다."

이에 사마사와 사마소가 뒤에서 군사들을 재촉하고 사마의는 직접 군사를 이끌고 앞장섰다. 산기슭까지 쫓아가 멀리 바라보니 촉군은 그리 멀지 않은 곳에 있었다. 이에 사마의는 있는 힘을 다하여 추격했다. 그때 별안간 산 뒤에서 '쾅!' 하는 포 소리와 함께 고함 소리가 땅을 뒤흔들었다. 그러자 문득 촉군의 깃발이 모두 돌아서고 반격을 재촉하는 북소리가 울리는데 나무 그늘 사이로 중군의 큰 깃발이 바람에 나부꼈다. 그 깃발에는 내리 한 줄로 '한 승상 무향후 제갈량'이란 글자가 큼직하게 적혀 있었다. 사마의는 대경실색했다. 눈을 똑바로 뜨고 자세히 바라보는데 중군에서 수십 명의 상장이 사륜거 한 대를 옹위하고 나왔다. 수레 위에는 검은 띠를 두른 학창의 차림에 푸른 비단 띠로 만든 관건을 쓰고 깃털 부채를 든 공명이 단정히 앉아 있었다.

사마의는 가슴이 철렁 내려앉았다.

"공명이 아직 살아 있었구나! 내가 경솔하게 위험한 곳으로 들어왔으니 그의 계책에 떨어지고 말았구나!"

급히 말머리를 돌려 달아나려 하는데 등 뒤에서 강유가 천둥 같은 소리로 외쳤다.

"적장은 달아나지 말라! 너는 우리 승상의 계책에 빠지고 말았다!"

넋이 허공으로 달아난 위군들은 갑옷이며 투구는 물론 창과 극마저 내동댕이친 채 너도나도 목숨을 구하려고 달아났다. 이 바람에 서로 짓밟아 죽는 자가 셀 수도 없을 지경이었다. 사마의가 정신없이 50여 리를 달아났을 즈음이었다. 등 뒤에서 따라오던 위장 두 사람이 사마의가 탄 말의 재갈을 움켜잡으며 소리쳤다.

"도독께서는 너무 놀라지 마십시오!"

사마의는 손을 올려 자신의 머리를 만지며 물었다.

"내 머리가 그대로 붙어 있느냐?"

두 장수가 말했다.

"도독께서는 두려워하지 마십시오. 촉군은 멀리 갔습니다."

사마의는 한참이나 가쁜 숨을 몰아쉰 후에야 비로소 정신을 차렸다. 눈을 크게 뜨고 살펴보니 두 장수는 바로 하후패와 하후혜였다. 그는 서서히 고삐를 당기면서 두 장수와 함께 말을 달려 샛길을 찾아 자신의 영채로 돌아갔다. 그러고는 장수들을 시켜 군사를 이끌고 사방으로 흩어져 촉군의 동정을 알아보게 했다.

이틀 뒤 그 지역에 사는 토착민이 달려와 알려주었다.

"촉군이 물러나 골짜기 안으로 들어가자 슬피 우는 소리가 땅을 흔들고 군중에는 흰 깃발이 나부꼈습니다. 공명은 죽은 게 분명하고 강유만 남겨 1천 명의 군사를 끌고 뒤를 막게 한 것입니다. 전날 수레 위에 있던 공명은 나무로 깎아 만든 목상이었습니다."

사마의는 탄식했다.

"나는 그가 살아 있는 줄만 알았지 죽었으리라고는 짐작도 하지 못했구나!"

이로 인하여 촉 사람들 사이에는 '죽은 제갈량이 산 중달을 쫓았다'는 속담까지 생겨났다. 후세 사람이 시를 지어 탄식했다.

장성이 한밤중에 하늘에서 떨어졌건만 /

달아나며 여전히 살아 있다 의심하네. //

그곳 사람들 지금껏 사마의를 비웃으며 /

내 머리가 아직도 붙어 있느냐고 묻네.

長星半夜落天樞, 奔走還疑亮未殂. 關外至今人冷笑, 頭顱猶問有和無.

사마의는 공명이 죽었다는 사실을 확인하고 다시 군사를 이끌고 쫓아갔다. 적안파赤岸坡까지 가서 살펴보았으나 촉군은 이미 멀리 간 다음이었다. 이에 그는 군사들을 이끌고 회군하면서 장수들을 돌아보고 말했다.

"공명이 이미 죽었으니 우리는 모두들 베개를 높이 베고 걱정 없이 자게 되었구려!"

그러고는 곧바로 군사를 물려 돌아갔다. 돌아오는 길에 공명이 영채를 세웠던 자리들을 살펴보니 앞과 뒤 왼쪽과 오른쪽이 정연하면서도 법도가 있었다. 사마의는 감탄했다.

"이야말로 천하의 기재로다!"

사마의는 군사를 이끌고 장안으로 돌아온 다음 장수들을 나누어 배치하고 각기 맡은 바 요충지를 지키게 했다. 그리고 자신은 황제를 뵈러 낙양으로 떠났다.

한편 양의와 강유는 줄을 지어 진세를 이루며 천천히 물러나 잔각도棧閣道 어귀로 들어섰다. 그제야 상복으로 갈아입고 공명의 죽음을 알린 다음 조기弔旗를 세우면서 슬피 울기 시작했다. 군사들은 머리를 땅에 찧고 발을 동동 구르면서 울부짖는데 울다가 죽는 사람까지 생겨났다. 촉군의 선두 부대가 막 잔각도 입구에 이르렀을 때 별안간 앞쪽에서 불빛이 하늘을 찌르고 고함 소리가 땅을 흔들더니 한 떼의 군사가 나타나 길을 가로막았다. 모든 장수들은 깜짝 놀라 급히 양의에게 보고했다. 이야말로 다음 대구와 같다.

위군 영채 장수들 이미 물러갔는데 /
촉땅에 어떤 군사 왔는지 모르겠네.
已見魏營諸將去　不知蜀地甚來兵

어느 곳의 군마들이 온 것일까, 다음 회를 보라.

105

비단 주머니 속에 남긴 계책

무후는 비단 주머니 계책을 미리 남기고
위주는 이슬 받는 승로반을 뜯어 옮기다
武侯豫伏錦囊計　魏主拆取承露盤

양의는 앞에서 길을 막는 군사가 있다는 보고를 받자 바삐 사람을 시켜
정찰하게 했다. 정찰병들이 돌아와서 위연이 잔도를 불살라 끊어 버리
고 군사를 거느리고 길을 막고 있다고 했다. 양의는 깜짝 놀랐다.

"승상께서 살아 계실 때 오래 뒤에 이 사람
은 반드시 반역할 것이라고 헤아리셨는데
오늘 과연 이렇게 될 줄이야 누가 생각이
나 했겠는가? 지금 우리가 돌아갈 길을 끊
었으니 어떻게 하면 좋단 말인가?"

비의가 말했다.

"이 사람은 틀림없이 먼저 천자께 거짓
말을 아뢰어 우리가 반역했기 때문
에 잔도를 불살라 끊고 귀로를 차단
했다며 모함할 것이오. 그러니 우리
도 천자께 표문을 올려 위연이 반란

을 일으킨 사실을 아뢴 다음에 그를 처치해야 하오."

강유가 말했다.

"이곳에 샛길이 하나 있는데 이름을 사산樏山이라고 하오. 비록 가
파르고 험준하지만 잔도 뒤로 질러갈 수 있소이다."

왕석기 그림

그들은 표문을 올려 천자께 아뢰는 한편 인마를 거느리고 사산의 좁은 길을 향해 전진했다.

한편 성도에 있던 후주는 까닭 없이 불안하여 잠도 제대로 자지 못하고 음식도 제대로 먹지 못하며 앉으나 서나 마음이 편치 않았다. 그러던 어느 날 밤 성도의 금병산이 와르르 무너지는 꿈을 꾸었다. 놀라 깨어난 후주는 더 이상 잠을 이루지 못하고 앉은 채 날이 새기를 기다렸다가 문무백관을 소집했다. 관원들이 입조하자 꿈풀이를 하게 했다. 초주가 말했다.

"신이 간밤에 천문을 살피니 큰 별 하나가 붉은 꼬리를 끌며 동북쪽에서 서남쪽으로 떨어졌습니다. 이는 승상에게 아주 흉한 일이 생겼다는 징조입니다. 오늘 폐하께서 산이 무너지는 꿈을 꾸셨으니 바로 그 징조와 상응하는 것입니다."

이 말을 들은 후주는 한층 더 놀랍고 두려웠다. 이때 이복이 왔다는 보고가 들어왔다. 후주가 급히 불러들여 승상의 근황을 물으니 이복은 머리를 조아린 채 눈물을 흘리며 승상은 이미 세상을 떠났다고 아뢰었다. 그리고는 승상이 임종을 앞두고 남긴 말들을 자세히 이야기했다. 그 말을 들은 후주는 대성통곡했다.

"하늘이 나를 망하게 하시는구나!"

후주는 소리쳐 울며 용상 위에 쓰러졌다. 가까이에서 모시는 신하들이 부축해 뒤쪽 궁전으로 들어갔다. 오태후도 그 소식을 듣고 목놓아 통곡했다. 관원들도 애통해 하지 않는 사람이 없었고 백성들도 누구라 할 것 없이 눈물을 흘렸다. 후주는 며칠 동안이나 슬픔에 잠겨 조회를 열지 못했다. 그러던 어느 날이었다. 별안간 위연이 표문을 올려 양의가 반역을 꾀한다고 아뢰었다. 깜짝 놀란 신하들은 궁궐로 들어가 이 사실을 후주께 아뢰었다. 이때 오태후도 궁전 안에 있었다. 신하들이 아뢰는 말을 듣고 크게 놀란 후주가 근신에게 명하여 위연의 표문을 읽게 했다. 내용은 대략 이러했다.

정서대장군 남정후 신 위연은 황공함을 무릅쓰고 머리를 조아리며 말씀을 올리나이다. 양의가 스스로 병권을 움켜쥐고 무리를 통솔하여 반란을 일으켰사옵니다. 승상의 영구를 납치하고 적을 끌어들여 우리의 경내로 들어오려 하여 신이 우선 잔도를 불살라 끊어 버리고 군사를 내어 길목을 지키고 있사옵니다. 이에 삼가 표문을 올려 아뢰나이다.

후주는 의아했다.

"위연은 용장이라 충분히 양의의 무리를 막아 낼 수 있을 터인데 무엇 때문에 잔도를 불살라 끊었단 말인가?"

오태후가 말했다.

"일찍이 선제께서 말씀하시기를 공명은 위연의 뒤통수에 반골이 있음을 알고 종종 그를 죽이려 했지만 그 용맹이 아까워 잠시 그대로 두고 쓴다고 했소. 지금 그가 양의 등이 반란을 꾀했다고 아뢰지만 아직 섣불리 믿어서는 아니 되오. 양의는 문인文人으로 승상이 장사의 소임을 맡겼으니 틀림없이 그 사람이 쓸 만하기 때문에 그랬을 것이오. 오늘 만약 이 한쪽의 말만 듣다가는 양의의 무리는 필시 위나라로 가 버릴 것이오. 이 일은 깊이 생각하고 멀리 내다보면서 처리해야지 함부로 움직여서는 아니 되오."

관원들이 한창 대책을 상의하고 있는데 장사 양의가 또 긴급한 표문을 올렸다고 했다. 근신이 표문을 뜯어 읽었다.

장사 수군장군綏軍將軍 신 양의는 황송하고 두려운 마음으로 머리를 조아리며 삼가 표문을 올리나이다. 승상께서 임종 시에 신에게 대사를 맡기시면서 만사를 옛 제도에 따라 살피며 감히 바꾸지 말라고 하셨사옵니다. 그리고 위연이 뒤를 막고 강유가 그 다음을 담당하게 하라고 했나이다. 그런데 지금 위연은 승상의 유언을 따르지 않고 스스로 수하의 인마를 거느리고 앞질러 한중으로 들어가 잔도에 불을 질러 끊고 승상의 영구를 겁탈하여 반란을 꾀하려 하옵니다. 창졸간에 일어난 변란인지라 삼가 급히 표문을 올려 아뢰나이다.

듣고 난 오태후가 물었다.

"경들의 소견은 어떠하오?"

장완이 아뢰었다.

"어리석은 신이 보기에 양의는 비록 천성이 성급하여 남을 용납하는 아량은 부족하지만 오랫동안 군사 업무에 참여하여 식량과 말먹이 풀을 마련하며 승상을 위해 일해 왔사옵니다. 더욱이 승상께서 돌아가시면서 그에게 대사를 맡긴 것은 그가 결코 나라를 배반할 사람이 아니기 때문일 것입니다. 위연은 평소 자기의 공을 믿고 오만하게 굴어서 사람들이 모두 스스로를 낮추어 그에게 양보했지만 유독 양의만은 그에게 너그럽지 않았기 때문에 위연은 한을 품어 왔습니다. 그런데 지금 양의가 군사를 총지휘하게 되자 위연이 불만을 품고 일부러 잔도를 불살라 우리 군의 귀로를 끊고는 모함하는 표문까지 올려 양의를 해치려 하는 것이옵니다. 신은 온 집안 식솔과 종들의 목숨까지 걸고 양의가 반역하지 않을 것임을 보증할 수 있을지언정 위연만은 감히 보증하지 못하겠나이다."

동윤도 아뢰었다.

"위연은 스스로 공이 높은 걸 믿고 종종 불만을 터뜨리며 원망하는 말을 내뱉곤 했사옵니다. 진작에 반란을 꾀하지 못한 것은 승상을 두려워해서였습니다. 그런데 지금 승상께서 돌아가셨으니 이 기회를 타고 난리를 일으킨 것은 과거에 하던 짓으로 미루어 필연적이라 하겠사옵니다. 하지만 양의는 재간이 있고 민첩하여 승상께 임용되었으니 틀림없이 배반하지는 않을 것이옵니다."

후주가 물었다.

"위연이 과연 반란을 일으켰다면 어떤 대책으로 그를 막을 것이오?"

장완이 대답했다.

"승상께서 평소 이 사람을 의심하고 계셨으니 틀림없이 양의에게 계책을 남기셨을 것입니다. 양의가 믿는 데가 없었다면 어찌 군사를 물려 골짜기 입구까지 들어왔겠사옵니까? 위연은 틀림없이 계책에 말려들 것이니 폐하께서는 마음을 놓으소서."

얼마 후 위연이 다시 표문을 올려 양의가 나라를 배반했다고 고했다. 후주가 한창 표문을 읽고 있는데 양의가 올린 표문 또한 도착하여 위연이 모반한 정황을 아뢰었다. 두 사람은 연달아 표문을 올려 각기 자기가 옳고 상대가 그르다고 아뢰었다. 이때 비의가 당도했다는 보고가 들어왔다. 후주가 궁전으로 불러들이니 비의가 위연이 반기를 든 사정을 자세히 아뢰었다. 후주가 말했다.

"일이 그러하다면 우선 동윤에게 화해를 권하는 절을 내릴 것이니 두 사람에게 가서 좋은 말로 달래게 하시오."

동윤이 조서를 받들고 떠났다.

당일람 그림

한편 위연은 잔도를 불살라 끊어 버리고 남곡南谷에 군사를 주둔시키고 요충지를 지키면서 스스로 좋은 계책이라고 자만하고 있었다. 그러나 양의와 강유가 밤낮을 가리지 않고 군사를 인솔하여 남곡의 뒤로 질러갈 줄은 꿈에도 생각지 못하고 있었다. 한중을 잃을까 두려웠던 양의는 선봉 하평何平(왕평. 외가의 성을 따서 하씨로도 썼다)에게 3천 명의 군사를 주어 앞서가게 했다. 그리고 자신은 강유를 비롯한 장수들과 함께 군사를 거느리고 승상의 영구를 호송하며 한중을 향해 나아갔다.

이때 하평은 군사를 이끌고 곧장 남곡의 뒤로 가서 북을 두드리며 함성을 올렸다. 척후병이 나는 듯이 위연에게 달려가 보고했다. 양의의 명을 받은 선봉 하평이 군사를 이끌고 사산 샛길로 질러와 싸움을 걸고 있다는 것이었다. 크게 노한 위연은 급히 투구와 갑옷을 걸치고 말에 올라 칼을 들고 군사를 인솔하여 마주 나갔다. 양편 군사들이 마주 바라보면서 둥글게 진을 이루자 하평이 말을 달려 나오며 크게 꾸짖었다.

"반적 위연은 어디 있느냐?"

위연도 맞받아 욕을 했다.

"너는 양의를 도와 반역을 꾀하는 놈이거늘 어찌 감히 나를 욕하느냐?"

하평이 질타했다.

"승상께서 금방 돌아가시어 아직 그 육신이 식지도 않았거늘 네가 어찌 감히 반란을 꾀한단 말이냐?"

그러고는 채찍을 들어 위연 수하의 서천 군사들을 가리키며 말했다.

"너희 군사들은 모두가 서천 사람이고 서천에 부모와 형제 처자식과 친척, 친구들이 있다. 승상께서 살아 계실 때 너희들을 박대한 적이 없었거늘 지금 나라를 배반한 역적을 돕는단 말인가? 각자 고향으로 돌아가 상이 내리기를 기다리도록 하라!"

군사들은 그 말을 듣고 '우와!' 하는 함성과 함께 태반이 흩어져 버렸다. 머리꼭지까지 화가 치민 위연은 칼을 휘두르며 말을 달려 곧바로 하평에게 덤벼들었다. 하평도 창을 꼬나들고 마주 나왔다. 싸움이 몇 합도 되지 않아 하평이 거짓으로 패한 척하고 달아났다. 위연이 뒤따라 쫓아갔다. 하평의 군사들이 기다렸다는 듯 활과 쇠뇌를 일제히 발사하자 위연은 말머리를 돌려 돌아갔다. 그러자 자신을 따르던 군사들이 뿔뿔이 흩어져 달아나는 게 아닌가? 화가 치밀어 오른 위연은 말을 다그쳐 몰아 쫓아가며 달아나는 군졸 몇 명을 찍어 죽였다. 그러나 아무리 말리고 호통을 쳐도 소용이 없었다. 그런 와중에도 마대만큼은 3백 명의 군사를 거느린 채 미동도 하지 않고 있었다. 위연이 마대에게 말했다.

"공이 이렇듯 진심으로 나를 도와주시니 일이 이루어진 다음에는 결코 공을 저버리지 않겠소."

그는 즉시 마대와 함께 하평의 뒤를 추격했다. 하평은 군사를 이끌고 나는 듯이 달아났다. 위연은 남은 군사들을 수습하고 나서 마대와 상의했다.

"우리가 위나라에 투항하면 어떻겠소?"

마대가 깜짝 놀라며 말했다.

"장군의 말씀은 너무나 지혜롭지 못하구려. 대장부가 스스로 패업霸業을 도모할 생각은 않고 함부로 남에게 무릎을 꿇으려 한단 말

三顧頻煩天下計 兩朝開濟老臣心

모국륜 그림

이오? 장군은 지용을 겸비했으니 서천과 동천 사람 중 어느 누가 감히 장군과 대적하겠소? 나는 맹세코 장군과 함께 한중을 손에 넣은 다음 뒤이어 서천으로 진격하겠소.”

대단히 기뻐한 위연은 마침내 마대와 더불어 군사를 이끌고 곧바로 남정南鄭을 공격하러 달려갔다.

이때 강유가 남정성 위에 있는데 위연과 마대가 무력과 위엄을 드날리며 바람같이 몰려오는 모습이 보였다. 강유는 급히 명령을 내려 조교를 끌어올리게 했다. 위연과 마대가 소리높이 외쳤다.

“일찌감치 항복하라!”

강유는 사람을 시켜 양의를 청한 다음 대책을 상의했다.

“비록 군사는 적지만 위연이 용맹한 데다 마대까지 도와주니 어떤 계책으로 저들을 물리치겠소?”

양의가 말했다.

“승상께서 임종 시에 비단 주머니 하나를 남기며 당부하시기를 ‘만약 위연이 모반을 꾀하거든 싸움터에서 서로 대적할 때 뜯어보라. 그러면 위연의 목을 벨 계책이 생길 것이다’라고 하셨소. 지금 그것을 꺼내 보아야겠소.”

그러고는 즉시 비단 주머니를 꺼내 봉한 부분을 뜯었다. 거기에는 이렇게 적혀 있었다.

‘위연과 맞붙기를 기다렸다가 말 위에서 열어 보도록 하라.’

강유는 대단히 기뻐했다.

“승상께서 이미 규칙을 정해 놓으셨으니 장사께서는 거두어 두시구려. 내가 먼저 군사를 이끌고 성을 나가 진세를 벌일 테니 공은 곧 뒤 따라 오시오.”

투구 쓰고 갑옷 입고 말에 오른 강유는 창을 들고 3천 명의 군사를 이끌고 성문을 열어젖혔다. 그러고는 일제히 돌격해 나가 북소리를 요란하게 울리며 진을 벌여 놓았다. 창을 꼬나들고 문기門旗 아래 말을 세운 강유는 목청을 돋우어 욕설을 퍼부었다.

"반적 위연! 일찍이 승상께서 너를 섭섭하게 대하지 않으셨거늘 오늘 어찌 배반하느냐?"

위연은 칼을 가로 든 채 말을 멈추어 세우고 대꾸했다.

"백약! 그대가 간섭할 일이 아닐세. 양의만 불러오게!"

이때 양의는 문기 그늘 속에 말을 세우고 비단 주머니를 풀어 보고 있었다. 거기에는 이러저러하게 하라고 적혀 있었다. 대단히 기뻐한 양의는 가벼운 차림으로 나아가 진 앞에 말을 세웠다. 그러고는 손가락으로 위연을 가리키며 비웃었다.

"승상께서 살아 계실 때 머지않아 네가 반드시 배반할 것을 알고 나에게 방비하라고 이르셨다. 그런데 지금 과연 그 말씀이 맞아떨어졌구나. 네 감히 말 위에서 '누가 감히 나를 죽이겠느냐?'고 연거푸 세 번만 소리쳐 보아라. 그러면 바로 진정한 대장부라 하리니 내 곧바로 한중의 성지를 너에게 바칠 것이다."

위연은 어처구니없다는 듯 껄껄 웃었다.

"양의 필부는 잘 들어 보아라! 만약 공명이 살아 있다면 그래도 서푼어치쯤은 무섭겠지만 지금은 이미 그가 죽고 없는 마당인데 천하에 누가 감히 나와 맞선단 말이냐? 연거푸 세 번은커녕 3만 번이라도 소리치는 게 무엇이 어렵겠느냐?"

그는 즉시 칼을 들고 고삐를 당긴 채 말 위에서 소리높이 외쳤다.

"누가 감히 나를 죽이겠느냐?"

그 한마디가 채 끝나기도 전이었다. 위연의 머리 뒤에서 웬 사람이 사나운 음성으로 대답했다.

"내가 너를 죽이겠다!"

손이 번쩍하며 칼이 떨어짐과 동시에 위연의 목이 말 아래에 나뒹굴었다. 모두들 깜짝 놀랐다. 위연의 목을 벤 사람은 바로 마대였다. 원래 공명은 숨을 거두기 전에 마대에게 밀계를 주면서 위연이 소리치기를 기다렸다가 불시에 목을 치라고 했던 것이다. 이날 양의는 비단 주머니에 든 계책을 읽고 이미 마대가 그쪽에 매복하고 있음을 알았다. 이 때문에 계책대로 움직였는데 과연 위연을 죽인 것이다. 후세 사람이 지은 시가 있다.

제갈량이 선견지명으로 위연을 꿰뚫어 보니 /
뒷날 서천을 배반하리란 걸 미리 알았네. //
비단 주머니에 남긴 계책 짐작하기 어려워도 /
뜻밖에 말 앞에서 마대의 성공 보게 되네.
諸葛先機識魏延, 已知日後反西川. 錦囊遺計人難料, 却見成功在馬前.

칙명을 받든 동윤이 남정에 아직 이르기도 전에 마대는 벌써 위연을 베고 강유와 군사를 합쳤다. 양의는 표문을 갖추어 사자를 시켜 밤낮을 가리지 말고 성도로 달려가 후주에게 아뢰게 했다. 후주가 성지를 내렸다.

"이미 그 죄를 바루었으니 지난날 세운 공로를 감안하여 관을 내려 장례를 치러 주도록 하라."

양의의 무리들이 공명의 영구를 호송해 성도에 이르자 후주가 상복을 차려 입은 문무 관료들을 이끌고 성밖 20리까지 나와 맞이했다.
후주는 목을 놓아 울었다. 위로는 공경대부로부터 아래로는 산림 속
에 사는 백성들에 이르기까지 남녀노소를 가릴 것 없이 통곡하지 아
니하는 사람이 없었으니 슬픈 울음소리가 땅을 흔들었다. 후주는 명
을 내려 영구를 성안으로 호송하여 승상부에 멈추도록 했다. 공명의
아들 제갈첨諸葛瞻이 상복을 입고 성복제成服祭를 치렀다.

　후주가 조정으로 돌아오니 양의가 스스로 결박하고 벌주기를 청했
다. 후주는 근신들에게 명하여 결박을 풀어 준 다음 부드럽게 말했다.

　"만약 경이 승상의 유훈대로 행하지 않았던들 영구가 어느 세월에

오대성 그림

돌아왔겠소? 그리고 위연은 또 어떻게 멸할 수 있었겠소? 대사를 보존하게 된 것은 모두가 경의 힘이오.”

그리고는 양의의 벼슬을 높여 중군사中軍師로 삼고 마대는 역적을 토벌한 공로로 위연이 가졌던 작위를 그대로 물려주었다. 양의는 공명이 남긴 표문을 올렸다. 표문을 읽고 난 후주는 큰소리로 울음을 터뜨리더니 성지를 내려 공명을 묻을 땅을 고르게 했다. 비의가 아뢰었다.

“승상께서는 임종 시에 자신을 정군산定軍山에 묻으라고 하시고 담장이나 벽돌, 석상은 물론 어떠한 제물도 일절 사용치 말라고 하셨사옵니다.”

후주는 그 말을 따르기로 했다. 그해 10월 후주는 길일을 택하여 친히 정군산까지 영구를 호송해 가서 공명의 시신을 안장했다. 이어 조서를 내려 제를 지내고 충무후忠武侯라는 시호를 내렸으며 면양沔陽에 사당을 지어 사시사철 제사를 올리도록 했다. 후세에 두공부가 시를 지었다.

제갈승상의 사당 어느 곳인가 찾아보니 /
금관성 밖 측백나무 우거진 숲속이라네. //
섬돌에 비친 파란 풀은 스스로 봄빛인데 /
나뭇잎 새 노란 꾀꼬리 공연히 노래하네.

세 번이나 초려 찾아 천하 대계 물었기에 /
두 조정 개국 보좌로 노신의 충성 다했네. //
출병하여 이기지 못하고 몸 먼저 죽으니 /

길이 영웅들이 눈물로 옷깃 적시게 하네.

丞相祠堂何處尋? 錦官城外柏森森. 映階碧草自春色, 隔葉黃鸝空好音.

三顧頻煩天下計, 兩朝開濟老臣心. 出師未捷身先死, 長使英雄淚滿襟.

두보는 다시 시를 지었다.

제갈량이란 큰 이름 우주에 드리웠는데 /

명신의 남은 석상 엄숙하고 청고하구려. //

천하를 삼분한 계산과 책략이 치밀하니 /

드높은 명성과 영예는 만고에 드물구려.

이윤과 여상에 견줘도 공적이 대등하고 /

확신에 찬 지휘는 소하 조참도 부끄럽네. //

운이 다한 한나라는 끝내 회복 어려워도 /

뜻 정하고 몸 바치며 군무에 애를 썼네.

諸葛大名垂宇宙, 宗臣遺像肅淸高. 三分割據紆籌策, 萬古雲霄一羽毛.

伯仲之間見伊呂, 指揮若定失蕭曹. 運移漢祚終難復, 志決身殲軍務勞.

장례를 마친 후주가 성도로 돌아오자 근신이 아뢰었다.

"변경에서 보고가 들어왔습니다. 동오의 손권이 명을 내려 전종 全琮에게 수만 명의 군사를 이끌고 파구巴丘 경계에 주둔토록 했다 고 합니다. 무슨 의도인지 모르겠습니다."

후주는 흠칫 놀랐다.

"승상께서 막 돌아가셨는데 동오가 맹세를 저버리고 경계를 침범한다면 어떻게 해야 하오?"

장완이 아뢰었다.

"신은 감히 왕평과 장억을 천거하오니 그들에게 군사 수만 명을 이끌고 영안에 주둔하여 만일의 경우를 대비토록 하소서. 폐하께서는 다시 한 사람을 동오로 보내 승상의 부음을 알리면서 그들의 동정을 살피도록 하소서."

후주가 말했다.

"반드시 말 잘하는 사람을 사자로 삼아야겠지요."

그 말에 맞추어 한 사람이 나섰다.

"미약하오나 신이 한번 가 보겠나이다."

사람들이 보니 바로 남양 안중安衆 사람 종예宗預였다. 종예는 자를 덕염德艷이라 하는데 관직은 참군參軍에다 우중랑장右中郎長을 맡고 있었다. 후주는 크게 기뻐하며 종예에게 동오로 가서 공명의 부음을 전하며 그들의 허실을 탐지하게 했다.

명령을 받든 종예는 곧장 금릉金陵에 이르러 황궁으로 들어가 오주 손권을 알현했다. 예를 마친 다음 보니 문득 좌우에 있는 사람들이 모두 소복을 하고 있는 게 아닌가? 게다가 손권이 굳은 표정을 지으며 말했다.

"오와 촉은 이미 한집안이 되었거늘 경의 주인은 무슨 까닭으로 백제白帝를 지키는 군사를 늘렸는가?"

종예가 대답했다.

"신이 생각건대 동쪽의 파구를 지키는 군사를 늘렸으므로 서쪽 백제를 지키는 군사도 불어난 것으로 보옵니다. 모두 일은 형세에 따라 그렇게 된 것이지 상대방에게 따져 물을 것까지는 없다고 보옵니다."

손권이 웃으며 말했다.

"경은 등지鄧芝에 못지않은 인물이로다."

그러고는 동오의 입장을 설명했다.

"짐은 제갈승상이 하늘로 돌아갔다는 소식을 듣고 날마다 눈물을 흘리며 모든 관원들에게도 상복을 입게 했소. 그리고 위나라 사람들이 이번 상사를 틈타고 촉을 치지나 않을까 염려되어 그것을 구하려고 파구를 지키는 군사를 1만 명 늘렸을 뿐 달리 다른 뜻은 없었소."

종예는 머리를 조아리며 절을 올려 감사했다. 손권이 다시 한마디 덧붙였다.

"짐이 이미 동맹을 맺기로 약속했거늘 어찌 그리 쉽게 의리를 저버릴 수 있겠소?"

종예가 말했다.

"천자께서는 승상께서 방금 돌아가셨으므로 특별히 신을 보내 부음을 알리게 하셨사옵니다."

손권은 즉시 살촉에 금을 박은 금비전金鈚箭 한 대를 꺼내더니 그것을 꺾으면서 맹세했다.

"짐이 만약 전날의 맹세를 어긴다면 자손이 끊어지고 멸망하리라!"

그러고는 사자에게 향과 비단 따위 부의賻儀를 장만하여 서천으로 들어가 제를 지내는데 바치게 했다.

종예는 오주에게 절을 올려 작별하고 오의 사자와 함께 성도로 돌아왔다. 황궁으로 들어가 후주를 알현하고 아뢰었다.

"오주께서는 승상이 별세하신 것을 알고 눈물을 흘리면서 모든 신하들에게 상복을 입게 하셨사옵니다. 그쪽에서 파구의 군사를 늘린 것은 위군이 빈틈을 타고 우리 쪽으로 쳐들어올 걸 대비해서 그랬을 뿐 다른 마음은 없었다 하옵니다. 오주께서는 화살까지 꺾으면서 절대로 동맹을 저버리지 않겠노라 맹세하셨사옵니다."

후주는 대단히 기뻐하며 종예에게 무거운 상을 내리는 한편 오의 사자도 두텁게 대접하여 돌려보냈다. 그러고는 공명의 유언에 따라 장완을 승상에다 대장군으로 높이고 상서대尚書臺의 일을 총괄하는 녹상서사錄尚書事에 임명했다. 비의 또한 벼슬을 높여 상서령尚書令으로 임명하여 함께 승상의 업무를 처리하게 했다. 또 오의도 벼슬을 높여 거기장군으로 삼고 군령을 어긴 자를 처형할 수 있는 절을 내려 한중을 지키게 하고, 강유는 보한장군輔漢將軍 평양후平襄侯로 봉해 나라 안 여러 곳의 인마를 총지휘하면서 오의와 함께 한중에 주둔하여 위군을 방어하도록 했다. 나머지 장군과 장교들은 각기 옛 관직을 그대로 유지하게 했다.

양의가 생각하니 벼슬 지낸 햇수로 쳐도 자신이 장완보다 앞서는데 그보다 아래에 있게 된 데다 자신은 누구보다 높은 공을 세웠다고 자부하는데 중상을 받지 못하자 입 밖으로 원망하는 말을 내게 되었다. 그래서 비의에게 이렇게 털어놓았다.

"지난날 승상께서 돌아가셨을 때 내가 전군을 이끌고 위나라에 투항했더라면 어찌 이토록 적막하겠소?"

비의는 즉시 표문을 지어 양의가 한 말을 후주에게 은밀히 아뢰었다. 크게 노한 후주는 양의를 하옥시켜 심문하고 목을 자르라고 했다. 이에 장완이 아뢰었다.

"양의에게 비록 죄가 있다 하오나 지난날 승상을 모시며 많은 공을 세웠으니 목을 잘라서는 아니 되옵니다. 관직을 삭탈하여 서민으로 만드소서."

후주는 그 말에 따라 양의의 관직을 삭탈하고 서민으로 만들어 한 가군漢嘉郡으로 보냈다. 그러자 양의는 수치심을 이기지 못하고 스스로 목을 베어 자결하고 말았다.

촉한 건흥 13년(235년)은 위주 조예의 청룡靑龍 3년이자 오주 손권의 가화嘉禾 4년이었다. 이해에는 세 나라가 모두 군사를 일으키지 않았다. 그 무렵 위주는 사마의를 태위太尉로 임명하여 군사를 총지휘하면서 변경을 안정시키게 했다. 사마의는 절을 올려 사은하고 낙양으로 돌아갔다. 위주는 허도에 있으면서 크게 토목공사를 일으켜 궁전을 짓고 낙양에도 조양전朝陽殿과 태극전太極殿을 짓는 한편 총장관總章觀을 쌓았는데 높이가 열 길이나 되었다. 또 숭화전崇華殿, 청소각靑霄閣, 봉황루鳳凰樓 등의 건물을 세우고 구룡지九龍池를 만들며 박사 마균馬鈞에게 공사 감독을 맡겼다. 모든 건물은 극도로 화려하게 치장하여, 조각을 한 대들보에 그림을 그린 기둥이며 푸른 기와에 금빛 벽돌을 사용하니 햇살에 반사되어 휘황찬란했다. 천하에서 솜씨 좋다는 장인 3만여 명을 뽑고 민간의 인부 30여 만 명을 동원하여 밤낮을 가리지 않고 공사를 진행시키니 백성들은 지칠 대로 지쳐서 원망이 그치지 않았다.

그런데도 조예는 다시 방림원芳林園에 토목공사를 일으킨다고 성지를 내리고 공경대부들까지 모두 흙을 지고 나무를 메게 했다. 그러자 사도司徒 동심董尋이 표문을 올려 간절히 충고했다.

엎드려 아뢰옵니다. 건안(한헌제의 연호) 이래로 많은 사람이 전쟁터에서 죽어 더러는 온 가족이 모두 죽은 집안도 있으며 살아남은 자가 있다 해도 어린아이나 노약자들뿐입니다. 지금 궁궐이 협소하여 넓히고자 하더라도 마땅히 때를 가려 농사에 방해가 되지 않도록 해야 하거늘, 하물며 이익도 없는 건물을 짓는 일이야 더 말할 나위가 있겠사옵니까? 폐하께서 신하들을 높여 관을 씌우고 수놓은 관복을 입히며 화려하고 아름다운 수레를 타게 하시는 것은 일반 백성과 구별하기 위함이옵니다. 그런데 지금 그들 대신들에게까지 나무를 지고 흙을 나르게 하여 몸은 땀에 젖고 발은 진흙을 밟게 만들어 나라의 빛을 훼손시키면서 아무런 도움이 되지 않는 건물들을 늘리시니 이는 너무나 의미 없는 노릇이옵니다. 공자께서 '임금이 예로써 신하를 부리면 신하는 충성으로 임금을 섬긴다君使臣以禮 臣事君以忠'고 하셨사옵니다. 충忠이 없고 예禮가 없다면 나라가 무엇으로 존립하겠나이까? 신은 이런 말씀을 올리면 반드시 죽을 것을 아옵니다. 하오나 신은 비유하면 황소 몸에 붙은 한 오라기 털과 같아서 살아 있더라도 나라에 이익 될 것이 없는 존재이니 죽은들 무슨 손실이 되겠나이까? 붓을 잡고 눈물을 흘리며 마음으로 세상과 작별하옵니다. 신에게 아들 여덟이 있사오니 죽어서도 폐하께 누가 될 것이옵니다. 신은 그지없이 두렵고 떨리는 마음으로 명이 이르기만을 기다리나이다.

표문을 읽은 조예는 벌컥 화를 냈다.

"동심은 죽음이 두렵지 않단 말이지!"

좌우 신하들이 동심의 목을 자르라고 주청했다. 그러나 조예는 무슨 생각이 났는지 이렇게 말했다.

"이 사람은 평소 충의가 있었으니 지금 잠시 관직을 폐하여 서인으로 만들겠다. 다시 함부로 지껄이는 자가 있으면 반드시 목을 치겠다!"

이때 태자 사인太子舍人 장무張茂라는 사람이 있었는데 자가 언재彦材였다. 그 역시 표문을 올려 간절히 충고하다가 조예의 명으로 목이 달아났다. 조예는 장무를 벤 그날 당장 마균을 불러 물었다.

"짐은 까마득히 높은 누대를 지어 신선과 왕래하며 불로장생할 방도를 찾을까 하노라."

마균이 아뢰었다.

"한나라 스물네 분 황제 중에 오직 무제武帝가 가장 오랫동안 나라를 다스리고 지극히 장수한 것은 하늘의 해와 달의 정기를 복용했기 때문입니다. 무제는 일찍이 장안의 궁전 안에 백량대柏梁臺를 짓고 그 위에 동인銅人(구리로 주조한 사람) 하나를 세웠는데 동인은 손에 승로반承露盤이라는 큰 쟁반을 들고 있었습니다. 3경이면 북두에서 내리는 이슬이 승로반에 맺히는데 그 물을 '천장天漿(하늘의 물)'이라 하고 또 '감로甘露'라고도 했습니다. 이 물에 곱게 간 옥가루를 타서 마시면 늙은이가 어린아이의 모습으로 돌아온다고 하옵니다."

조예는 기뻐 날뛰었다.

"그대는 지금 당장 인부들을 이끌고 장안으로 달려가서 그 동상을 방림원으로 옮겨 놓도록 하라."

명령을 받든 마균은 1만 명의 일꾼을 이끌고 장안으로 가서 주위에 나무들을 엮어 세우고 백량대로 올라가게 했다. 잠깐 사이에 5천 명이 밧줄을 연결하여 허공을 선회하며 백량대에 오르기 시작했다. 백량대는 높이가 스무 길이고 대를 받친 구리 기둥은 둘레가 자그마치 열 아름이나 되었다. 마균은 일꾼들에게 우선 동상부터 떼어 내게 했다. 수많은 사람들이 힘을 합쳐 동상을 떼어 내려오는데 동상의 눈에서 눈물이 주르르 흘러내렸다. 사람들은 모두 깜짝 놀랐다. 이때 느닷없이 백량대 주변에 한바탕 광풍이 몰아치면서 모래가 날고 돌이 구르는 게 마치 소나기가 쏟아지는 것 같았다. 뒤이어 하늘이 무너지고 땅이 갈라지는 것 같은 무서운 소리와 함께 백량대가 기울어지면서 구리 기둥이 넘어져 1천 명이 넘는 사람이 깔려 죽었다.

마균은 동상과 황금으로 만든 승로반을 가지고 낙양으로 돌아와 위주에게 동상과 승로반을 바쳤다. 위주가 물었다.

"구리 기둥은 어디에 있느냐?"

마균이 아뢰었다.

"구리 기둥은 무게가 1백만 근이나 되어 옮길 수가 없었나이다."

그러나 조예는 구리 기둥을 부수어 낙양으로 운반해 오라고 명했다. 그것을 녹여 다시 두 개의 동상을 만들어 '옹중翁仲'이라 이름 짓고 사마문司馬門 밖에 벌여 세웠다. 또 구리를 녹여 용과 봉황을 만들었는데 용은 높이가 네 길이고 봉황은 높이가 세 길 남짓했다. 이 두 물건은 대전 앞에 세웠다. 뿐만 아니라 상림원上林苑 안에는 기이한 꽃과 이상한 나무를 심는가 하면 진기한 새와 괴상한 짐승들을 기르게 했다. 보다 못해 소부少傅 양부楊阜가 표문을 올려 간했다.

신이 듣자오니 요임금이 띠풀로 덮은 집을 숭상하니 온 나라가 편안했고
우임금이 나지막한 궁궐에서 사시니 천하 사람들이 생업을 즐겼다고 하

---

*옹중 | 본래는 진秦나라 장수 원옹중阮翁仲을 말한다. 그는 키가 13척이나 되었는데 진시황의 명으로 흉노를 토벌한 공으로 죽은 뒤 함양咸陽에 그의 동상을 만들었다. 이 일에서 유래되어 거대한 동상이나 석상을 '옹중'이라 부르게 되었다.

였사옵니다. 은나라 주나라 때에는 사람들이 모이는 회당會堂을 짓더라도 그 높이가 석 자를 넘지 않았고 너비는 아홉 자를 넘지 않았다고 하옵니다. 이처럼 옛 성스러운 제왕들은 궁궐을 크게 짓고 화려하게 장식하느라 백성들의 재물과 힘을 고갈시킨 일이 없었나이다. 그러나 폭군 걸桀은 옥으로 장식한 궁실과 상아로 치장한 복도를 만들고 주紂는 거대한 궁전과 엄청난 창고를 짓느라 사직을 잃었으며, 초楚나라 영왕靈王은 열 길이나 되는 장화대章華臺를 쌓느라 자신에게 화가 미쳤으며, 진시황은 아방궁阿房宮을 짓는 바람에 재앙이 아들에게 미쳐 천하 사람들이 반란을 일으켜 겨우 2대 만에 멸망하였나이다. 무릇 만백성의 힘을 헤아리지 아니하고 귀와 눈의 욕망을 따르고서 망하지 아니한 자는 없었나이다. 폐하께서는 요·순·우·탕과 주나라의 문왕·무왕 같은 임금들을 본보기로 삼으시고 걸·주와 초영왕, 진시황 같은 임금을 경계로 삼으셔야 하옵는데, 안일함과 즐거움에 빠져 궁실과 누대만 장식하신다면 반드시 몸을 망치고 나라를 위태롭게 하는 화를 부를 것이옵니다. 임금은 머리이고 신하는 팔다리이니 존망과 득실을 함께 하는 법이오니, 신이 비록 노둔하고 겁이 많사오나 어찌 바른 말로 간해야 하는 신하의 도리를 잊으오리까? 말이 간절하지 않고서는 폐하를 감동시키지 못할 것이오니, 삼가 시신을 담을 관을 두드리며 목욕하고 엎드려 무거운 벌을 기다리나이다.

표문을 올렸으나 조예는 반성하지 않았다. 오직 마균을 다그쳐 높은 대를 세우고 동상과 승로반을 안치할 따름이었다. 뿐만 아니라 성지를 내려 널리 천하의 미녀들을 뽑아 방림원에 들여놓았다. 관원들이 어지러이 표문을 올려 간했으나 조예는 그 어떤 간언에도 귀를 기울이지 않았다.

조예의 황후 모씨毛氏는 하내河內 사람이었다. 예전에 조예가 평원왕平原王으로 있을 때 가장 총애를 받았으며 황제로 즉위하게 되자 황후가 되었다. 그런데 후에 조예가 곽郭부인에게 빠지면서 모황후는 총애를 잃게 되었다. 곽부인은 아름답고 총명하였으므로 조예는 깊이 그녀를 사랑하여 날마다 함께 즐기면서 한 달이 넘도록 궁전 문을 나오지 않았다. 그해 춘삼월이 되자 방림원에는 온갖 꽃들이 다투어 피어났다. 조예는 곽부인과 함께 그곳으로 들어가 꽃을 감상하면서 술을 마셨다. 이때 곽부인이 물었다.

"어찌하여 황후를 청해 함께 즐기지 않으세요?"

조예가 언짢은 표정으로 대꾸했다.

"그 사람만 있으면 짐은 물 한 방울도 넘어가지 않노라."

그리고는 궁녀들에게 모황후에게 오늘 있었던 일을 알리지 말라고 분부했다. 한 달이 넘도록 조예가 정궁正宮에 발걸음을 들이지 않자 모황후는 이날 10여 명의 궁녀를 거느리고 취화루翠花樓에 올라 시름을 달래고 있었다. 이때 문득 맑고 고운 음악 소리가 들렸다. 모황후가 물었다.

"어느 곳에서 울리는 풍악이냐?"

궁전의 한 관원이 아뢰었다.

"성상께서 곽부인과 함께 어화원御花園에서 꽃을 감상하며 술을 들고 계시나이다."

이 말을 들은 모황후는 심중에 번뇌가 피어올라 그길로 궁으로 돌아가 침상에 누워 버렸다. 이튿날 모황후가 작은 수레를 타고 놀이를 하러 궁전 밖으로 나가다가 마침 구불구불한 회랑에서 조예와 마주쳤다. 모황후가 웃으며 말을 건넸다.

"폐하께서는 어제 북쪽 정원에서 노시느라 여간 즐겁지 않으셨나 봐요?"

조예는 발끈 화를 내더니 즉시 어제 시중들었던 사람들을 모조리 붙잡아 오게 해서 꾸짖었다.

"어제 북원에서 놀았던 일에 대하여 모황후에게 알리지 말라고 금령을 내렸거늘 어찌하여 그 일이 발설되었단 말이냐?"

조예는 궁전의 관원들을 호령해 시중들었던 자들을 모조리 목 베게 했다. 소스라치게 놀란 모황후는 수레를 돌려 자신의 궁으로 돌아갔다. 조예는 즉시 조서를 내려 모황후에게 죽음을 내리고 곽부인을 새 황후로 세웠다. 조정의 신하들은 아무도 감히 말리지 못했다.

그러던 어느 날이었다. 유주幽州 자사 관구검毌丘儉이 갑자기 표를 올려 요동의 공손연公孫淵이 모반했다고 알려 왔다. 공손연은 스스로 연왕燕王이라 칭하면서 연호를 소한紹漢 원년으로 고쳤는데 궁전을 짓고 관직을 설치하는가 하면 군사를 일으켜 경계를 침범해 들어와 북방이 흔들리고 있다는 것이었다. 깜짝 놀란 조예는 즉시 문무 관료들을 모아 군사를 일으켜 공손연을 물리칠 대책을 상의했다. 이야말로 다음 대구와 같다.

방금 토목공사 벌여 중국을 고달프게 했는데 /
다시 북방 외지에서 창칼이 일어나 움직이네.
纔將土木勞中國　又見干戈起外方

그들을 어떻게 막을 것인가, 다음 회를 보라.

106

기회를 노리는 사마의

공손연은 싸움에 패하여 양평에서 죽고
사마의는 병든 척하여 조상을 속이다
公孫淵兵敗死襄平 司馬懿詐病賺曹爽

공손연은 바로 요동 공손도公孫度의 손자요 공손강公孫康의 아들이
다. 건안 12년(207년)에 조조가 원상을 추격한 일이 있었는데, 그때
조조가 미처 요동에 이르기도 전에 공손강이 원상의 머리를 잘라
조조에게 바쳤고 조조는 공손강을 양평후襄平侯에 봉했다. 후에 공
손강이 죽자 맏아들 공손황公孫晃과 둘째아들 공손연이 모두
어렸으므로 공손강의 아우 공손공公孫恭이 형의 직위를 계승
했다. 조비 때에는 공손공을 거기장군 양평후로 봉했다.
태화 2년(228년), 장성한 공손연은 문무를 겸비한
데다 천성이 굳세고 싸우기를 좋아하여
마침내 숙부의 자리를 빼앗았다. 이에
조예는 공손연을 양렬장군揚烈將軍
요동 태수로 임명했다. 후에 손
권이 장미張彌와 허안許晏을 파
견하여 공손연에게 황금과 구슬,

진기한 옥 등을 내리고 봉하려고 했다. 그러나 공손연은 중원을 두려워하여 장미와 허안의 목을 잘라 그 머리를 조예에게 보냈다. 이에 조예는 공손연을 대사마 낙랑공樂浪公으로 봉했다. 그러나 이에 만족하지 못한 공손연은 아랫사람들과 상의하여 스스로 연왕燕王이라 칭하고 연호를 소한紹漢 원년으로 바꾸었다. 그러자 부장 가범賈範이 간했다.

"중원에서 주공을 상공上公의 작위를 내려 대우했으니 비천하다고 할 수 없습니다. 그런데 만약 중원을 배반하는 것은 순리가 아닙니다. 더욱이 사마의는 군사를 잘 부려 서촉의 제갈무후조차 그를 이기지 못했는데 하물며 주공께서 그를 당하실 수 있겠습니까?"

크게 노한 공손연이 좌우의 무사들을 호령하여 가범을 묶었다. 막 목을 치려는 참인데 참군 윤직倫直이 간했다.

"가범의 말이 옳습니다. 성인께서 '나라가 망하려면 반드시 요사한 일이 생긴다'고 하셨습니다. 요사이 나라 안에서 괴이한 일들이 여러 번 일어났습니다. 근자에는 수건을 쓰고 붉은 옷을 걸친 개 한 마리가 지붕에 올라가 사람 행세를 하는가 하면 성 남쪽에 사는 시골 백성이 밥을 짓는데 밥솥에서 난데없이 쪄 죽은 아이가 나왔다고 합니다. 또 양평 북쪽 저잣거리의 땅이 갑자기 푹 꺼지더니 구덩이 속에서 고깃덩어리 하나가 솟아났다고 합니다. 그 물건은 둘레가 몇 척이나 되고 머리가 달렸고 얼굴에 이목구비를 다 갖추었으나 손발만 없는 기이한 형상인데, 칼로 찍고 화살로 쏘아도 상처를 입히지 못하니 도무지 무슨 물건인지 알 수 없다고 합니다. 점쟁이가 점을 치고는 '모양은 갖추었으나 완전하지 못하고 입은 있으나 소리를 내지 못하니 나라가 망하려고 이런 형상이 나타난다'고 했답니다. 이 세 가지 일은 모두가 상서롭지 못한 징조입니다. 주공께서는 흉한 것을 피하고 길한 곳으로 나아가셔야지 경거망동해서는 아니 될 줄로 압니다.”

머리꼭지까지 화가 치밀어 오른 공손연은 무사들에게 호령하여 윤직을 묶어 가범과 함께 저잣거리에서 목을 잘랐다. 그러고는 대장군 비연卑衍을 원수로 삼고 양조楊祚를 선봉으로 임명한 다음 요동의 군사 15만 명을 일으켜 중원으로 쳐들어갔다.

변경의 관원들이 위주 조예에게 이 사실을 보고했다. 깜짝 놀란 조예는 사마의를 조정으로 불러 의논했다. 사마의가 아뢰었다.

“신이 거느린 수하의 기병과 보병 4만이면 충분히 도적들을 격파할 수 있나이다.”

조예는 두려웠다.

“경이 군사는 적고 길은 머니 요동을 수복하기 어려울 듯하구려.”

사마의는 자신 있게 대답했다.

“전투의 승패는 군사의 수에 달린 것이 아니라 뛰어난 계책과 지혜를 펼칠 수 있는 능력에 달려 있습니다. 신은 폐하의 크나큰 복에 힘입어 반드시 공손연을 사로잡아 폐하께 바치겠나이다.”

조예가 미심쩍은 듯 물었다.

“경의 짐작으로는 공손연이 어떻게 움직일 것 같소?”

사마의는 거침없이 대답했다.

“공손연의 처지에서는 일찌감치 성을 버리고 달아나는 것이 상책이요 요동을 지키면서 대군을 막는다면 이는 중책이며 앉아서 양평을 지키는 건 하책이 될 것입니다. 어쨌든 그자는 반드시 신의 손에 사로잡힐 것입니다.”

조예가 다시 물었다.

"이번에 떠나면 왕복에 얼마나 걸리겠소?"

사마의는 힘 있게 대답했다.

"4천리 길이니 가는 데 1백 일, 치는 데 1백 일, 돌아오는 데 1백 일, 쉬는 데 60일을 잡는다면 대략 1년이면 족하오이다."

조예가 다시 걱정했다.

"그 사이에 오와 촉이 침범하면 어떻게 하오?"

사마의의 대답에는 거침이 없었다.

"신이 이미 방어할 대책을 마련해 두었으니 폐하께서는 근심하지 마소서."

대단히 기뻐한 조예는 즉시 사마의에게 군사를 일으켜 공손연을 토벌하라는 명을 내렸다. 작별하고 성을 나온 사마의는 선봉 호준胡遵에게 선두 부대를 거느리고 먼저 요동으로 가서 영채를 세우게 했다. 척후병이 나는 듯이 달려가 이 소식을 알렸다. 공손연은 비연과 양조에게 8만 명의 군사를 나누어 주고 요수遼隧에 주둔하게 했다. 그들은 주위에 20여 리나 참호를 파고 녹각을 빙 둘러 박아 삼엄한 경계를 펼쳤다. 호준이 사마의에게 사람을 보내 적의 움직임을 보고하자 사마의는 웃으며 말했다.

"도적들이 싸우지 않고 우리 군사의 사기를 떨어뜨리려는 수작이다. 내 짐작에는 적군의 태반이 이곳에 있으니 저들의 소굴은 텅 비었을 것이다. 여기를 버리고 곧장 양평으로 달려가는 것이 좋겠다. 그러면 도적들은 틀림없이 소굴을 구하러 올 것이니 중도에서 공격하면 완승을 거둘 것이다.”

사마의는 군사를 이끌고 샛길을 통해 양평으로 진군했다.

한편 비연은 양조와 대책을 상의했다.

“만약 위군이 와서 공격하더라도 싸우지 말아야 하오. 저들은 천리 길을 왔으니 군량과 말먹이 풀을 대지 못해 오래 버티기 어려울 것이고 군량이 바닥나면 반드시 물러갈 것이오. 그들이 물러난 뒤에 군사를 내어 기습한다면 사마의를 사로잡을 수 있을 것이오. 예전에 사마의가 촉군과 대치할 때 위수 남쪽에서 굳게 지키는 바람에 결국 공명이 군중에서 죽고 말았소. 오늘 이곳의 이치도 그와 마찬가지요.”

두 사람이 한창 상의하고 있는데 갑자기 보고가 들어왔다.

“위군이 남쪽으로 갔습니다.”

비연은 깜짝 놀랐다.

“그는 양평에 군사가 적은 걸 알고 본영을 습격하려는 것이오. 양평을 잃어버리면 우리가 이곳을 지킨들 무슨 이익이 있겠소?”

비연과 양조는 즉시 영채를 뽑고 군사를 일으켰다. 어느새 정찰병이 나는 듯이 달려가 사마의에게 보고했다. 사마의는 웃으며 말했다.

“내 계책에 걸려들었구나!”

그는 마침내 하후패와 하후위夏侯威에게 각기 한 부대의 군사를 이끌고 요수遼水(요하) 가까이에 매복하게 했다.

“요동의 군사가 오면 양쪽에서 일제히 나오라.”

두 사람은 계책을 받고 갔다. 어느새 멀리 비연과 양조가 군사를 이끌고 오는 모습이 보였다. ‘쾅!’ 하고 포를 터뜨리며 양편에서 북을 치고 고함을 지르며 깃발들을 요란하게 흔들면서 왼쪽에서 하후패, 오른쪽에서 하후위가 일제히 치고 나갔다. 싸울 마음이 사라진 비연과 양조는 길을 뚫고 달아났다. 한참을 달아나 수산首山에 이르렀을 때 때마침 도착한 공손연의 군사와 마주쳤다. 공손연과 군사를 합친 비연과 양조는 말머리를 되돌려 다시 위군과 맞서게 되었다. 비연이 말을 몰고 나가며 욕설을 퍼부었다.

"적장은 간계를 쓰지 말라! 네 감히 나와서 싸워 보겠느냐?"

하후패가 칼을 휘두르며 말을 달려 마주 나왔다. 싸움이 몇 합도 되지 않아 비연은 하후패가 휘두른 칼을 맞고 말 아래로 떨어졌다. 그러자 요동의 군사들은 크게 혼란에 빠졌다. 하후패가 얼른 군사를 몰고 엄습했다. 패잔병들을 이끌고 양평성으로 달려 들어간 공손연은 성문을 닫아걸고 단단히 지키면서 나오지 않았다. 위군은 사면으로 성을 에워쌌다.

때는 가을인데 비가 그칠 줄 모르고 주룩주룩 한 달 동안이나 내렸다. 평지에도 물이 석자나 고여 군량을 나르는 배들은 요하遼河 어귀에서 곧장 양평성 아래까지 다다를 지경이었다. 위군은 모두들 물속에 잠겨서 앉기도 걷기도 불편했다. 좌도독 배경裵景이 사마의의 군막으로 들어가 고했다.

"비가 그치지 않아 영내가 온통 진흙탕이 되어 군사들이 머무를 수 없습니다. 영채를 앞산으로 옮기도록 해주십시오."

사마의는 노한 음성으로 호령했다.

"지금 공손연을 잡는 일이 조석 간에 달렸거늘 어찌 영채를 옮긴단 말이냐? 만약 다시 영채를 옮기자고 말하는 자가 있으면 목을 치겠다!"

배경은 "네, 네" 하며 물러갔다. 잠시 후 우도독 구련仇連이 들어와서 다시 고했다.

"군사들이 물 때문에 고생하니 태위께서는 영채를 높은 곳으로 옮기시기 바랍니다."

사마의는 크게 노했다.

"내 이미 군령을 내렸거늘 네 어찌 감히 이를 어긴단 말이냐?"

즉시 군막 밖으로 끌어내 목을 치고 그 머리를 원문 밖에 매달게 했다. 군사들은 모두가 두려워 떨었다.

사마의는 남쪽 영채의 군사들을 20리쯤 후퇴시켜서 양평성 안의 적군과 백성들이 마음대로 성밖으로 나와 땔감을 장만하고 소와 말을 놓아먹이도록 내버려 두었다. 사마 진군陳群이 물었다.

"전에 상용을 칠 때 태위께서는 군사를 여덟 길로 나누고 8일 만에 성에 당도하여 맹달을 사로잡는 큰 공을 이루셨습니다. 그런데 지금은 완전 무장한 군사 4만 명을 거느리고 수천 리 길을 와서는 성을 공격하라는 명령은 내리지 않고 오랫동안 군사들을 진흙탕 속에 방치하고선 도적들이 땔감을 하고 소와 말을 방목하는 걸 내버려 두고 계십니다. 저는 태위께서 무슨 생각을 하고 계시는지 알 수가 없습니다."

사마의는 웃으며 말했다.

"공은 병법을 모르시오? 예전에 맹달은 군량은 많은데 군사는 적고 우리는 군량은 적은데 군사가 많았으므로 부득불 속전속결할 수밖에 없었소. 그래서 적이 방비하기 전에 갑자기 공격하여 승리를 거두었던 것이오. 지금 요동의 군사는 많고 우리 군사는 적으며 도적들은 배를 곯는데 우리는 배불리 먹으니 무엇 때문에 굳이 힘써 공격하겠소? 나는 저들이 마음대로 달아나게 내버려 두었다가 기회를 타고 공격할 작정이오. 내가 지금 길을 터놓아 저들에게 나무를 하고 소와 말을 방목하게 하는 것은 저들 스스로 달아나게 하려는 것이오.”

이 말을 들은 진군은 절을 하며 탄복했다. 사마의는 사람을 낙양으로 보내 군량을 재촉하게 했다.

위주 조예가 조회를 열자 신하들이 이구동성으로 아뢰었다.

“요즈음 가을비가 한 달이나 그치지 않고 내렸으니 군사와 말이 모두 피로할 것입니다. 조서를 내려 사마의를 불러들이고 잠시 군사를 거두게 하소서.”

조예는 머리를 내저었다.

“사마태위는 용병에 능하고 위험에 처하여 임기응변하는 재주가 있으며 훌륭한 지모가 많으니 공손연을 잡는 것은 날짜를 정해 놓고 기다릴 수 있소. 경들이 무엇 때문에 걱정을 한단 말이오?”

조예는 신하들의 권고를 듣지 않고 사람을 시켜 사마의의 군중으로 군량을 호송해 가게 했다.

사마의가 영채 안에서 다시 며칠을 보내자 드디어 비가 그치고 날이 개었다. 이날 밤 사마의가 군막 밖으로 나와 하늘을 우러러 천문을 살피는데 문득 말斗만한 별이 수십 자나 되는 긴 꼬리를 끌며 수산 동북쪽으로부터 양평 동남쪽으로 떨어졌다. 각 영채의 장수들은 모두가 놀라며 두려워했다. 그러나 사마의는 크게 기뻐하면서 장수들에게 말했다.

“닷새 후 별이 떨어진 곳에서 틀림없이 공손연의 목을 자르게 될 것이오. 내일 힘을 모아 성을 공격하시오.”

명령을 받은 장수들은 이튿날 날이 밝기가 무섭게 군사를 이끌고 성을 사방으로 에워쌌다. 토산을 쌓고 땅굴을 팠으며 포 틀을 세우고 구름사다리를 장치하여 밤낮 없이 쉬지 않고 공격하는데 화살을 소나기처럼 성안으로 쏘아 넣었다. 공손연이 지키는 성안에서는 식량이 바닥나 소와 말을 잡아먹는 판이었다. 사람마다 원망이 가득 차서 누구 하나 성을 지킬 마음은 없고 공손연의 머리를 잘라 성을 바치고 투항하려는 마음뿐이었다. 이런 형편을 전해들은 공손연은 너무나 놀라고 걱정이 되어 황급히 상국相國 왕건王建과 어사대부 유보柳甫를 위군의 영채로 보내 항복을 청했다. 밧줄에 매달려 성을 내려간 두 사람은 사마의를 찾아 공손연의 뜻을 전했다.

"태위께서는 군사를 20리만 물려주시기 바랍니다. 그러면 저희들 임금과 신하가 스스로 와서 투항하겠습니다."

사마의는 크게 화를 냈다.

"공손연은 어찌하여 직접 오지 않은 게냐? 너무나 도리를 모르는구나!"

그는 무사들에게 호령하여 두 사람을 군막 밖으로 밀어내 목을 자르고 머리를 따라온 자들에게 주어 돌려보냈다. 종자들이 성으로 돌아가 보고하자 공손연은 깜짝 놀랐다. 그는 다시 시중 위연衛演을 위군의 영채로 보냈다. 사마의는 군무를 처리하는 지휘관의 자리에 앉은 다음 여러 장수들을 양쪽에 벌려 세웠다. 위연은 무릎걸음으로 기어 들어가 군막 아랫자리에 꿇어앉았다.

"태위께서는 우레 같은 노여움을 삭이시기 바랍니다. 날짜를 정해 우선 세자 공손수公孫修를 볼모로 잡히고 이어서 군신이 스스로 결박을 지어 항복을 올리겠습니다."

사마의가 추상같이 호령했다.

"군사軍事의 요체는 다섯 가지가 있다. 싸울 수 있으면 마땅히 싸워야 하고, 싸울 수 없으면 마땅히 지켜야 하며, 지킬 수 없으면 마땅히 달아나야 하고, 달아날 수 없으면 마땅히 항복해야 하며, 항복할 수도 없으면 당연히 죽을 뿐이다! 하필이면 자식을 볼모로 보낸단 말이냐?"

사마의는 위연에게 돌아가 공손연에게 보고하라고 호령했다. 머리를 싸쥐고 쥐새끼 도망치듯 뺑소니친 위연은 양평성으로 돌아가 공손연에게 보고했다. 깜짝 놀란 공손연은 아들 공손수와 비밀리에 대책을 의논한 다음 1천 명의 군사를 뽑아 그날 밤 2경에 남문을 열고 동남쪽을 향해 달아났다. 막는 사람이 없는 것을 확인한 공손연은 속으로 은근히 기뻐했다. 그러나 10리도 채 가지 못했을 때였다. 별안간 산 위에서 '쾅!' 하는 포 소리와 함께 북소리 나팔 소리가 일제히 울렸다. 그와 때를 같이하여 한 무리의 군사가 앞을 가로막는데 가운데 있는 사람은 바로 사마의였다. 왼쪽에서는 사마사, 오른쪽에서는 사마소 두 사람이 벽력같은 고함을 질렀다.

"반적은 달아나지 말라!"

크게 놀란 공손연은 급히 말머리를 돌려 길을 찾아 달아나려고 했다. 그러나 어느새 호준의 군사가 이르렀다. 왼쪽에는 하후패와 하후위, 오른쪽에는 장호와 악침이 나타났다. 위군은 사방을 철통같이 에워쌌다. 공손연 부자는 어쩔 도리가 없어 말에서 내려 항복을 받아 달라고 비는 수밖에 없었다. 사마의는 말 위에서 여러 장수들을 돌아보며 말했다.

"내 전날 밤 병인丙寅일에 큰 별이 이곳으로 떨어지는 걸 보았는데 임신壬申일인 오늘 밤에 그 징조가 맞아떨어지는구려."

장수들이 칭송하며 축하했다.

"태위께서는 참으로 귀신처럼 헤아리십니다!"

사마의가 목을 치라고 명을 내렸다. 공손연 부자는 얼굴을 맞댄 채 참형을 받았다. 사마의는 즉시 군사를 거느리고 양평을 치러 갔다. 그런데 성 밑에 이르기도 전에 어느새 호준이 군사를 이끌고 성으로 들어갔다. 성안의 백성들은 향을 피우고 절을 올리며 위군을 영접했다. 위군은 모두 성안으로 들어갔다. 사마의는 아문衙門의 대청에 앉아 공손연의 종족과 함께 반란을 꾀한 관원들을 모두 죽였다. 잘라낸 머리가 모두 70개를 넘었다. 사마의가 방문을 내붙여 백성들을 위안하는데 어떤 사람이 와서 알렸다.

"가범과 윤직이 반란을 일으켜서는 안 된다고 공손연에게 간절히 충고하다가 공손연의 손에 죽임을 당했습니다."

사마의는 두 사람 무덤에 봉분을 높이 쌓아 그 자손들을 영광스럽게 해주었다. 또 곳간의 재물을 꺼내 삼군에 상을 내려 위로한 다음 낙양으로 회군했다.

한편 위주가 궁중에 있는데 밤 3경 무렵 느닷없이 음산한 바람이 불더니 등불이 꺼졌다. 그러더니 어둠 속에서 모황후가 수십 명의 궁녀를 데리고 왕좌 앞에 와서 목숨을 돌려 달라며 울부짖었다. 이 일로 조예는 병을 얻었다. 병이 점점 심해지자 시중이며 광록대부인 유방劉放과 손자孫資에게 추밀원樞密院의 모든 사무를 맡아보게 하고, 문제의 아들인 연왕燕王 조우曹宇를 불러들여 대장군으로 임명하여 태자 조방曹芳을 도와 섭정하게 했다. 조우는 공손하고 검소하며 온화한 성품으로 그런 중임을 맡고 싶지 않다며 한사코 사양하고 명을

받들지 않았다. 조예는 유방과 손자를 불러 물었다.

"종족 가운데 누가 대임을 맡을 만한가?"

두 사람은 오랫동안 조진의 은혜를 입어 온 터라 마침내 자신들이 보증한다며 아뢰었다.

"조자단子丹(조진의 자)의 아들 조상曹爽밖에 없나이다."

조예가 그 말을 따르자 두 사람이 다시 아뢰었다.

"조상을 등용하시려면 연왕을 자기 나라로 돌려보내야 합니다."

조예는 그 말을 옳게 여겼다. 두 사람은 조예에게 조서를 내려 달라고 청하여 그것을 받들고 연왕에게 가서 황제의 뜻을 알렸다.

"천자께서 친필 조서를 내리셨소. 연왕은 오늘 바로 자신의 나라로 돌아가고 조서가 내리기 전에는 조정에 들어오지 못하오."

연왕은 눈물을 흘리며 떠났다. 마침내 조예는 조상을 대장군으로 봉하여 조정의 정사를 총괄하게 했다. 병이 위급해진 조예는 급히 사자에게 절을 주어 사마의는 조정으로 돌아오라는 조서를 전하게 했다. 명령을 받은 사마의는 곧장 허창에 이르러 궁궐로 들어가 위주를 알현했다. 조예가 말했다.

"짐은 경을 보지 못하고 세상을 떠나지나 않을까 걱정했는데 오늘 만났으니 이제는 죽어도 한이 없구려."

사마의는 머리를 조아리며 아뢰었다.

"신은 도중에 성체聖體가 편치 않으시다는 소식을 듣고 겨드랑이에 날개가 돋쳐 단숨에 궁궐로 날아오지 못하는 것이 한스러웠나이다. 이제 폐하의 용안을 뵙게 되니 실로 신의 행운이옵니다."

조예는 태자 조방, 대장군 조상, 시중 유방과 손자 등을 불러 침상 앞으로 다가오게 했다. 그러고는 사마의의 손을 잡고 말했다.

"옛날 유현덕이 백제성白帝城에서 병이 위중해졌을 때 어린 아들 유선을 제갈공명에게 부탁하자 공명은 충성을 다 바쳐 죽음에 이르러서야 그쳤다 하오. 변방의 소국에서도 오히려 이러하거늘 하물며 우리 같은 대국에서야 더 말할 나위가 있겠소? 짐의 아들 조방은 이제 겨우 여덟 살이라 사직을 맡아 다스리기엔 너무 어리오. 바라건대 태위와 종실의 형님, 원로 공신, 옛 신하들이 힘을 다해 보필하여 짐의 마음을 저버리지 않도록 하오!"

그러고는 조방을 불러 분부했다.

"중달은 짐과 한 몸이나 다름없으니 너는 마땅히 존경하고 예로써 대해야 하느니라."

조예가 사마의에게 조방을 데리고 가까이 오라고 명했다. 이때 조방은 사마의의 목을 끌어안고 놓을 줄을 몰랐다. 조예가 말했다.

"태위는 부디 어린 아들이 보인 오늘의 이 애틋한 정을 잊지 마시오."

말을 마치자 눈물을 주르르 흘렸다. 사마의도 머리를 조아리며 눈물을 흘렸다. 위주는 정신이 혼미하여 더 이상 말을 잇지 못했다. 손가락으로 태자만 가리키더니 잠시 후 숨을 거두고 말았다. 황제 자리에 있은 지 13년, 나이는 36세였다. 때는 위 경초景初 3년(239년) 춘정월 하순이었다.

사마의와 조상은 마침내 태자 조방을 받들어 황제 자리에 오르게 했다. 조방의 자는 난경蘭卿으로 조예의 양자인데 비밀스런 궁중의 일이라 다른 사람들은 그 내력을 알지 못했다. 조방은 조예의 시호를 명제明帝라 하여 고평릉高平陵에 장사지내고 곽황후를 황태후로 높였다. 또 연호를 정시正始(240~249) 원년으로 바꾸었다. 사마의는 조상과 더불어 정사를 보필했다.

조상은 사마의를 깍듯이 섬기면서 큰일이 생기면 반드시 먼저 사마의에게 알렸다. 조상은 자가 소백昭伯으로 어릴 적부터 궁중을 출입했는데, 항상 삼가고 신중한 태도를 보고 명제가 몹시 사랑하고 아꼈다. 조상의 문하에는 5백 명의 빈객들이 있었는데 그 중 실속 없이 겉만 번지르르한 사람들로 서로 절친하게 지내는 다섯 명이 있었다. 하나는 하안何晏으로 자가 평숙平叔이고, 다른 하나는 등양鄧颺으로 자는 현무玄茂인데 후한의 개국 명장인 등우鄧禹의 후예이다. 또 하나는 이승李勝으로 자가 공소公昭이고, 또 다른 하나는 정밀丁謐로 자가 언정彦靖이며, 마지막 사람은 필궤畢軌로 자가 소선昭先이었다. 그 밖에 대사농大司農 환범桓範이 있었는데 자가 원칙元則으로 자못 지모가 뛰어나 사람들이 그를 '꾀주머니'라고 불렀다. 이 몇 사람은 모두 조상의 신임을 받고 있었다. 하안이 조상에게 말했다.

"주공! 대권을 다른 사람에게 맡겨서는 아니 됩니다. 그러다가 우환이 생기지나 않을까 두렵습니다."

조상이 대꾸했다.

"사마공은 나와 함께 어린 아드님을 부탁하시는 선제의 명을 받들었는데 어찌 그를 저버릴 수 있겠는가?"

하안이 충동질했다.

"옛날 주공의 선친께서 중달과 함께 촉군을 깨뜨릴 때 이 사람에게 몇 번이나 수모를 당하여 그 때문에 돌아가셨습니다. 공께서는 어찌하여 그 일을 살피지 않으십니까?"

조상은 돌연 정신이 번쩍 들었다. 마침내 여러 관원들과 상의를 마친 그는 궁궐로 들어가 위주 조방에게 아뢰었다.

"사마의는 공이 높고 덕이 무거우니 벼슬을 높여 태부太傅로 삼으소서."

조방이 그 말을 따르니 이로부터 병권은 모두 조상의 손으로 돌아갔다. 조상은 아우들인 조희曹羲를 중령군中領軍, 조훈曹訓을 무위장군武衛將軍, 조언曹彦을 산기상시散騎常侍로 삼아 각기 어림군御林軍 3천 명을 거느리고 마음대로 황궁을 드나들게 했다. 조상은 또 하안, 등양, 정밀을 상서尙書로 삼고 필궤는 백관의 불법 행위를 감찰하는 사례교위司隷校尉로, 이승은 경성과 그 일대의 현들을 다스리는 하남윤河南尹으로 임명했다. 이 다섯 사람이 밤낮으로 조상과 함께 일을 의논했다.

이에 조상의 문하에는 날이 갈수록 빈객이 늘어 갔다. 이렇게 되자 사마의는 병을 핑계로 두문불출하고 두 아들도 아예 벼슬에서 물러나 한가하게 지내고 있었다. 조상은 날마다 하안을 비롯한 무리들과 술을 마시며 즐겼는데 평소에 입는 의복이나 집기들이 조정의 것과 다름없었다. 전국 각지에서 진상된 노리개와 진기한 물건들은 조상이 먼저 상등품을 골라 가진 다음 나머지를 황궁으로 들여보냈다.

또한 빼어난 미인들이 장군부와 저택에 가득 찼다. 환관 장당張當이 조상에게 아첨하느라 몰래 선제를 모시던 시첩 7,8명을 대장군 부중으로 들여보냈고, 더욱이 조상 스스로 노래 잘하고 춤 잘 추는 양가의 여인 3,40명을 골라 집안의 악단을 만들었다. 뿐만 아니라 단청을 화려하게 입힌 몇 층이나 되는 누각을 건립하고 금과 은으로 그릇들을 만들고자 솜씨 좋은 장인 수백 명을 동원하여 밤낮을 가리지 않고 일을 시켰다.

한편 하안은 평원平原의 관로管輅가 술수術數에 밝다는 말을 듣고 그를 청하여 『주역』을 논했다. 때마침 자리에 있던 등양이 관로에게 물었다.

"그대는 역易을 잘 안다고 하면서 『주역』의 내용과 뜻을 이야기하지 않으니 어찌된 일이오?"

관로가 대답했다.

"무릇 『주역』을 잘 아는 자는 『주역』을 말하지 않는 법이오."

하안이 웃으며 찬탄했다.

"참으로 군더더기가 없는 말이구려."

그러고는 관로에게 청했다.

"시험 삼아 내 점괘나 한번 뽑아 보오. 삼공까지 오르겠소?"

관로가 대답하기도 전에 하안은 또 물었다.

"연거푸 쇠파리 수십 마리가 콧잔등에 모여드는 꿈을 꾸는데 이건 무슨 징조요?"

관로가 대답했다.

"옛날 순임금을 보좌한 팔원八元 팔개八愷나 주나라 성왕成王을 보필한 주공周公은 모두가 성품이 부드럽고 은혜를 베풀 줄 알았으며 겸손하고 공손하여 복을 누렸소. 지금 군후君侯께서는 지위가 높고 권세는 무거우나 그 덕에 감화된 자들은 적고 위엄을 두려워하는 자는 많으니 이는 조심스레 복을 구하는 길이 아니오. 게다가 코라는 것은 산이니, 산은 높되 위태롭지 않아야 귀한 자리를 오래 지킬 수 있소. 쇠파리들이 악취를 맡고 모여들었으니 지위가 너무 높은 자는 넘어지게 마련이라, 이 어찌 두렵지 않겠소? 군후께서는 다른 사람들의 의견을 많이 받아들여 자신의 부족함을 채우며 도리에 어긋난 일은 하지 마시기 바라오. 그런 다음에야 삼공이 될 수 있고 쇠파리도 쫓을 수 있을 것이오."

등양이 화를 냈다.

"이건 글줄이나 읽는다는 놈들이 늘 지껄이는 소리에 불과하잖아?"

관로가 대꾸했다.

"글줄이나 읽는 놈은 살지 못할 것을 보게 되고, 늘 지껄이는 말도 나누지 못하게 될 거요."

관로는 즉시 소매를 떨치며 가 버렸다. 두 사람은 큰소리로 껄껄 웃어 댔다.

"정말 미친 자로군!"

관로는 집으로 와서 외삼촌에게 그날 있었던 일을 이야기했다. 외삼촌은 깜짝 놀랐다.

"하안과 등양은 위세와 권력이 대단한 사람들인데 네 어찌하여 건드렸느냐?"

---

*팔원과 팔개ㅣ순임금을 보좌했던 현인들. 팔원은 고신씨高辛氏 수하의 여덟 재자才子이고, 팔개는 고양씨高陽氏 수하의 여덟 재자이다.

관로가 대수롭지 않다는 듯 대꾸했다.

"죽은 송장과 말을 주고받았는데 뭐가 무섭단 말입니까?"

관로의 말에 외삼촌이 까닭을 물었다. 관로가 설명했다.

"등양은 걸을 때 근육이 뼈를 지탱하지 못하고 혈맥이 살을 제어하지 못하며, 일어서면 비실비실하여 마치 손발이 없는 듯합니다. 이는 '귀조鬼躁'의 상으로 귀신이 서두르는 형상입니다. 하안은 눈으로 물건을 살필 때 넋이 집을 지키지 못해 얼굴에 핏기가 없는 데다 정신은 연기처럼 떠 있고 몰골은 마른 나무 같은데, 이는 '귀유鬼幽'의 상으로 귀신이 유폐된 형상입니다. 두 사람은 조만간 목숨을 잃는 화를 당할 텐데 무엇이 두렵겠습니까?"

외삼촌도 관로를 미친놈이라며 크게 욕설을 퍼붓고 가 버렸다.

조상은 하안, 등양 등과 종종 사냥을 즐겼다. 그 아우 조희가 충고했다.

"형님께선 위엄과 권세가 막강한 몸인데 그토록 밖으로 나가 돌면서 사냥을 좋아하시니 그러다 다른 사람의 계책에라도 걸리면 그때는 후회해도 늦습니다."

조상은 대뜸 꾸짖었다.

"병권이 내 수중에 있거늘 뭐가 두렵단 말이냐?"

대사농 환범 역시 충고했지만 조상은 듣지 않았다. 이때 위주 조방은 정시正始 10년을 가평嘉平(249~254년) 원년으로 고쳤다. 조상은 줄곧 권력을 틀어쥐고 정사를 독단하면서 사마의가 어떻게 지내는지는 까맣게 모르고 있었다. 마침 위주가 이승을 형주 자사로 임명하자 조상은 이승에게 사마의를 찾아가 인사도 할 겸 그의 동정을 살피라고 했다. 이승이 곧장 태부의 부중으로 가자 문지기가 안으로 들어가 보고했다. 사마의는 두 아들에게 말했다.

"이는 조상이 내가 정말로 병이 났는지 아닌지 알아보라고 보낸 것이다."

그는 즉시 관을 벗고 머리카락을 흐트러뜨린 다음 침상으로 올라가 이불을 둘러쓰고 앉았다. 그러고는 시비 두 명에게 자신을 부축토록 하고 이승을 부중으로 들이게 했다. 이승이 침상 앞에 이르러 절을 올렸다.

"한동안 태부를 뵙지 못했더니 이토록 병이 위중하신 줄은 몰랐습니까? 이번에 천자께서 저를 형주 자사로 임명하셨으므로 특별히 하직 인사를 드리러 왔습니다."

사마의는 잘못 들은 척하며 엉뚱한 대답을 했다.

"병주는 삭방朔方과 가까우니 잘 방비해야 하네."

이승이 설명했다.

"형주 자사를 제수 받은 것이지 병주가 아닙니다."

사마의는 킬킬 웃더니 다시 엉뚱한 말을 물었다.

"그대가 방금 병주에서 오는 길이라고?"

이승이 목청을 높였다.

"한수 유역의 형주올시다!"

사마의는 그제야 알아들었다는 듯 큰소리로 웃었다.

"오오라, 그대는 형주에서 왔구먼!"

이승이 답답하다는 듯 물었다.

"태부께서 어쩌다가 이렇게 병이 깊어지셨소?"

곁에 있던 사람들이 대답했다.

"태부께서는 귀가 어두워지셨습니다."

그제야 이승은 고개를 끄덕였다.

"종이와 붓을 좀 부탁하오."

좌우의 사람들이 지필묵을 가져다주자 이승은 하고 싶은 말을 적어 사마의에게 올렸다. 사마의는 글을 들여다보더니 웃으며 말했다.

"내 병이 귀까지 먹게 했네그려. 이번에 가시거든 몸조심하게."

말을 마치자 손으로 자신의 입을 가리켰다. 시녀가 얼른 뜨거운 죽을 올렸다. 사마의가 입을 그릇에 갖다 대고 마시는데 죽이 질질 흘러 옷깃을 흠뻑 적셨다. 그러고는 목 메인 소리로 말했다.

"내 이제 늙고 병들어 목숨이 조석에 달렸네. 바라건대 그대가 불초한 두 자식을 가르쳐주게. 그대는 대장군을 뵙거든 천번만번 내 두 자식을 돌봐 달라고 전해 주시게!"

말을 마친 사마의는 그대로 침상에 쓰러져서 가쁜 숨을 헐떡였다. 이승은 사마의에게 절하고 물러나 조상에게 가서 자신이 본 대로 자세히 이야기했다. 조상은 대단히 기뻐하며 말했다.

"그 늙은이가 죽는다면 내 걱정이 사라질 것이야!"

사마의는 이승이 가자 즉시 자리에서 일어나 두 아들에게 말했다.

"이승이 돌아가서 내 소식을 전하면 조상은 더 이상 나를 꺼리지 않을 것이다. 그가 성밖으로 사냥을 나가기만 하면 그때는 그를 처치할 수 있을 것이다."

며칠 후 조상은 위주 조방에게 고평릉으로 가서 선제의 제사를 지내자고 청했다. 높고 낮은 관료들이 모두 어가를 따라 성밖으로 나갔다. 조상은 세 아우와 하안을 비롯한 심복들, 그리고 어림군을 이끌고 어가를 호위하며 길을 가고 있었다. 그때 갑자기 대사농 환범

司馬懿詐病 弘民寫

황소민 그림

이 말 앞을 가로막으며 간했다.

"주공께서 금군을 총독하시는 터에 형제분들이 모두 성밖으로 나가시는 것은 옳지 않습니다. 만일 성안에 변괴라도 생기면 어떻게 하시렵니까?"

조상은 채찍을 들어 환범을 가리키며 꾸짖었다.

"누가 감히 변을 일으킨단 말이냐? 다시는 그런 허튼소리를 하지 말라!"

이날 조상이 성문을 나가는 광경을 본 사마의는 속으로 대단히 기뻐했다. 그는 즉시 옛날 함께 적군을 깨뜨리던 부하들은 물론 집안에서 부리는 장수 수십 명을 동원하여 두 아들을 데리고 말에 올라 조상을 모살謀殺하러 나섰다. 이야말로 다음 대구와 같다.

대문을 닫아걸자 갑자기 화색이 돌더니 /
군사 몰아 이제부터 위풍을 뿜내려 하네.
閉戶忽然有起色　驅兵自此逞雄風

조상의 목숨은 어떻게 될 것인가, 다음 회를 보라.

107

사마씨의 정권 장악

위주는 사마씨에게 정권을 돌리고
강유는 우두산에서 전투에 패하다
魏主政歸司馬氏　姜維兵敗牛頭山

사마의는 조상이 자기 아우인 조희·조훈·조언과 심복인 하안·등
양·정밀·필궤·이승과 어림군까지 거느리고 위주 조방을 수행하여
성을 나가 명제의 능묘에 참배하고, 그길로 들판에 나가 사냥을 한
다는 소식을 들었다. 대단히 기뻐한 사마의는 즉
시 궁궐로 가서 사도司徒 고유高柔에게 절과 월을
내려 대장군의 일을 대신 맡아보면서 우선 조상의
군영을 점거하도록 했다. 또 태복太僕 왕관王觀에
게는 중령군의 일을 대신 맡아보며 조희의 군영을
차지하도록 했다. 사마의 자신은 옛날 따르던 관
원들을 이끌고 후궁으로 들어가 곽태후에게 조
상이 선제께서 탁고하신 은혜를 저버리고 간사
하게 나라를 어지럽히니 그 죄를 물어 파면
시켜야 마땅하다고 아뢰었다. 곽태후는 깜
짝 놀랐다.

"천자께서 밖에 계시니 이를 어찌해야 하겠소?"

사마의가 말했다.

"신에게 천자께 아뢸 표문과 간신을 죽일 계책이 있으니 태후께서는 걱정하지 마시옵소서."

태후는 두려운 나머지 어쩔 수 없이 시키는 대로 따랐다. 사마의는 급히 태위 장제蔣濟와 상서령 사마부司馬孚를 시켜 표문을 쓴 다음 환관에게 주어 성밖으로 나가 황제께 아뢰게 했다. 그리고 자신은 대군을 이끌고 무기고를 점거하러 갔다. 어느새 조상의 집에 이 일을 알린 사람이 있었다. 조상의 처 유씨劉氏는 급히 청사 앞으로 나와 장군부를 지키는 관원에게 물었다.

"지금 주공께서 밖에 계시는데 중달이 군사를 일으키는 것은 무슨 뜻이냐?"

수문장 반거潘擧가 대답했다.

"부인께서는 놀라지 마십시오. 제가 가서 물어보고 오겠습니다."

그는 즉시 궁노수 수십 명을 이끌고 문루에 올라가 멀리 바라보았다. 마침 사마의가 군사를 이끌고 장군부 앞을 지나가고 있었다. 반거가 궁노수들에게 명하여 어지러이 살을 쏘아 내리자 사마의는 지나갈 수가 없었다. 뒤편에 있던 편장 손겸孫謙이 반거를 말렸다.

"태부께서는 나라를 위해 큰일을 하시는 것이니 살을 쏘지 마시오!"

손겸이 연거푸 세 차례나 말리고서야 반거는 활과 쇠뇌를 거두었다. 사마소가 부친 사마의를 보호하여 장군부 앞을 지나 군사를 이끌고 성밖으로 나가서 낙하洛河에 주둔하면서 부교浮橋를 지켰다.

이때 조상의 수하인 사마 노지魯芝는 성안에서 변이 일어난 것을 알고 참군 신창辛敞(신비辛毗의 아들. 자는 태옹泰雍)을 찾아가 상의했다.

"지금 중달이 이렇게 변란을 일으켰으니 어찌하면 좋겠소?"

신창이 대답했다.

"수하의 군사를 이끌고 성밖으로 나가 천자를 뵙시다."

노지는 그 대답을 옳게 여겼다. 신창이 급히 후당으로 들어가니 누나 신헌영辛憲英이 물었다.

"너는 무슨 일이 있어 이리 허둥대느냐?"

신창이 알려주었다.

"천자께서 밖에 계시는데 태부가 성문을 닫아걸었으니 반역을 꾀하려는 게 틀림없소."

신헌영이 말했다.

"사마공은 틀림없이 반역을 꾀하지는 않을 것이야. 다만 조장군을 죽이려는 것일 뿐이야."

신창은 흠칫 놀랐다.

"이 일을 어떻게 해야 할지 모르겠습니다."

신헌영이 단호한 음성으로 말했다.

"조장군은 사마공의 적수가 되지 못하니 틀림없이 패할 것이야."

신창이 물었다.

"지금 노사마가 나더러 함께 나가자고 하는데 가도 될까요?"

신헌영이 대답했다.

"맡은 직분을 다하는 것은 사람이 지켜야 할 대의大義이다. 여느 사람이 난을 당하더라도 구제해야 하거늘 다른 사람의 수하에서 일을 하다가 맡은 직분을 내버린다면 그보다 더 아름답지 못한 노릇이 어디 있겠느냐?"

司馬懿兵變

황소민 그림

신창은 그 말에 따라 즉시 노지와 함께 기병 수십 명을 이끌고 성문을 돌파하여 나갔다. 이 사실은 사마의에게 보고되었다. 환범도 달아나지 않을까 걱정이 된 사마의는 급히 사람을 보내 그를 불렀다. 환범이 아들과 상의하자 아들이 말했다.

"천자께서 밖에 계시니 남쪽으로 나가는 것이 좋겠습니다."

환범은 그 말에 따르기로 하고 즉시 말에 올라 평창문平昌門에 이르렀다. 성문은 이미 닫혔는데 문을 지키는 장수는 환범의 옛 부하 사번司蕃이었다. 환범은 소매 속에서 죽판竹板(조서를 적은 대나무판)을 꺼내 보이며 소리쳤다.

"태후의 조서가 계시니 즉시 문을 열어라."

사번이 대꾸했다.

"검사하도록 조서를 보여주십시오."

환범이 질타했다.

"너는 나의 부하였거늘 어찌 감히 이럴 수가 있느냐?"

사번은 하는 수 없이 문을 열고 환범을 내보냈다. 환범은 성밖으로 나가서 사번을 소리쳐 불렀다.

"태부가 반란을 일으켰으니 너도 빨리 나를 따라가자."

그제야 깜짝 놀란 사번이 환범을 추격했으나 따라잡지 못했다. 누군가 이 사실을 보고하자 사마의는 깜짝 놀랐다.

"아뿔싸! 꾀주머니가 빠져나갔구나! 이를 어떻게 해야 하지?"

장제가 말했다.

"노둔한 말은 외양간 콩만 그리워하는 법이니 조상은 틀림없이 환범의 계책을 쓰지 못할 것입니다."

사마의는 곧바로 허윤許允과 진태陳泰(진군陳群의 아들. 자는 현백玄伯)를 불러서 말했다.

"그대들이 가서 조상을 만나 태부에겐 다른 뜻이 없고 그저 그들 형제의 병권만 돌려받으면 그뿐이라고 하더라고 전하라."

허윤과 진태가 떠나자 사마의는 또 전중교위殿中校尉 윤대목尹大目을 불렀다. 장제에게 글을 쓰게 하고 그것을 윤대목에게 주며 조상에게 가져가라고 했다. 떠나기 전 사마의가 분부했다.

"그대는 조상과 교분이 두터우니 이 소임을 맡을 만하다. 그대는 조상을 만나 내가 장제와 함께 낙수에 대고 맹세하기를 오직 병권에 관한 일뿐이지 다른 뜻은 없다고 하더라고 전하라."

윤대목은 명령을 받고 떠났다.

한편 사냥터에 있던 조상은 한창 매를 날리며 사냥개를 내달리고 있었다. 이때 별안간 성안에서 변이 생겼다는 보고와 함께 태부가 표문을 올렸다는 소식이 전해졌다. 조상은 너무 놀란 나머지 하마터면 말에서 굴러 떨어질 뻔했다. 환관이 천자 앞에서 무릎을 꿇고 두 손으로 표문을 받쳐 올렸다. 조상이 표문을 받아 봉한 것을 뜯고 천자를 모시는 근신에게 그것을 읽게 했다. 표문은 대략 이런 내용이었다.

정서대도독征西大都督이자 태부인 신 사마의는 진실로 황공하고 두려운 마음으로 머리를 조아리며 삼가 표문을 올리나이다. 신이 지난날 요동에서 돌아왔을 때 선제께서는 폐하와 진왕秦王, 그리고 신 등을 어상御床으로 불러올려 신의 팔을 잡고 뒷일을 깊이 염려하셨나이다. 지금 대장군 조상은 선제께서 남기신 유조를 저버리고 나라의 전장과 제도를 어지럽히고 있나이다. 안으로는 본분을 잊고 함부로 황제와 어깨를 나란히 하려 하고 밖으로는 위엄과 권세를 마음대로 휘두르고 있나이다. 환관 장당을 도감都監으로 삼고 서로 결탁하여 지엄하신 폐하를 감시하면서 신성한 자리를 엿보는가 하며 폐하와 태후의 사이를 이간하고 혈육을 해치니, 천하가 소란스럽고 사람들은 위험을 느껴 두려워하고 있사옵니다. 이는 선제께서 폐하께 조서를 내리고 신에게 후사를 부탁하신 본뜻이 아닐 것이옵니다.

신은 비록 늙고 우매하지만 어찌 감히 선제의 말씀을 잊으오리까? 태위 장제와 상서령 사마부 등은 모두 조상에게 임금을 모실 마음이 없음을 알고 그들 형제가 병권을 장악하여 궁궐을 지키는 것이 부당하다고 생각하여 영녕궁永寧宮의 황태후께 아뢰었더니 황태후께서는 아뢴 대로 시행하라는 칙령을 내리셨나이다. 이에 신은 즉시 칙명을 맡은 자와 황문령黃門令(환관의 우두머리)에게 알려 조상, 조희, 조훈 형제의 병권을 해제하고 후작의 신분으로 집으로 돌아가고 어가를 지체하지 말라고 하였으니 감히 지체하는 일이 있으면 군법으로 다스리겠사옵니다. 신은 병든 몸을 간신히 움직여 군사를 낙수의 부교에 주둔시킨 채 비상사태에 대비하고 있나이다. 이에 삼가 표문을 올려 아뢰옵고 엎드려 폐하의 명을 기다리나이다.

다 듣고 나서 조방이 조상을 불러 물었다.

"태부의 말이 이러하니 경은 어떻게 조처하려 하오?"

조상은 당황하여 어찌할 바를 모르다가 두 아우를 돌아보며 물었다.

"이를 어찌해야 하겠느냐?"

조희가 대꾸했다.

"이 아우도 일찍이 형님께 충고한 적이 있건만 형님이 고집을 부리며 깨닫지 못하시는 바람에 오늘 같은 일이 닥치고 말았습니다. 사마의의 교활한 속임수는 당할 사람이 없어 제갈공명도 그를 이기지 못했거늘 하물며 우리 형제들이겠습니까? 차라리 우리 스스로 결박하고 찾아가 죽음을 면하는 것이 낫겠습니다."

그 말이 미처 끝나기도 전이었다. 참군 신창과 사마 노지가 도착했다. 조상이 상황을 물어보자 두 사람이 대답했다.

"성안을 철통같이 지키며 태부는 군사를 이끌고 낙수의 부교에 주둔하고 있습니다. 그 형세로 보아 다시 돌아갈 수는 없을 것이니 속히 대계를 정하시는 게 좋겠습니다."

한창 이야기를 나누고 있는데 사농 환범이 말을 타고 질풍같이 달려와서 조상에게 말했다.

"태부가 이미 변을 일으켰는데 장군께서는 어찌하여 천자를 모시고 허도로 가서 외지의 군사를 움직여 사마의를 토벌하려 하지 않으십니까?"

조상이 볼멘소리로 대꾸했다.

"우리들 온 집안이 다 성안에 있는데 어찌 다른 곳으로 가서 구원을 청한단 말인가?"

환범이 다그쳤다.

"한낱 필부라도 난을 당하면 살려고 발버둥 칩니다. 지금 주공께서는 천자를 모시면서 천하를 호령하는 판에 누가 감히 따르지 않겠습니까? 그런데도 어찌하여 스스로 죽을 곳으로 뛰어들려 하십니까?"

이 말을 듣고도 조상은 결단을 내리지 못한 채 눈물만 흘릴 따름이었다. 환범이 다시 재촉했다.

"여기서 허도까지는 불과 하룻밤이면 닿을 길이고 성안에 저장된 식량과 말먹이 풀은 족히 몇 해를 지탱할 만합니다. 지금 주공 수하의 다른 영채 인마들이 바로 가까운 궁궐 남쪽에 있어 부르기만 하면 도착할 것입니다. 제가 대사마의 인수를 갖고 왔으니 주공께서는 급히 움직이십시오. 지체하다간 끝장납니다!"

조상이 말했다.

"여러분은 너무 재촉하지 말고 내게 찬찬히 생각할 시간을 달라."

조금 지나자 시중 허윤과 상서 진태가 당도했다. 두 사람이 말했다.

"태부께서는 장군의 권력이 지나치게 막중하므로 그 병권을 해제시키려 할 뿐 다른 뜻은 없답니다. 장군께서는 어서 성으로 돌아가시지요."

조상은 입을 다문 채 아무 말도 하지 않았다. 잠시 후 또 전중교의 윤대목이 와서 이렇게 말했다.

"태부께서는 결코 다른 뜻이 없다며 낙수에 대고 맹세하셨습니다. 장태위의 서신이 여기 있습니다. 장군께서는 병권만 내놓으시고 속히 상부相府로 돌아가시지요."

조상은 믿을 만한 말이라고 여기는데 환범이 다시 재촉했다.

"사태가 급합니다. 다른 말을 듣고 죽을 곳으로 들어가지 마십시오!"

이날 밤 조상은 뜻을 결단을 내리지 못하고 검을 뽑아 든 채 한숨을 내쉬며 궁리를 거듭했다. 저녁 무렵부터 날이 훤히 밝을 때까지 눈물을 흘렸지만 끝내 마음을 정하지 못했다. 환범이 막사로 들어와 다시 재촉했다.

"주공! 하루 밤낮을 꼬박 생각하시고도 아직 결단을 내리지 못하셨습니까?"

조상은 검을 내던지며 탄식했다.

"나는 군사를 일으키지 않겠네. 진정으로 원컨대 벼슬을 버리고 부잣집 늙은이로 살 수만 있으면 족할 뿐일세!"

환범은 울음을 터뜨리며 막사를 나왔다.

"지난날 조자단은 스스로 지모를 자랑하더니 지금 그 아들 셋은 돼지 새끼요 소 새끼 같이 무능하구나!"

환범은 통곡을 그치지 않았다. 허윤과 진태는 조상에게 우선 대장군의 인수부터 사마의에게 보내라고 일렀다. 조상이 사람을 시켜 인수를 보내려 하자 주부 양종楊綜이 인수를 잡아당기며 울부짖었다.

"주공께서 오늘 병권을 내놓고 스스로를 결박하고 항복하신다면 동쪽 저잣거리에서 참형을 면치 못하실 것입니다!"

조상은 담담하게 대꾸했다.

"태부는 틀림없이 나에 대한 신의를 저버리지 않을 것이다."

조상은 대장군의 인수를 허윤과 진태에게 주어 한발 앞서 사마의에게 가져가게 했다. 장군의 인수가 없다는 것을 알고 군사들은 사방으로 흩어져 버렸다. 조상의 수하에는 말을 탄 관원 몇 사람이 남았을 뿐이었다. 부교에 이르렀을 때 사마의의 명령이 전해졌다. 조상 삼형제는 우선 집으로 돌아가고 나머지 사람들은 모두 감금하여 천자의 성지를 기다리라는 것이었다. 조상의 무리가 성을 들어설 때쯤엔 따르는 시종이라곤 단 한 명도 없었다. 환범이 부교 가까이 이르자 사마의가 말 위에서 채찍을 들어 가리키며 말했다.

"환대부! 어쩌다가 이 지경이 되셨소?"

환범은 머리를 숙인 채 말없이 성안으로 들어갔다. 사마의는 천자가 탄 어가를 호위하며 영채를 뽑아 낙양으로 돌아갔다.

조상 형제 세 사람이 집으로 돌아간 후 사마의는 대문에 큼직한 자물쇠를 채우고 8백 명의 백성에게 그 집을 에워싸고 지켜보게 했다. 조상은 근심스럽고 답답했다. 조희가 형 조상에게 말했다.

"지금 집안에 식량이 모자라는데 형님께서 글을 써서 태부에게 식량을 꾸어 달라고 해보시지요. 태부가 선뜻 식량을 빌려 준다면 해칠 마음이 없는 것입니다."

조상은 즉시 글을 써서 인편으로 보냈다. 글을 읽은 사마의는 당장 사람을 시켜 식량 1백 섬을 조상의 집으로 보냈다. 조상은 뛸 듯이 기뻐했다.

"사마공은 본래 우리를 해칠 마음이 없었구나!"

그는 더 이상 근심하지 않았다.

그러나 사마의는 우선 환관 장당을 옥중에 잡아넣고 그 죄를 묻고 있었다. 장당이 변명했다.

"나 혼자 한 짓이 아니오. 하안, 등양, 이승, 필궤, 정밀 다섯 사람이 함께 반역을 꾀했습니다."

장당의 자백을 받아 낸 사마의는 하안의 무리를 체포하여 심문했다. 모두 시인하며 3월 달 안에 반란을 일으키기로 했다는 것이었다. 사마의는 그들에게 큰칼을 씌웠다. 성문을 지키는 수문장 사번이 고발했다.

"환범은 조서를 빙자해 성문을 빠

져나가서는 태부께서 반역을 꾀한다고 외쳤습니다."

사마의는 옳다구나 싶었다.

"허위 사실로 남을 모함한 자는 남에게 덮어씌운 바로 그 죄로 처벌하는 반좌反坐의 벌을 받아야 한다."

환범의 무리 역시 모두 하옥되었다. 그리고 조상 형제 세 사람은 물론 그들과 관련된 자들을 모조리 잡아다 저잣거리에서 목을 치고 삼족을 몰살시켰다. 또한 그들의 재산을 깡그리 몰수해 국고에 넣었다.

조상의 종제從弟인 조문숙曹文叔의 아내는 하후령녀夏侯令女인데 일찍이 과부가 되어 자식이 없었다. 친정아버지가 개가시키려 했으나 그녀는 절대 개가하지 않겠다고 맹세하며 자신의 귀를 잘랐다. 조상이 역모로 몰려 죽은 다음 그 아버지가 다시 딸을 시집보내려 하니 이번에는 코를 베어 버렸다. 가족들은 놀랍고 당황해서 그녀에게 물었다.

"사람이 세상에 사는 것은 가벼운 티끌이 연약한 풀잎에 잠시 얹혀 있는 격이거늘 어찌 이토록 자신을 괴롭힌단 말이냐? 더구나 네 시댁의 집안이 모조리 사마씨에게 몰살당한 마당에 누구를 위해 수절을 한단 말이냐?"

딸은 눈물을 흘리며 대답했다.

"제가 듣자니 '어진 사람은 성쇠盛衰에 따라 절개를 고치지 아니하고 의로운 사람은 존망存亡에 따라 마음을 바꾸지 않는다'고 하더이다. 조씨 집안이 왕성할 때도 끝까지 지키려 했거늘 하물며 지금 멸망한 마당에 어찌 차마 버린단 말입니까? 이는 금수 같은 행동이거늘 제가 어찌 그런 짓을 하오리까?"

이 소식을 들은 사마의는 그녀를 어질게 여겨 양자를 맞아들여 조씨 가문의 뒤를 잇게 해주었다. 후세 사람이 지은 시가 있다.

풀잎의 먼지 같은 여인 세상일 달관했으니 /
하후씨에겐 절의가 산 같은 따님 있었구려. //
대장부의 절개가 아녀자에 미치지 못하니 /
수염을 돌아본다면 부끄러워 진땀이 나리.
弱草微塵盡達觀, 夏侯有女義如山. 丈夫不及裙釵節, 自顧鬚眉亦汗顔.

사마의가 조상의 목을 치고 나자 태위 장제가 말했다.

"아직 더 있습니다. 노지와 신창은 성문을 박차고 나갔고 양종은 인수를 빼앗은 채 주지 않았으니 이들은 모두 그냥 둘 수 없습니다."

사마의가 머리를 가로 저었다.

"그들은 각기 자신의 주인을 위해 그리한 것이니 의로운 사람들이오."

그러고는 그들을 각기 옛 직위에 복직시켜 주었다. 그러자 신창이 탄식했다.

"내 누님에게 묻지 않았다면 대의를 저버릴 뻔했구나!"

후세 사람이 시를 지어 신헌영을 찬탄했다.

신하되어 녹 먹었으면 갚을 생각해야 하고 /
주인이 위기에 처하면 충성을 다해야 하리. //
신씨 헌영 일찍이 아우에게 정도를 권하니 /

이 때문에 천년토록 고상한 풍모 칭송되네.

爲臣食祿當思報, 事主臨危合盡忠. 辛氏憲英曾勸弟, 故令千載頌高風.

사마의는 신창 등을 용서하고 나서 방문을 내걸어 조상의 문하에 있던 사람들은 모두 살려주고 관직에 있었던 자들은 모두 복직시켜 준다고 선포했다. 이에 군사와 백성들은 각기 가업을 지키니 조정 안팎이 두루 안정되었다. 하안과 등양 두 사람은 비명에 죽었으니 과연 관로의 말이 맞아떨어진 셈이었다. 후세 사람이 시를 지어 관로를 찬탄했다.

성현께서 전한 묘한 비결 체득하니 /
평원 관로의 관상술 귀신과 통했네. //
귀유 귀조로 하안 등양을 분별하니 /
초상도 나기 전 죽은 사람 알았네.

傳得聖賢眞妙訣, 平原管輅相通神. 鬼幽鬼躁分何鄧, 未喪先知是死人.

한편 위주 조방은 사마의를 승상으로 삼고 구석九錫을 더해 주었다. 사마의는 한사코 받지 않으며 사양했다. 그러나 조방은 허락하지 않고 부자 세 사람에게 명을 내려 함께 나랏일을 맡아보도록 했다. 사마의는 불현듯 생각이 떠올랐다.

'비록 조상의 온 집안이 도륙 당했다지만 아직 하후현夏侯玄(하후상 夏侯尙의 아들. 자는 태초太初)이 옹주 등지를 수비하고 있지 않은가? 하후현은 조상의 친족인데 만약 급히 난리를 일으킨다면 어떻게 방비한단 말인가? 반드시 조처해야 하리라.'

그는 즉시 사자에게 조서를 주고 옹주로 가서 상의할 일이 있으니 정서장군 하후현을 낙양으로 데리고 오도록 했다. 이 소식을 듣고 하후현의 숙부 하후패는 깜짝 놀랐다. 그는 곧 수하의 군사 3천 명을 거느리고 반기를 들었다. 이때 옹주를 지키는 자사 곽회는 하후패가 반란을 꾀한다는 소식을 듣고 즉시 군사를 이끌고 나섰다. 곽회는 말을 타고 나가 크게 욕을 퍼부었다.

"너는 대위大魏의 황족이고 천자께서 섭섭하게 대하시지 않았거늘 무슨 까닭으로 나라를 배반하느냐?"

하후패도 욕설로 대응했다.

"우리 집안 어른들은 나라를 위해 많은 공을 세웠는데 지금 사마의 따위 하찮은 녀석이 나의 형 조상의 종족을 몰살하고 나까지 죽이려 하고 있다. 이는 조만간 반드시 황제 자리를 찬탈할 마음을 품은 것이다. 나는 의리를 받들어 역적을 토벌하는 것인데 어찌 이를 반란이라 하느냐?"

크게 노한 곽회가 창을 꼬나들고 질풍같이 말을 몰아 마침내 하후패에게 덮쳐들었다. 하후패도 칼을 휘두르며 말을 달려 맞받아 나왔다. 그러나 싸움이 10합도 되지 않아 곽회가 패하여 달아나고 하후패가 뒤따라 추격했다. 그때 별안간 후군 쪽에서 싸움을 돋우는

고함 소리가 들려왔다. 하후패가 급히 말머리를 돌렸을 때 진태가 군사를 이끌고 쇄도했다. 곽회도 되돌아서서 두 길로 협공을 가했다. 이 바람에 하후패는 대패하여 달아나고 군사는 절반이나 꺾이고 말았다. 아무리 궁리해도 뾰족한 수가 없었던 하후패는 마침내 촉의 후주에게 투항하기 위해 한중으로 향했다.

누군가 이 사실을 보고했으나 강유는 믿기가 어려웠다. 강유는 사람을 시켜 자세히 알아보아 사실임을 확인하고 나서야 비로소 하후패를 성안으로 들어오게 했다. 강유에게 절을 하며 인사를 마친 하후패는 울면서 지난 일을 일러바쳤다. 강유가 말했다.

"옛적에 미자微子*는 주나라로 갔기에 만고에 이름을 전할 수 있었소. 공이 한실을 바로잡을 수 있다면 옛사람에 부끄럽지 않을 것이오."

강유는 잔치를 베풀어 하후패를 대접했다. 술자리에서 강유가 물었다.

"지금 사마의 부자가 대권을 장악했는데 우리 촉을 넘보는 뜻을 가진 건 아니오?"

하후패가 대답했다.

"늙은 도적놈은 방금 반역을 꾸몄으니 아직 바깥일에 눈길을 돌릴 겨를이 없을 것입니다. 다만 위나라에 새로 나타난 두 사람이 있는데 한창 나이라 그들이 군사를 거느리게 된다면 실로 오와 촉의 큰 걱정거리가 아닐 수 없습니다."

강유가 다시 물었다.

*미자 | 은殷나라 주紂왕의 형. 주왕의 포악함을 말렸으나 듣지 않자 은나라를 떠났다. 후에 주周나라 무왕武王이 은을 멸망시키자 주의 신하가 되고 송宋 땅을 하사 받아 송의 임금이 된다.

"그 두 사람이란 누구요?"

하후패가 일러 주었다.

"한 사람은 비서랑秘書郎으로 있는 영천潁川 장사長社 사람 종회鍾
會로 자를 사계士季라고 합니다. 태부 종요鍾繇의 아들인데 어릴 적부
터 대담하고 지혜가 있었습니다. 종요가 일찍이 두 아들을 데리고 문
제를 알현했는데 그때 종회는 일곱 살이고 그 형 육毓은 여덟 살이었
습니다. 종육은 황제를 뵙자 당황하고 두려운 나머지 얼굴이 땀으로
뒤범벅이 되었습니다. 문제가 종육에게 '경은 웬 땀을 그리 흘리느
냐?'고 물으니 종육은 '너무나 두렵고 황송하여 땀이 비 오듯 하나이
다.'라고 했답니다. 문제가 또 종회에게 '경은 어찌하여 땀을 흘리지
않느냐?'고 물었더니 종회는 '너무도 두렵고 떨려 감히 땀조차 나지
않나이다.'라고 했답니다. 그래서 문제는 유독 그를 기이하게 여겼
답니다. 차츰 성장하면서 병서를 즐겨 읽고 도략에 심히 밝아 사마의
와 장제가 모두 그 재주를 기이하게 여기고 있습니다.

또 한 사람은 지금 연리掾吏로 있는 의양義陽 사람 등애鄧艾로 자를
사재士載라고 합니다. 어린 나이에 아버지를 잃었으나 평소 큰 뜻을
품어 높은 산이나 큰 연못만 봐도 그냥 지나치지 않고 어느 곳에 군
사를 주둔하면 좋은지 군량은 어디에 쌓아 두어야 하며 어느 곳에 군
사를 매복할 것인지 가늠하면서 손가락질을 하곤 했답니다. 사람들
은 모두가 그를 비웃었지만 유독 사마의만큼은 그 재주를 기이하게
여겨 군사 기밀에 참여토록 했습니다. 등애는 본래 말을 더듬어 일
을 아뢸 적마다 꼭 "애, 애"라고 하므로 사마의가 우스갯소리를 한
적이 있었습니다. '경은 입을 열면 애애艾艾 하는데 대체 등애가 몇
이란 말인가?' 등애는 그 말이 떨어지기가 무섭게 대답했습니다. '모

두들 봉鳳이여 봉이여 하는 것은 봉새가 한 마리뿐이기 때문입니다.'
그 자질이 민첩하기가 대체로 이러합니다. 이 두 사람은 참으로 두
려워할 존재들입니다."

강유는 웃으며 말했다.

"그까짓 어린애들 따위야 입에 담을 게 무엇이오?"

강유는 하후패를 데리고 성도로 가서 궁궐로 들어가 후주를 알현
시켰다. 강유가 아뢰었다.

"사마의가 꾀를 부려 조상을 죽이고 다시 하후패를 속여 낙양으로
불러들이려 하므로 하후패가 우리 촉에 투항하게 되었사옵니다. 지
금 사마의 부자가 권력을 틀어쥐고 독단하고 있는데 조방은 나약하
니 위나라가 장차 위태로울 것 같습니다. 신은 한중에 여러 해 동안
머물면서 군대를 정예화하고 군량을 충분히 비축했습니다. 원컨대
신이 폐하의 군대를 거느리고 하후패를 향도관嚮導官으로 삼아 중원
을 되찾고 한실을 부흥시키고자 하옵니다. 이로써 폐하의 은혜에 보
답하고 제갈승상께서 품었던 뜻을 마무리하고자 하옵니다."

상서령 비의가 말렸다.

"근래 장완과 동윤이 잇달아 세상을 버려 나라 안을 다스릴 사람
이 없소. 백약은 때가 오기를 기다려야지 가벼이 움직여서는 아니
되오."

강유가 반박했다.

"그렇지 않소이다. 인생은 햇살이 잠시 문틈을 스치는 것과 같이
순식간에 지나가는 것인데白駒過隙 그처럼 세월을 지체하다가 어느
천 년에 중원을 회복한단 말이오?"

비의가 다시 만류했다.

"손자가 '상대를 알고 나를 알면 백 번 싸워 백 번 이긴다知彼知己 百戰百勝'고 했소. 우리는 모두 제갈승상보다 훨씬 못하오. 승상 같 은 분도 중원을 회복하지 못하셨거늘 하물며 우리 같은 사람들이 겠소?"

강유는 단호한 음성으로 말했다.

"나는 오랫동안 농상隴上에 거주하여 강인羌人들의 마음을 깊이 알 고 있소. 강인들과 결맹하여 그들의 도움만 얻는다면 비록 중원은 회 복하지 못할지라도 농서 일대는 결단코 차지할 것이오."

후주가 입을 열었다.

"경이 위를 정벌하려고 마음먹었다면 충성과 힘을 다하여 절대 로 군사들의 예기를 꺾지 말고 짐의 명령을 저버리는 일이 없도록 하라."

칙명을 받들고 조정에 하직을 고한 강유는 하후패와 함께 한중으 로 가서 군사를 일으킬 일을 의논했다. 강유가 말했다.

"먼저 강인들에게 사자를 보내 동맹을 맺은 다음에 서평西平으로 나가 옹주에 접근하는 것이 좋겠소. 우선 국산麴山 아래에 성 두 개를 쌓아 그곳에 군사를 두어 지키며 기각지세掎角之勢를 이룹시다. 그런 다음 식량과 말먹이 풀을 모조리 서천 경계로 실어가 제갈승상의 옛 방법대로 순서에 따라 진군해야 하오."

이해 가을 8월 강유는 촉장 구안句安과 이흠李歆에게 1만 5천 명의 군사를 이끌고 먼저 국산으로 가서 연달아 성 두 개를 쌓게 했다. 그 리고 구안은 동쪽 성을 지키고 이흠은 서쪽 성을 지키도록 했다.

어느새 첩자가 옹주 자사 곽회에게 이 사실을 보고했다. 곽회는 급 히 낙양에 보고를 올리는 한편 부장 진태에게 5만 명의 군사를 이끌고 촉군과 싸우게 했다. 구안과 이흠은 각기 한 부대의 군사를 이끌고 나와 맞섰다. 그러나 군사가 적어서 도저히 당해 낼 수가 없어 성 안으로 물러났다. 진태는 군사들에게 사면으로 성을 에워싸고 공격하는 한편 군사를 풀어 한중에서 오는 촉군의 식량 보급로를 차단했다. 그 때문에 성안의 구안과 이흠은 식량이 부족하게 되었다. 곽회도 직접 군사를 이끌고 와서 지세를 살피더니 만족스러운 표정으로 기뻐했다. 그는 영채로 돌아와 진태와 계책을 상의했다.

"이 성은 산세가 높은 곳에 자리하여 필연적으로 물이 적을 테니 적군이 물을 구하려면 반드시 성밖으로 나와야 하오. 만약 상류를 끊어 버리면 촉군은 모조리 목이 타 죽을 거요."

그들은 즉시 군사들에게 흙을 파서 둑을 쌓아 상류의 물길을 끊게 했다. 그러자 성안에는 과연 물이 말라 버렸다. 이흠이 물을 긷기 위해 군사를 이끌고 성밖으로 나오자 옹주의 군사들이 단단히 에워싸고 맹공격을 퍼부었다. 이흠은 죽기로 싸웠으나 포위를 뚫지 못하여 하는 수 없이 성안으로 퇴각했다. 구안의 성에도 물이 떨어져 이흠과 회합을 가지고는 군사를 이끌고 성에서 나와 군사를 합친 다음 위군과 오랫동안 큰 싸움을 벌였다. 그러나 다시 패하여 성안으로 들어갔다. 군사들은 목이 타 죽을 지경이었다. 구안이 이흠에게 말했다.

"강도독의 군사가 아직도 오지 않으니 무슨 까닭인지 모르겠소."

이흠이 결심했다.

"내가 목숨을 버릴 각오로 포위를 뚫고 나가 구원을 청하겠소."

이흠은 수십 명의 기병을 이끌고 성문을 열고 적진으로 돌진해 나 갔다. 옹주의 군사들이 사면으로 에워쌌다. 이흠은 죽기를 무릅쓰고 좌충우돌하여 간신히 포위망을 벗어났다. 그러나 오직 홀로 남게 된 데다 몸에는 중상까지 입은 상태였다. 나머지 군졸들은 모두가 어지러운 군사들 속에서 몰살당하고 말았다. 이날 밤 북풍이 크게 몰아치고 먹장구름이 하늘을 뒤덮더니 함박눈이 펑펑 쏟아졌다. 그 덕분에 성안의 촉군들은 식량을 나누어 눈 녹인 물로 밥을 지어 먹었다.

한편 겹겹의 포위망을 뚫고 나온 이흠은 서산의 샛길을 따라 이틀이나 달려가다가 때마침 마주 오는 강유의 군사들과 마주쳤다. 이흠은 말에서 내리자마자 땅바닥에 엎드려 상황을 보고했다.

"국산의 두 성이 위군에게 포위되어 물길이 끊겼습니다. 다행히 큰 눈이 내린 덕분에 눈을 녹여 하루 이틀은 지낼 것입니다만 위급하기 짝이 없습니다."

강유가 변명했다.

"내가 늦게 가려고 해서 그런 게 아닐세. 모이기로 한 강병羌兵이 오지 않는 바람에 잘못되고 말았네."

그는 즉시 사람에게 이흠을 호송하여 서천으로 들어가 부상을 치료하게 했다. 그러고는 하후패에게 물었다.

"강병은 오지 않고 위군은 국산을 에워싸서 몹시 위급하다고 하오. 장군께 무슨 고견이라도 없소?"

하후패가 대답했다.

"강병이 오기만을 기다리다가는 국산의 두 성은 모두 함락되고 말 것이오. 내 짐작에 옹주 군사들이 몽땅 와서 국산을 공격하고 있을 테니 틀림없이 옹주성은 텅 비었을 것이오. 장군께선 군사를 이끌고 우두산牛頭山으로 질러가서 옹주의 뒤를 치시오. 그러면 곽회와 진태는 옹주를 구하기 위해 군사를 돌릴 게 틀림없으니 그리되면 국산의 포위는 저절로 풀릴 것이오."

강유는 대단히 기뻐했다.

"그 계책이 최선책이구려!"

이에 강유는 군사를 이끌고 우두산을 향해 갔다.

한편 이흠이 성밖으로 돌격해 나가는 것을 본 진태가 곽회에게 말했다.

"이흠이 강유에게 위급한 상황을 알리면 강유는 우리 대군이 모두 국산에 있다는 걸 알고 우두산으로 질러가서 우리 배후를 습격할 것이오. 장군께서는 한 부대의 군사를 이끌고 조수洮水를 점거하여 촉군의 식량 나르는 길을 끊으시지요. 나는 군사를 반으로 나누어 곧장 우두산으로 가서 그들을 공격하소이다. 저들은 식량 보급로가 끊긴 것을 알면 틀림없이 스스로 달아날 것입니다."

곽회는 그 말에 따라 한 부대의 군사를 이끌고 몰래 조수로 갔다. 진태는 한 부대의 군사를 이끌고 곧장 우두산으로 갔다.

강유의 군사가 우두산에 이르렀을 때 별안간 선두 부대에서 고함소리가 일어났다. 뒤이어 위군이 앞길을 가로막았다는 보고가 들어왔다. 강유가 직접 황급히 군부대 앞으로 나가 살피는데 진태가 큰소리로 호통을 쳤다.

"네 감히 우리 옹주를 습격할 셈이냐? 내 여기서 너를 기다린 지 오래다!"

크게 노한 강유는 창을 꼬나들고 말을 달려 곧바로 진태에게 덤벼들었다. 진태는 칼을 휘두르며 맞이했다. 그러나 싸움이 세 합도 이루어지지 않아 진태가 패하여 달아났다. 강유가 군사를 휘몰아 바짝 몰아치자 옹주 군사들은 퇴각하여 산꼭대기로 올라갔다. 강유는 군사를 거두어 우두산에 영채를 세웠다. 강유가 날마다 군사를 시켜 싸움을 걸었지만 승부를 가리지 못했다. 하후패가 강유에게 말했다.

"여기는 오래 머무를 곳이 못됩니다. 며칠이나 계속 싸워도 승부가 나지 않는 걸 보면 우리 군사를 유인하는 유병지계誘兵之計로 틀림없이 다른 음모가 있을 것입니다. 잠시 물러나서 다시 좋은 방도를 찾는 것이 좋겠습니다."

한창 이야기를 나누고 있는데 별안간 곽회가 조수를 차지하고 식량 보급로를 끊었다는 보고가 들어왔다. 소스라치게 놀란 강유는 급히 하후패를 먼저 퇴각시키고 자신은 뒤를 막았다. 진태가 군사를 다섯 길로 나누어 쫓아왔다. 강유는 홀로 다섯 길을 아우르는 길목을 막은 채 위군과 싸움을 벌였다. 진태는 군사를 이끌고 산으로 올라가 화살과 돌덩이를 비 오듯 퍼부었다. 강유가 급히 퇴각하여 조수에 이르렀을 때였다. 곽회가 군사를 이끌고 돌격해 왔다. 강유는 군사를 이끌고 이리저리 오가며 좌충우돌했지만 위군들은 길을 막고 철통같이 수비했다. 죽기를 무릅쓰며 치고 나간 강유는 군사를 태반이나 꺾이면서도 나는 듯이 말을 몰아 양평관으로 올라갔다.

이때 앞쪽에서 또 한 무리의 군사가 쏟아져 나왔다. 앞장선 대장이 칼을 가로든 채 말을 달려 나타났다. 둥근 얼굴, 큰 귀에 네모난 입과 두툼한 입술을 한 그 사람은 왼쪽 눈 밑에 검은 혹이 달려 있었다. 혹 위에는 수십 개의 검은 털이 나 있었으니 바로 사마의의 맏아들인 표기장군 사마사였다. 강유는 크게 노했다.

"어린놈이 어찌 감히 나의 귀로를 막느냐?"

말배를 들이차며 창을 꼬나든 강유는 그대로 사마사를 찔렀다. 사마사는 칼을 휘두르며 강유를 맞았다. 서로 맞붙은 지 세 합 만에 사마사가 패해서 물러났다. 적군의 공격에서 벗어난 강유는 그길로 냅다 양평관으로 달려갔다. 성 위의 사람들이 문을 열어 강유를 들여보냈다. 사마사가 관을 빼앗으러 달려가는데 양편에 매복한 쇠뇌잡이들이 일제히 살을 발사했다. 쇠뇌 하나에서 열 대의 화살이 발사되니 바로 무후武侯 제갈량이 임종 시에 남긴 '연노법連弩法'이었다. 이야말로 다음 대구와 같다.

이날 삼군은 패하여 지탱하기 어려운데 /
오직 그해 전한 연노법에만 의지하네.
難支此日三軍敗　獨賴當年十矢傳

사마사의 목숨은 어떻게 될 것인가, 다음 회를 보라.

108

사마의와 손권, 제갈각의 죽음

정봉은 눈 속에서 짧은 칼로 분투하고
손준은 연회석에서 비밀 계책을 쓰다
丁奉雪中奮短兵 孫峻席間施密計

한참 달아나던 강유는 마침 군사를 이끌고 길을 가로막는 사마사와
마주쳤다. 원래 강유가 옹주를 치러 갈 때 곽회가 이미 조정에 급보
를 알렸으므로 위주와 사마의는 촉군 대응에 대한 상의를 마친 상태
였다. 이에 사마의는 맏아들 사마사에게 5만 명의 군사를 이끌고 옹
주로 달려가 싸움을 돕게 했다. 옹주로 가던 사마사는 곽회가 촉군
을 물리쳤다는 소식을 듣자 촉군의 세력이 약
화되었을 것으로 짐작하고 중도
에서 강유를 공격한 것이
다. 그러나 곧장 양평관
까지 추격하다가 무후
가 전수해 준
연노법을 이
용한 강유의
공격을 받게 된

것이다. 관문 양편에 숨겨둔 연발 쇠뇌 1백여 벌에서 각각 열 발의 화살이 발사되는데 살촉에는 모두 독약을 발라 두었다. 양쪽에서 쇠뇌 살이 일제히 발사되고 선두 부대는 사람과 말이 함께 살에 맞아 떼죽음을 당했다. 사마사는 어지러운 군사들 속에서 겨우 목숨을 구해 돌아갔다.

한편 국산의 성안에서 간신히 버티던 촉장 구안은 아무리 기다려도 구원병이 오지 않자 마침내 성문을 열고 위나라에 항복하고 말았다. 수만 명의 군사를 꺾인 강유는 패잔병을 거느리고 한중으로 돌아가 주둔했다. 사마사도 군사를 거두어 낙양으로 돌아갔다.

가평嘉平 3년(251년) 가을 8월, 사마의가 병이 들어 자리에 눕더니 점점 위중해졌다. 그는 두 아들을 침상 앞으로 불러 당부했다.

"나는 오랫동안 위를 섬겨 태부의 관직까지 받았으니 신하로서는 더 이상 오를 곳이 없게 되었다. 그래서 모두가 내게 딴 뜻이 있을 것이라 의심하여 나는 그동안 두려운 마음으로 지냈다. 내가 죽은 뒤에 너희 형제는 국정을 잘 처리하라. 신중하고 또 신중하여라."

말을 마치고 숨을 거두었다. 맏아들 사마사와 둘째아들 사마소가 위주 조방에게 선친의 부음을 아뢰었다. 조방은 후하게 제사를 올려 장례를 치르고 많은 재물과 시호를 내렸다. 그리고 사마사를 대장군으로 삼아 상서대尙書臺의 기밀과 국가 대사를 총괄하게 하고, 사마소는 표기상장군驃騎上將軍으로 삼았다.

한편 오주 손권에게는 서徐부인의 소생인 태자 손등孫登이 있었는데 그가 오나라 적오赤烏(손권의 연호. 238~251년) 4년(241년)에 죽었으므로 낭야의 왕王부인이 낳은 둘째아들 손화孫和를 태자로 세우게 되었다. 그런데 손화는 전공주全公主와 사이가 나빴다. 손권은 공주가 헐뜯는 말을 듣고 태자를 폐했고 폐위 당한 손화는 급기야 한을 품고 죽었다. 그래서 다시 셋째아들 손량孫亮을 태자로 삼았는데, 그는 반潘부인의 소생이었다. 이때 육손과 제갈근은 모두 세상을 떠나고 나라의 크고 작은 일은 모두 제갈근의 아들 제갈각諸葛恪에게 돌아가 있는 상황이었다.

태원太元(손권의 연호. 251~252년) 원년(251년) 가을 8월 초하루 갑자기 강풍이 몰아치며 파도가 넘쳐 올라 평지에도 수심이 8척이나 되었다. 더욱이 오주가 선친의 능묘에 심은 소나무와 측백나무가 모조리 뽑혀 건업성 남문 밖까지 날아가 길바닥에 거꾸로 박히는 괴변이 일어났다. 손권은 이 바람에 놀라서 병이 났다. 이듬해 4월에 병세가 위중해지자 태부 제갈각과 대사마 여대呂岱를 침상 앞에 불러 후사를 당부했다. 당부를 마친 손권은 그대로 숨을 거두었다. 황제의 자리에 오른 지 24년에 나이는 71세였다. 촉한의 연희延熙(촉한 후주의 연호. 238~257년) 15년이었다. 후세 사람이 지은 시가 있다.

붉은 수염에 푸른 눈 영웅으로 불리며 /
신료들에게 기꺼이 충성 다 하게 부렸네. //
재위 이십사 년 동안 대업을 일으키며 /
용과 범처럼 웅크리며 강동을 지켰네.
紫髥碧眼號英雄, 能使臣僚肯盡忠. 二十四年興大業, 龍蟠虎踞在江東.

손권이 죽자 제갈각은 손량을 황제로 세우고 천하에 대사령을 내

---

*전공주 | 손권의 딸로 이름은 노반魯班. 전종全琮의 처가 되었으므로 '전공주'라 부른다.

리고 연호를 건흥建興(오주 손량의 연호. 252~253년) 원년으로 고쳤다. 그리고 손권에게 대황제大皇帝라는 시호를 올리고 종산鍾山 남쪽 장릉蔣陵에 장사지냈다.

어느새 첩자가 이 사실을 탐지하여 낙양에 보고했다. 손권이 죽었다는 소식을 들은 사마사는 오를 정벌하기 위해 대책 회의를 열었다. 상서尙書 부하傅嘏가 말렸다.

"오에는 험한 장강이 있어 선제께서도 여러 차례 정벌을 나섰으나 한번도 뜻을 이루지 못하셨습니다. 그보다는 각지의 변경을 단단히 지키는 게 상책입니다."

그러나 사마사는 단호했다.

"천도天道는 30년에 한번씩 변하는 법인데 언제까지 솥발처럼 갈라져 대치만 하고 있단 말이오? 나는 오를 정벌할 것이오."

사마소도 맞장구쳤다.

"이제 방금 손권이 죽고 손량은 아직 어리고 나약하니 바로 이런 기회를 노려야 합니다!"

사마사는 마침내 명령을 내렸다. 정남대장군 왕창王昶은 10만 명의 군사를 이끌고 남군을 치고, 정동장군 호준胡遵은 10만 명의 군사를 이끌고 동흥東興의 제방*을 치며, 진남도독鎭南都督 관구검毌丘儉 또한 10만 명의 군사를 이끌고 무창武昌을 공격하게 하여 세 길의 군사가 출발했다. 그리고 아우 사마소를 대도독으로 삼아 세 길의 군사들을 총지휘하게 했다. 이해 겨울 12월, 사마소는 동오 경계에 인마를 주둔시키고 왕창과 호준, 관구검을 군막으로 불러 계책

---

*동흥의 제방|소호변巢湖邊 유수濡須 물가에 있는 제방으로, 동오는 이 제방 좌우에 두 개의 성을 쌓아 전초 진지陣地로 활용했다. 유적이 지금의 안휘성 소현巢縣과 무위현無爲縣 사이에 있다.

을 의논했다.

"동오에서 가장 중요한 요충지는 동흥군東興郡이오. 저들은 거기에 큰 둑을 쌓고 그 좌우에 두 개의 성을 축조하여 소호巢湖 후면으로 오는 공격을 방비하고 있소. 공들은 각별히 조심해야 하오."

그는 왕창과 관구검에게 각기 1만 명의 군사를 이끌고 좌우에 포진하게 하고 말했다.

"우선은 나아가지 말고 기다렸다가 동흥군을 차지하면 그때 일제히 진군하시오."

왕창과 관구검은 명령을 받고 떠났다. 사마소는 또 호준을 선봉으로 삼아 세 길의 군사를 모두 거느리고 전진하게 했다.

"우선 부교를 놓아 동흥의 큰 제방을 점령하시오. 좌우의 두 성을 탈취한다면 그것이 가장 큰 공이 될 것이오."

호준은 군사를 거느리고 부교를 놓으러 갔다.

한편 오나라의 태부 제갈각은 위군이 세 길로 온다는 소식을 듣고 관원들을 모아 대책을 상의했다. 평북장군平北將軍 정봉丁奉이 말했다.

"동흥은 우리의 가장 긴요한 요충이오. 이곳을 잃으면 남군과 무창이 모두 위험해집니다."

제갈각도 같은 생각이었다.

"그 말이 내 뜻과 같소. 공은 수군 3천 명을 이끌고 물길로 가시오. 뒤따라 여거呂據(여범呂範의 아들. 자는 세의世議. 당시 우장군)와 당자唐咨, 유찬留贊에게 각기 1만 명의 기병과 보병을 주어 세 길로 나누어 후원토록 하겠소. 연주포連珠炮가 울리면 일제히 진군하시오. 내 직접 대군을 이끌고 뒤따르겠소."

왕석기 그림

정봉은 명령을 받자 즉시 수군 3천 명을 30척의 배에 나누어 태우고 강줄기를 따라 동흥을 바라고 나아갔다.

한편 위장 호준은 부교를 건너 제방 위에 주둔하면서 환가桓嘉(환계桓階의 아들. 당시 낙안樂安 태수)와 한종韓綜(오의 대장 한당韓當의 아들. 위에 항복하여 광양후廣陽侯가 됨)을 보내 두 성을 공격하게 했다. 왼쪽 성은 오장 전단全端(전종全琮의 조카)이 지키고 오른쪽 성은 유략劉略이 수비하고 있었다. 이 두 성은 얼마나 높고 가파르고 견고한지 아무리 급하게 공격을 퍼부어도 무너뜨릴 수가 없었다. 전단과 유략 역시 엄청난 위군의 세력을 보고는 감히 나와서 싸우지는 못하고 죽기로써 지키고만 있었다. 호준은 서당徐塘에다 영채를 세웠다. 그런데 때는 엄동설한이라 하늘에서 함박눈이 펑펑 쏟아졌다. 호준은 눈을 보고는 장수들과 함께 큰 잔치를 벌였다. 이때 강물 위로 전투선 30척이 오고 있다는 보고가 들어왔다. 호준이 영채에서 나가 살펴보니 선박들은 막 연안에 닿으려 하는데 배마다 군사들이 대략 1백 명씩 타고 있었다. 군막으로 돌아온 호준은 장수들을 향해 대수롭지 않다는 듯 말했다.

"겨우 3천 명에 불과하니 무엇을 두려워하겠소?"

그는 부하 장수들에게 적정을 잘 살피라고만 하고 계속해서 술을 마셨다. 이때 정봉은 닻을 던져 배들을 수면에 일렬로 멈추어 세우고 부하 장수들에게 말했다.

"대장부가 공을 세워 이름을 떨치고 부귀를 취할 날이 바로 오늘이다!"

그는 군졸들에게 갑옷과 투구를 벗고 긴 창이나 큰 극 대신 단검만으로 무장하라고 했다. 이 광경을 보고 위군들은 어이없다는 듯 껄껄거리며 더 이상 아무런 대비도 하지 않았다. 이때 별안간 세 차례 연주포가 울렸다. 그와 동시에 정봉이 앞장서서 단도를 빼 들고 강기슭으로 훌쩍 뛰어올랐다. 장병들도 저마다 단도를 뽑아 들고 정봉을 따라 기슭으로 오르더니 그대로 거침없이 칼로 찍으며 위군의 영채로 돌입했다. 위군들은 미처 손을 놀려 볼 틈도 없었다. 한종이 군막 앞에 세워 둔 큰 화극을 뽑아 들고 맞서려는데 어느새 정봉이 품으로 파고들더니 손을 번쩍 놀려 칼을 내리찍었다. 한종은 그대로 땅바닥에 나자빠졌다. 순간 환가가 왼쪽에서 돌아 나오며 급히 창을 겨누어 정봉을 찔렀다. 그러나 정봉은 날아오는 창대를 겨드랑이에 덥석 끼워 버렸다. 환가는 창을 버리고 달아났다. 정봉이 번개같이 날린 단도가 환가의 왼쪽 어깨에 들이박혔다. 환가는 그만 뒤로 벌렁 나자빠졌다. 뒤쫓아 간 정봉이 창을 들어 그대로 내리찔러 버렸다.

3천 명의 오군들도 위군의 영채 안에서 좌충우돌하며 닥치는 대로 무찔렀다. 호준은 급히 말에 올라 길을 뚫고 달아났다. 군사들도 걸음아 날 살려라 하고 일제히 부교 위로 달려갔지만 다리는 이미 끊어져 있었다. 그 바람에 위군은 태반이 강물로 떨어져 죽고, 칼을 맞고 눈밭에 쓰러져 죽은 자들도 헤아릴 수 없었다. 수레며 말이며 병기 등은 모조리 오군들에게 노획 당했다. 사마소와 왕창, 관구검은 동흥의 군사들이 패했다는 소식을 듣고 군사를 단속해 퇴각했다.

제갈각은 대군을 이끌고 동흥에 도착하여 군사를 수습하고 상을 내려 위로했다. 그러고는 여러 장수들을 모아 앞으로의 대책을 상의하며 말했다.

"사마소가 전투에 패하여 북으로 돌아갔으니 바로 이 기세를 타고 진격하여 중원을 차지하는 게 좋겠소."

그는 촉의 강유에게 서신을 보내 군사를 내어 북쪽을 공격해 주면 천하를 절반씩 나누겠다고 약속을 정하게 하고, 한편으로 스스로 20만 대군을 일으켜 중원을 정벌하려고 했다. 군사를 이끌고 떠날 무렵이었다. 느닷없이 한 줄기 흰 기운이 땅에서 일어나더니 삼군의 시야를 가로막는데 서로 얼굴을 맞대고도 누가 누군지 알아볼 수 없을 지경이 되었다. 장연蔣延이 말했다.

"이 기운은 바로 흰 무지개白虹로 군사를 잃을 징조입니다. 태부께서는 조정으로 돌아가십시오. 위를 정벌해서는 아니 됩니다."

제갈각은 크게 노했다.

"네 어찌 감히 이롭지 못한 말을 지껄여 군심을 흐려 놓는단 말인가?"

그는 즉시 무사들에게 장연의 목을 치라고 호령했다. 여러 사람이 모두 살려 달라고 사정했다. 제갈각은 장연의 관직을 삭탈하여 평민으로 만들어 버리고 군사를 재촉하여 전진했다. 정봉이 말했다.

"위가 가장 중요시하는 요충지는 신성新城이니 먼저 이 성을 손에 넣으면 사마사의 간담이 찢어질 것이오."

크게 기뻐한 제갈각은 즉시 군사를 재촉하여 신성에 도달했다. 성을 지키던 아문장군牙門將軍 장특張特은 오군이 대거 몰려오자 성문을 닫은 채 굳게 지켰다. 제갈각은 군사들에게 명하여 사면으로 성을 에워쌌다. 어느새 소식을 나르는 유성마가 낙양으로 들어가 이 사실을 보고했다. 주부 우송虞松이 사마사에게 말했다.

"지금 제갈각이 신성을 포위했습니다만 아직은 그와 싸워서는 아니 됩니다. 오군은 먼 길을 온 데다 사람은 많고 양식은 적으니 양식이 바닥나면 저절로 달아날 것입니다. 그들이 달아나기를 기다려 뒤를 들이치면 틀림없이 완승을 거둘 것입니다. 다만 촉군이 경계를 침범할까 두려우니 방비해야 합니다."

사마사는 그 말을 옳게 여기고 사마소에게 한 부대의 군사를 이끌고 곽회를 도와 강유를 방비하게 했다. 그리고 관구검과 호준에게는 오군을 막게 했다.

한편 제갈각은 몇 달째 신성을 공격했지만 함락시키지 못하자 장수들에게 엄명을 내렸다.

"다 같이 힘을 합해 성을 공격하라! 태만한 자는 그 자리에서 목을 치겠다!"

이에 장수들이 있는 힘을 다하여 성을 들이치자 동북쪽 귀퉁이가 무너지려 했다. 성안에 있던 장특은 한 가지 계책을 생각해 냈다. 그는 말 잘하는 선비 하나를 골라 신성의 호적부와 군사 명부를 받들고 오군 영채로 가서 제갈각을 만나게 했다. 장특의 사자가 말했다.

"위나라의 법에는 이런 조항이 있습니다. 적군이 성을 포위했을 때 성을 지키는 장수가 1백 일을 지켰는데도 구원병이 오지 않았을 경우에는 성을 나가 항복하더라도 그 가족은 연좌되지 않게 되어 있습니다. 지금 장군께서 성을 에워싼 지 어느덧 90여 일이 되었으니 며칠만 말미를 주시면 저희 주장主將이 군사와 백성들을 이끌고 성을 나와 투항할 것입니다. 우선 호적부부터 바칩니다."

그 말을 깊이 믿은 제갈각은 군사를 거두고 성을 공격하지 않았다. 그러나 이것은 적의 공격을 늦추려는 장특의 완병지계緩兵之計였다. 장특은 이렇게 하여 오군을 물러나게 한 다음 성안의 집을 헐어 무너진 성벽을 보수하고 군비를 재정비했다. 준비를 마치고는 성 위로 올라가 욕설을 퍼부었다.

"우리 성에는 아직 반년 먹을 양식이 있거늘 어찌 오의 개들에게 항복하겠느냐? 한꺼번에 덤벼도 상관없다!"

화가 머리꼭지까지 치민 제갈각이 군사들을 재촉하여 성을 들이쳤다. 성 위에서는 화살이 빗발치듯 쏟아졌다. 제갈각은 피할 겨를도 없이 이마에 화살을 맞고 몸을 뒤집으며 말에서 굴러 떨어졌다. 장수들이 급히 구해 영채로 돌아왔으나 상처가 심했다. 군사들은 모두 전의를 상실한 데다 날씨까지 무더워 병이 난 사람이 많았다. 이윽고 상처가 좀 나아진 제갈각이 군사를 재촉하여 성을 공격하려고 하는데 영채를 맡은 관원이 상황을 보고했다.

"군사들이 병들었는데 어떻게 싸우겠습니까?"

제갈각은 크게 화를 냈다.

"다시 병을 들먹이는 자는 목을 자르겠다!"

이 말이 퍼지자 수많은 군졸들이 도망을 쳤다. 이때 도독 채림蔡林이 수하의 군사를 이끌고 위나라로 가 버렸다는 보고가 들어왔다. 깜짝 놀란 제갈각은 직접 말을 타고 여러 군영을 돌아보았다. 과연 군졸들은 얼굴이 누렇게 부어올라 완연한 병색을 띠고 있는지라 결국 군사를 거두어 오로 돌아가기로 했다. 오에 박아 둔 첩자가 관구검에게 이 사실을 보고했다. 관구검은 대군을 모조리 일으켜 오군의 뒤를 따라가며 무찔렀다. 오군은 대패하고 돌아갔다.

제갈각은 너무나 부끄러운 나머지 병을 핑계로 조정에 나가지 않았다. 오주 손량이 친히 제갈각의 집으로 행차하여 안부를 묻고 문무 관원들도 찾아와서 인사를 했다. 제갈각은 사람들이 자신을 비난하지나 않을까 두려워서 미리 관원들의 과실을 찾아내어 죄가 가벼운 자는 변방으로 귀양을 보내고 죄가 무거운 자는 가차 없이 머리를 잘라 대중들에게 보였다. 이에 조정 안팎의 관료들은 모두 무서워 떨었다. 더욱이 심복 장수 장약張約과 주은朱恩에게 어림군을 거느리게 하여 자신의 발톱과 이빨로 삼았다.

손준孫峻은 자가 자원子遠으로 손견孫堅의 아우인 손정孫靜의 증손자요 손공孫恭의 아들이다. 손권은 생전에 손준을 몹시 사랑하여 어림군을 장악하게 했다. 그런데 이제 와서 제갈각이 장약과 주은에게 어림군을 장악하게 하는 바람에 권력을 빼앗기자 손준은 속으로 크게 노했다. 그 틈을 이용하여 평소부터 제갈각과 사이가 좋지 않았던 태상경 등윤滕胤이 손준을 부추겼다.

"제갈각이 권력을 독단하며 제멋대로 대신들을 학살하니 장차 임금의 자리까지 넘볼 마음을 가졌나 보오. 공은 종실의 한 사람인데 어찌하여 일찌감치 그를 손보지 않으시오?"

손준이 대꾸했다.

"나도 그런 마음을 먹은 지가 오래요. 지금 즉시 천자께 아뢰어 그자를 죽이라는 성지를 내리도록 청하겠소."

손준과 등윤은 궁궐로 들어가 오주 손량을 만나 은밀히 아뢰었다. 손량이 말했다.

"짐 역시 그 사람을 보면 겁이 나오. 제거할 마음도 몇 차례 품었지만 그럴 기회가 없었소. 경들에게 과연 충의가 있다면 비밀리에 그를 도모하시오."

등윤이 말했다.

"폐하께서 연회
석을 마련하여
제갈각을 부르

소서. 그러면 벽걸이 휘장 속에 무사들을 매복
시켰다가 잔을 던지는 것을 신호로 그 자리에서
죽여 후환을 끊겠습니다."

손량은 그 계책을 따르기로 했다.

한편 제갈각은 전투에 패하고 돌아온 뒤로 병을 칭탁하
고 집에 틀어박혀 있는데 늘 정신이 혼미했다. 어느 날 우연히 중간
채로 나가는데 별안간 웬 사람이 상복을 차려입고 집안으로 들어왔
다. 제갈각이 꾸짖으며 누구냐고 묻자 그 사람은 깜짝 놀라 어쩔 바
를 몰랐다. 제갈각이 아랫사람들에게 명하여 붙잡아 심문하게 하니
그 사람이 고했다.

"방금 부친상을 당했으므로 스님을 모셔다가 부친의 명복을 빌려
고 성으로 들어오는 길입니다. 언뜻 보기에 절간 같아서 들어왔는데
태부님의 부중일 줄은 정말 몰랐습니다. 알고서야 제가 어찌 감히 이
곳으로 들어왔겠습니까?"

크게 노한 제갈각은 문지기 군사들을 불러 문초했다. 군사들이
고했다.

"저희들 수십 명이 모두 무기를 들고 문을 지키면서 잠시도 자
리를 떠난 적이 없었는데 안으로 사람이 들어가는 건 본 적이 없습
니다."

더욱 화가 치민 제갈각은 그 자리에서 상복 입은 사람은 물론 문지

기 군사들까지 모조리 목을 잘라 버렸다. 이날 밤 제갈각은 잠자리에 누웠으나 까닭 없이 마음이 불안하여 이리저리 뒤척이고 있는데 느닷없이 본채 쪽에서 벼락 치는 소리가 났다. 제갈각이 나가 보니 아름드리 대들보가 두 동강으로 부러져 있는 게 아닌가? 놀라서 침실로 돌아오는데 갑자기 한바탕 음산한 바람이 일어나면서 낮에 피살당한 상복 입은 사람과 문지기 군졸 수십 명이 제각기 잘린 머리를 들고 목숨을 돌려 달라며 아우성을 쳤다. 너무나 놀란 제갈각은 그대로 까무러쳐 땅바닥에 쓰러졌다가 한참만에야 겨우 정신을 차렸다. 다음날 아침이었다. 세수를 하느라 얼굴에 물을 끼얹으려니 세숫물에서 피비린내가 진동했다. 시녀들을 꾸짖어 세숫물을 연거푸 수십 번이나 갈았지만 물에서는 계속 피비린내가 났다.

놀란 제갈각이 이것저것 되짚어 보며 의문에 싸여 있는데 갑자기 천자가 보낸 사자가 당도했다는 보고가 들어왔다. 뒤이어 사자가 들어와 태부께서는 궁중 연회에 납시라는 천자의 명이 내렸다고 전했다. 제갈각은 아랫사람들에게 수레와 의장儀仗을 갖추게 했다. 준비를 마친 그가 집을 막 나서려는데 집에서 기르는 누렁이가 그의 옷을 덥석 물고는 마치 사람이 곡을 하듯 길게 울부짖는 것이었다. 제갈각은 화가 치밀었다.

"이놈의 개가 사람을 놀리는구나!"

좌우를 호령하여 개를 쫓아 버린 다음 마침내 수레에 올라 부중을 나섰다. 몇 걸음을 가지 못했는데 이번에는 수레 앞에서 한 줄기 흰 무지개가 땅에서 솟아나더니 마치 하얀 명주처럼 하늘로 뻗어 올라갔다. 제갈각은 놀랍고 괴이했다. 심복 장수 장약이 수레 앞으로 다가와 가만히 말했다.

"오늘 궁중에서 연회를 연다지만 좋은 일인지 나쁜 일인지 알 수가 없습니다. 섣불리 들어가서서는 아니 되겠습니다."

이 말을 들은 제갈각은 곧 수레를 돌리게 했다. 그런데 열 몇 걸음도 가지 못해 손준과 등윤이 말을 타고 수레 앞으로 다가오더니 물었다.

"태부께서는 무슨 까닭으로 되돌아가십니까?"

제갈각이 대답했다.

"내가 별안간 복통이 나서 천자를 뵙지 못하겠네."

등윤이 구슬렸다.

"천자께서는 태부께서 회군하신 이래 얼굴을 맞대고 이야기를 나눈 적이 없었습니다. 이 때문에 특별히 연회를 베풀어 태부를 모시고 겸하여 국가 대사도 의논하시려는 것입니다. 태부께서는 몸이 좀 불편하시더라도 억지로 힘을 내어 가시는 게 마땅합니다."

제갈각은 그 말을 따르기로 하고 손준, 등윤과 함께 궁으로 들어갔다. 장약 또한 따라 들어갔다. 제갈각은 오주 손량을 알현하고 인사를 마친 다음 자리로 가서 앉았다. 손량이 아랫사람에게 명하여 술을 올리라고 하자 의심이 든 제갈각은 사양했다.

"병든 몸이라 술을 받지 못하겠습니다."

손준이 물었다.

"태부께서 평소 부중에서 드시던 약주를 가져다 드시겠습니까?"

제갈각이 대답했다.

"그렇게 하지."

그는 즉시 종자에게 부중으로 돌아가 집에서 직접 빚은 약주를 가져오게 했다. 제갈각은 그제야 비로소 마음 놓고 술을 마셨다. 술이 몇 순 돌고 나자 오주 손량은 일이 있다며 자리에서 먼저 일어났다. 그러자 손준도 전각에서 내려가더니 입고 있던 긴 옷을 벗는데 그 안에 짧은 옷을 입고 속에 다시 쇠고리를 이어 만든 갑옷을 걸치고 있었다. 그는 날카로운 칼을 들고 전각으로 올라가 소리 높이 외쳤다.

"천자께서 역적을 죽이라는 조서를 내리셨다!"

깜짝 놀란 제갈각이 잔을 땅에 던지고 검을 뽑아 맞서려는 찰나였다. 어느새 그의 머리가 땅에 떨어져 나뒹굴었다. 손준이 제갈각의 목을 베는 광경을 보고 장약이 그대로 마주 나가며 칼을 휘둘렀다. 손준이 급히 몸을 피했지만 어느새 장약의 칼끝이 그의 왼손 손가락에 상처를 내고 말았다. 잽싸게 몸을 돌린 손준은 단칼에 장약의 오른팔을 찍어 버렸다. 이때 숨어 있던 무사들이 일제히 몰려나와 장약을 찍어 넘긴 다음 그의 몸뚱이를 난도질해 버렸다. 손준은 무사들에게 명하여 제갈각의 식구들을 잡아오게 하는 한편 장약과 제갈각의 시신을 갈대 자리로 싸서 작은 수레에 실어서 남문 밖 석자강石子崗의 공동묘지에 갖다 버리게 했다.

한편 제갈각의 아내가 방안에 있는데 까닭 없이 마음이 뒤숭숭하여 안절부절못했다. 그때 한 시녀가 방안으로 들어왔다. 제갈각의 아내가 물었다.

"네 몸에서 웬 피비린내가 진동하느냐?"

그 시녀는 별안간 두 눈을 까뒤집고 이를 갈더니 몸을 날려 길길이 뛰며 머리를 대들보에 들이받았다. 그러고는 큰소리로 부르짖었다.

"나는 제갈각이다! 간적 손준에게 모살 당했다!"

제갈각의 집안사람들은 남녀노소를 가릴 것 없이 모두들 놀라 떨며 울부짖었다. 조금 있으니 군사들이 몰려와 제갈각의 저택을 완전히 에워싸고는 집안사람들을 모조리 결박하여 저잣거리로 끌어내다 사정없이 목을 잘라 버렸다. 때는 오나라 건흥建興 2년(253년) 겨울 10월이었다.

예전 제갈근이 살아 있을 때 아들 제갈각이 드러나게 총명한 것을 보고 탄식하며 말한 적이 있었다.

"이 아이는 집안을 보전할 주인이 못 되겠구나!"

또 위나라의 광록대부 장집張緝이 언젠가 사마사에게 말한 적이 있었다.

"제갈각은 오래지 않아 죽을 것입니다."

사마사가 까닭을 묻자 장집이 대답했다.

"위엄이 그 임금조차 떨게 할 정도이니 어찌 오래 갈 수 있겠습니까?"

이에 이르러 그 말이 과연 적중한 셈이었다.

손준이 제갈각을 죽인 뒤 오주 손량은 손준을 승상 및 대장군에다 부춘후富春侯로 봉해 나라 안팎의 모든 군사를 총지휘토록 했다. 이로부터 오나라의 권력은 모두 손준에게로 돌아갔다.

한편 강유는 성도에서 위를 정벌할 테니 도와 달라는 제갈각의 서신을 받았다. 즉시 조정에 들어가 후주의 허락을 받은 강유는 다시 대군을 일으켜 북으로 중원을 정벌하려고 했다.

이야말로 다음 대구와 같다.

한번 군사 일으켜 공적을 아뢰지 못하자 /

두 번 적을 토벌하여 공을 이루려 하누나.
一度興師未奏績 兩番討賊欲成功

승부는 어떻게 될 것인가, 다음 회를 보라.

三國志

부록

● 정세도
● 삼국지 지명 일람

190년 후한 말기의 군웅할거

189년 동탁이 낙양에서 헌제를 옹립한 후 한 왕실의 권위가 땅에 떨어진다.
조조에 의해 각지의 제후들이 동탁을 타도하려고 연합군을 결성한다.

● 군웅群雄
✕ 전장戰場